Le Lien

Photo de couverture : © GettyImages / © swissmediavision et Shutterstock / Alinute Silzeviciute
Couverture : Christophe Petit

Pour la présente édition,
Collection dirigée par Franck Spengler

34-36 rue La Pérouse
75116 Paris
www.hugoetcie.fr

Collection New Romance® créée par Hugues de Saint Vincent,
dirigée par Arthur de Saint Vincent
Ouvrage dirigé par Sylvie Gand

ISBN : 9782755692549
Dépôt légal : octobre 2021
Imprimé Espagne par Liberduplex

Tara Jones

Le Lien

Hugo Poche

NEW ROMANCE®

PROLOGUE

Quelques mois auparavant à Paris…
le sexe, c'est simple comme un coup de fil.

LUKE

– Depuis quand tu ne partages plus ?

La voix d'Aïdan me parvient aux oreilles alors que je lui ai déjà tourné le dos et que je me dirige vers l'escalier pour regagner le pont de sa péniche.

– Depuis que je l'ai décidé, ma poule ! je réplique en haussant les épaules.

Soit moins d'une minute, à la seconde même où j'ai récupéré le numéro de téléphone tant espéré auprès de ce crétin qui, bien entendu, le possédait. Je grimpe les marches à toute vitesse et déboule à l'air libre. Mon portable dans une main, je rejoins ma voiture en sifflotant. Subitement de meilleure humeur.

La nuit que j'ai passée avec elle… Bon sang ! Cette nana est une sacrée bombe ! Et cette unique nuit était trop courte. Le pire, c'est que je n'avais pas envie de partager Justine avec Aïdan. Pour la première fois de ma vie, je voulais que ce plan à trois ne soit qu'un duo… Étrange et déstabilisant. Une réaction inhabituelle et inexplicable. Je la voulais… pour moi seul. Ce qui déjà pose un problème.

C'est donc une contrariété que j'ai décidé de résoudre, et pas plus tard que maintenant. Quelques heures seul avec elle, à profiter de son corps, devraient me remettre les idées en place. Pas de plan à trois, cette fois. Même si elle a eu l'air d'apprécier énormément cette nuit avec Aïdan et moi. Elle ne posera ses mains, sa bouche, que sur *mon* corps.

Juste elle et moi !

Ensuite ?

Ensuite, nos chemins se croiseront de temps à autre, rien de plus. Peut-être une bonne séance de baise au hasard de mes séjours à Paris, qui sait ? Mais rien de plus !

J'enclenche la première, et tout en accélérant, je lance :

– Appelez Justine !

Oui, c'est exactement ce qu'il me faut. Ce dont j'ai besoin. Une nuit de sexe torride avec elle, et puis basta…

– Allô ?

Sa voix est rauque, sexy. Une voix parfaite pour murmurer, pour supplier… et j'ai la ferme intention de l'écouter gémir à n'en plus finir, de lui faire crier mon prénom, cette nuit.

– Allô ?! Il y a quelqu'un ?

Elle n'est même pas encore devant moi, et simplement l'entendre au téléphone me fait bander comme un malade. À moins que les images de nos corps emmêlés dansant devant mes yeux ne soient responsables de mon état. Merde ! J'ai l'impression d'être un véritable demeuré. Une fois que je l'aurai sortie de ma tête, tout rentrera dans l'ordre.

Et je sais parfaitement comment régler cette complication.

– C'est Luke… comment ça va ?

Pas de réponse. Sans doute à cause de la musique assourdissante que je perçois en bruit de fond, et qui l'empêche de saisir mes paroles. Alors je répète mon prénom plus fort, puis j'ajoute :

– Le témoin du marié…

Toujours rien. Elle est devenue muette ou quoi ? Et cette musique techno qui me hurle dans les oreilles commence à me porter sur les nerfs. Je me sens perdre patience.

D'un brusque coup de volant, je me gare en vitesse sur une place de livraison.

– Le plan à trois, si tu préfères.

Pas certain que ce soit la meilleure façon de me rappeler à son bon souvenir… quoique…

– Le blond ou le brun ? lâche-t-elle enfin. J'ai besoin de précisions pour éviter toute confusion… d'autant que le souvenir, même s'il fut assez agréable, ne m'a pas non plus donné matière à y repenser plus que ça.

Souvenir assez agréable ? Le blond ou le brun ?

– À ton avis ?! je rétorque, brusquement en rogne face à son détachement.

– Hum… vu le ton d'ours mal léché, j'aurais tendance à miser sur le brun. Le blond m'ayant laissé un souvenir plus chaleureux, minaude-t-elle. Mais je suis plutôt occupée en ce moment, et je n'ai ni le temps ni l'envie de jouer aux devinettes. On se reverra au mariage. Bye !

Et sans me laisser le loisir d'aligner un mot, elle raccroche.

On se reverra au mariage ?! Ours mal léché ?!

Je reste sidéré quelques secondes, à fixer le téléphone dans ma main. Merde ! C'était quoi, ça ?! Mademoiselle est occupée ? Occupée à quoi ? Et avec qui ? Je ne prends même pas la peine de la rappeler, devinant à l'avance que cela ne servira à rien.

Souvenir assez agréable ? Le mot *assez* décuple ma rage… et tout le reste aussi, d'ailleurs. Aussitôt, j'appelle Aïdan.

– Localise-moi son téléphone, je beugle dès qu'il décroche. J'ai besoin de savoir où elle se trouve.

– Le téléphone de qui ? Ce ne serait pas plus simple d'interroger l'objet de ton désir pour savoir où elle est ? Sauf si tu l'as déjà fait et qu'elle n'a pas envie de te le dire, bien sûr. Dans ce cas, je m'interroge sur le bien-fondé de ta requête… après tout, si la demoiselle ne veut pas te voir, inutile d'insister. Autant en chercher une autre, ma poule.

Il éclate de rire. OK ! Ce crétin ne va pas me rendre les choses faciles. Je le laisse se payer ma tête encore un moment en songeant que le fait qu'il soit un génie de l'informatique m'empêche de lui balancer mon poing dans la tronche. Pourtant l'envie me démange furieusement.

– C'est bon, tu as fini ?

– Explique-moi un truc, Luke. Est-ce qu'elle t'a raccroché au nez, comme Barbie avec Geoffrey ?

– Techniquement, je ne le formulerais pas de cette façon, je marmonne en songeant que ce petit con a vraiment de la chance d'être en dehors de la zone de contact de mon poing. Et elle n'a pas non plus refusé de me dire où elle était…

Vu qu'elle a interrompu notre conversation avant que j'aie pu le lui demander.

– Alors, il te faut combien de temps pour la localiser ? Tu perds la main ou quoi ?

Il m'envoie une flopée de jurons tandis que je fouille frénétiquement dans la boîte à gants.

– Fais chier ! Geoffrey n'a même pas un paquet de chewing-gums dans cette caisse…

– Depuis quand tu ne fumes plus, déjà ? Parce que tu es franchement chiant, crois-moi.

– Trois mois, je soupire en découvrant un paquet de cigarillos. Trois longs mois… j'ai une de ces envies de m'en griller une !

La tentation est forte de prendre un cigarillo… juste un… histoire de me détendre un peu. Et Dieu sait que j'en ai besoin en cet instant.

– C'est fait, ma poule ! Localisation de la demoiselle en moins de trois minutes ! Alors ne viens surtout pas dire que j'ai perdu la main…

– Ouais… je t'ai quand même connu beaucoup plus rapide, je réplique avec un sourire.

– Exact, s'il s'agit du boulot. Je t'envoie l'adresse par SMS. Tu n'es pas très loin… et si jamais tu as besoin d'un coup de main pour satisfaire Justine, n'hésite pas. Je tiens une forme d'enfer en ce moment.

Son rire résonne dans mes oreilles alors que j'ai déjà raccroché. J'attrape mon Zippo – dernier cadeau d'Emily dont je ne me sépare jamais – dans la poche de mon jean. J'allume un cigarillo et triture le briquet tout en songeant à Aïdan et Geoffrey, mes deux meilleurs amis et associés. Parfois, je me demande quelle serait ma vie, leurs vies, si nous ne nous étions pas rencontrés… s'ils n'étaient pas tombés fous amoureux d'Emily. Serions-nous aussi liés que des frères ? Serions-nous capables du meilleur et du pire les uns pour les autres sans la tragédie qui nous lie tous les trois ? La réception du SMS d'Aïdan m'extirpe brusquement de mes sombres pensées. Je tape l'adresse dans le GPS, et il me faut à peine dix minutes pour rejoindre la rue de Rivoli. Je lance la clé de la BMW que Geoffrey m'a prêtée au voiturier et me dirige rapidement vers l'entrée du night-club. À quand remonte ma dernière virée en boîte ? Je ne m'en souviens même plus. À part celle où j'ai accompagné Geoffrey à notre retour de Chine et où j'ai rencontré celle qui sera d'ici peu la femme de mon meilleur ami : Barbie ! Enfin, je n'ai pas tout de suite repéré la future mariée.

En revanche, j'ai très bien vu Justine… Comment aurais-je pu ne pas la remarquer ?

J'ai d'abord été happé par un regard océan qui m'a coupé le souffle. Puis une bouche sensuelle aussi rouge qu'un fruit défendu m'a déclenché la plus belle des visions érotiques en l'imaginant aussitôt sur mon sexe. Et impossible de négliger un corps aux courbes aussi voluptueuses, et dont la chute de reins et les jambes devaient faire saliver tous les hommes présents. Moi le premier. Une vraie déesse ! Une femme capable d'assumer ses désirs et ses fantasmes… comme un plan à trois avec Aïdan et moi. Bref, le genre de femme qui mérite un second round sexuel. Mais un second round uniquement avec moi !

Oh oui... très bientôt !

Et personne ne pourra m'en empêcher.

JUSTINE

Il me faut plusieurs minutes pour comprendre ce qui vient de se produire… je rêve ou quoi ?! Trois semaines sans nouvelles. Pas un coup de téléphone, et soudain, *Monsieur* se souvient de moi ?

Et puis quoi encore ? Je reporte mon attention sur le charmant spécimen masculin qui se tient devant moi. D'une main, j'attrape sa chemise pour le rapprocher, puis je murmure à son oreille :

– Où en étions-nous déjà ?

Ravi de nous savoir à nouveau sur la même longueur d'onde, il s'autorise à faire ce dont il rêve depuis qu'il a engagé la conversation avec moi et que ce malheureux coup de téléphone a failli mettre en plan – si j'avais dit oui –, à savoir poser sa main sur ma taille. Il me sourit comme s'il se réjouissait d'une chose dont je ne soupçonne rien. Un peu plus, et il me donnerait envie de le planter là. Mais il danse plutôt bien, alors je reste. Et peut-être – je dis bien, peut-être –, s'il ne commet pas d'écart d'ici là, me donnera-t-il assez envie pour que je l'autorise à finir la nuit avec moi. Je me laisse porter par la musique. Ses mains sur ma taille. Nos corps collés l'un contre l'autre. J'attends avec impatience ce fameux frisson, annonciateur de désir. Ce frisson qui me donnerait à croire que les choses sont – enfin – rentrées dans l'ordre. Que ma copine libido-dodo émerge de son long sommeil. Mais c'est le calme plat. Agacée, je me plaque un peu plus contre lui. Je réprime un soupir en constatant que rien ne se passe. Pas la plus petite étincelle… jusqu'à ce que je croise un regard.

Brusquement, mon corps se réveille. Toutes les sensations me reviennent. D'un seul coup. Mais pas à cause de celui qui me tient dans ses bras. Non ! Grâce à celui qui me fixe de loin d'un regard... furax ! Ce qui m'excite encore plus.

Ses yeux, aussi sombres qu'une nuit sans lune, me harponnent. Campé au beau milieu de la piste de danse, il est le seul à ne pas bouger. Alors je me déhanche plus sensuellement encore contre mon cavalier dont j'ai déjà oublié le prénom. Les lèvres de mon spectateur frémissent. Ses poings se crispent. Il est à moins d'un mètre de moi, j'aperçois l'ombre d'une barbe naissante sur sa mâchoire carrée. J'aimerais y frotter ma joue pour qu'elle laisse des traces sur ma peau. J'ignore combien de temps nous restons à nous fixer mutuellement. Incapables de nous quitter du regard. De rompre ce lien visuel... aussi délicieux que pervers. À nous provoquer ainsi en silence. Ma respiration s'accélère à mesure que les secondes défilent. Mon corps est en apesanteur. Avec un seul besoin. Un besoin qu'il est le seul à pouvoir satisfaire. Je n'avais plus ressenti ça depuis la nuit où j'ai fait l'amour avec Aïdan et lui...

Ce type me rend folle !

Il n'esquisse toujours pas le moindre mouvement tandis que je suis bombardée de sensations aussi puissantes qu'enivrantes. J'ai envie de passer mes doigts dans ses cheveux bruns trop longs et décoiffés. De glisser ma main dans l'ouverture de sa chemise. Rien ne vient perturber son visage aux lignes dures et à la beauté sauvage. Rien ne semble le décider à faire un pas. Un gestevers moi.

Un frisson nerveux me saisit lorsque je réalise jusqu'où il est prêt à aller.

Alors, c'est comme ça ? Tu te pointes jusqu'ici, et tu attends ? Vraiment ?!

Je lui décoche un sourire diabolique, puis je passe ma langue sur mes lèvres. Mes doigts se déplacent doucement – pour bien lui laisser le temps de comprendre ce que je m'apprête à faire – jusqu'au visage de mon cavalier. Sans le lâcher du regard, je m'approche avec lenteur de ce visage que je tiens, mais ne vois plus. Ma bouche s'avance vers cette autre dont je n'ai plus la moindre envie, maintenant qu'il est là, *lui*. Et, alors que mes lèvres ne sont plus qu'à quelques centimètres…

– Dégage de là ! rugit Luke, furieux, en m'enlaçant d'une main ferme, tandis que l'autre repousse mon prétendant avec une force phénoménale. Elle est avec moi…

Celui qui pensait finir sa nuit avec moi préfère capituler sans faire un geste ou même dire un mot.

Non, mais quel connard ! je songe en le regardant s'éloigner.

– Si tu avais été avec moi, grogne Luke à mon oreille tout en la mordillant. Jamais un mec n'aurait pu se permettre ce que je viens de faire.

Je n'ai pas le temps de lui répondre que sa bouche plonge vers la mienne. Il me dévore comme s'il était affamé. J'ai l'impression que je vais fondre comme un carré de chocolat en plein soleil, tant je brûle de désir. Ses bras me serrent contre lui afin d'approfondir le baiser le plus dévastateur que j'ai jamais reçu. Ma langue est aussi avide de la sienne. Ses paumes plaquées sur mes fesses se font plus exigeantes et me pressent avec force contre son bassin. Impossible de ne pas sentir l'envie que je lui inspire. Quand notre baiser prend fin, son regard n'est que pur désir. Un désir brut et sauvage qui m'électrise totalement.

– Je peux t'assurer qu'après cette nuit, tu ne me confondras plus jamais avec Aïdan, lâche-t-il d'une voix rauque qui me fait frémir de plaisir. Je vais tellement te baiser que tu me supplieras d'arrêter…

Son arrogance m'excite autant qu'elle me hérisse. Ma réflexion au téléphone l'a visiblement vexé, et je ne peux m'empêcher d'y trouver un certain plaisir. Après trois semaines de silence et m'avoir posé un lapin, il mérite bien de ramer un peu. Beaucoup, même.

– J'ai très envie de jouer avec toi, je murmure en me mordillant les lèvres. Et toi, tu as envie de jouer avec moi ?

– Oh oui ! Je vais jouer avec toi toute la nuit, me promet-il d'une voix éraillée avant de me prendre par la main pour me guider vers la sortie. Et si tu es gentille, tu pourras aussi jouer avec moi…

Arrivée au vestiaire, je m'arrête pour récupérer mon sac et, pendant qu'il attrape ses clés de voiture, j'en profite pour demander à Cara – en toute discrétion – un petit accessoire qui va m'être bien utile pour jouer selon mes règles. Je le glisse ensuite dans mon sac et rejoins Luke qui m'attend un peu plus loin. Un sourire aguicheur ne quitte pas mon visage tout le long du trajet. Il s'agrandit même encore quand nous arrivons à notre destination.

Ce sera encore plus fun avec des témoins.

– Angie dort ici, ce soir, je l'informe en le suivant dans l'appartement de son ami Geoffrey, également futur époux de ma meilleure amie. J'ignorais que tu y avais une chambre…

– J'y ai une chambre réservée à chacun de mes séjours à Paris, précise-t-il en déposant une multitude de baisers dans mon cou. Je ne passe pas assez de temps en France pour avoir intérêt à y acquérir un appart…

Oh mon Dieu !

Quand il m'embrasse comme ça, j'ai presque envie d'oublier ma petite vengeance. *Presque.* Tandis que nous pénétrons dans sa chambre, il passe son bras autour de ma taille pour me serrer plus fort contre lui. Il porte toujours son jean et sa chemise. D'une main, je fais glisser ma robe au sol et lui ordonne de retirer ses vêtements. Il accepte avec un sourire. J'avale ma salive avec difficulté lorsqu'il se retrouve nu, me laissant apprécier son érection triomphante. Je lis dans ses yeux un désir si brut et si primaire que j'en ai le souffle coupé. Puis il m'attire brusquement contre lui.

– Justine… murmure-t-il en capturant ma bouche.

Son baiser est féroce. Je le lui rends avec un désir éperdu. Intense. Je ne veux plus rien d'autre que sentir ses mains sur moi. Rien d'autre que me perdre en lui. Je ne veux surtout pas qu'il s'arrête. Parce qu'il est le seul homme à me faire ressentir un plaisir aussi violent. Je sens son sexe dur contre mon ventre. Quand sa bouche quitte la mienne, je suffoque alors qu'un grognement rauque et sensuel s'échappe de ses lèvres.

Oh mon Dieu ! Je suis désespérément et follement excitée !

– Tu as toujours envie de jouer ?

Il me faut plusieurs secondes pour comprendre de quoi il parle.

– Ou tu préfères me laisser…

Je pose mon index sur sa bouche pour le faire taire. Luke aime dominer. Au lit. Et j'imagine que c'est également le cas dans la vie quotidienne. Mais je ne compte pas lui céder le contrôle, ce soir.

– Oui, j'ai toujours envie de jouer. Allonge-toi sur le lit.

Je file récupérer mon petit accessoire dans mon sac qui se trouve sur la commode, puis je retourne sur le lit. Je me positionne à califourchon au-dessus de lui en lui montrant ce que je cache dans mes mains.

– Des menottes ?!

Je vois tout de suite qu'il n'est pas emballé, alors pour le motiver, je me frotte langoureusement contre lui. Ma culotte ne tarde pas à être complètement trempée et nos gémissements résonnent bientôt dans la chambre. Haletante et tremblante de plaisir, je lui demande de se mettre sur le ventre pour que je puisse lui passer les menottes. Pendant un instant, je pense qu'il va refuser. Mais il finit par accepter et roule docilement face contrele matelas en me présentant ses poignets, que j'emprisonne dans les bracelets d'acier. Puis je dépose un baiser sur le tatouage qui couvre une grande partie de son dos. Avant qu'il n'ait le temps de réaliser, je saute ensuite du lit, attrape mes vêtements, mon sac et mes chaussures, et lui lance juste au moment de quitter la chambre :

– J'ai adoré jouer avec toi, Luke ! Je suis certaine que la partie se serait terminée différemment pour toi… il y a trois semaines. Sans rancune, mon lapin, hein ! À la prochaine !

LUKE

J'entends la porte qui claque. Je me retourne vivement sur le dos en espérant découvrir Justine dans la pièce. Sauf qu'elle n'y est pas. D'accord, la demoiselle n'a pas apprécié notre rendez-vous manqué, mais à ma décharge, vu l'état dans lequel je me trouvais, il valait mieux qu'elle ne me voie pas. OK, j'aurais pu passer un coup de téléphone et lui présenter des excuses. Surtout que ce n'est pas dans mes habitudes d'agir ainsi. Seulement, nous étions en pleine négociation à ce moment-là. Nous cherchions des moyens de pression, et j'étais fou de rage de ne pas avoir de preuves pour coincer ces deux salopards… Preuves que nous n'avons toujours pas en notre possession à l'heure actuelle, d'ailleurs !

Bordel ! Qu'est-ce qu'elle fout ? Ça fait combien de temps qu'elle est partie maintenant ?

J'essaie de lire l'heure sur ma montre, mais avec les mains menottées dans le dos, autant dire que c'est mission impossible. Je marche de long en large dans la chambre en l'attendant. J'ignore combien de temps je me balade à poil entre ces quatre murs tout en essayant de me dégager les mains des saletés de bracelets que Justine m'a offerts. La seule chose que j'y gagne, c'est de me bousiller les poignets. Évidemment, je ne peux m'empêcher de l'appeler à plusieurs reprises. En vain. Je finis par comprendre qu'elle n'a aucune intention de revenir, et je ne vois alors qu'une seule solution pour me sortir de ce traquenard. Tant bien que mal, j'attrape le drap et tire d'un coup sec pour tenter de m'en couvrir et gagner ensuite la chambre de Geoffrey. Je frappe une fois. Pas de réponse. Pas vraiment de bonne humeur, je tambourine avec mes pieds sur la porte. Toujours aucune réponse.

– Fais chier ! Il est sourd ou quoi ?

Je pivote puis, de dos, attrape la poignée à pleine main et pousse le battant qui, à mon grand soulagement, s'ouvre sans difficulté. Sans perdre de temps, j'entre dans la chambre.

– Fais vraiment chier, je marmonne en découvrant pourquoi Geoffrey n'avait pas toute sa tête pour venir à mon secours.

Je viens visiblement de le déranger en pleine activité avec sa future épouse. Future épouse qui, dès qu'elle m'aperçoit, bondit hors du lit en hurlant :

– NON ! NON ! ET NON !

Geoffrey enfile un short à la va-vite, tandis qu'Angeline parcourt la pièce comme une furie en bafouillant :

– Si vous croyez que… que… je… nous…

– Du calme, Barbie ! je lance en espérant l'apaiser.

Elle me jette un regard noir avant de saisir une bouteille d'eau qu'elle me balance sur la tronche.

– Mais ça ne va pas ?! Tu es malade ou quoi ?

– C'est toi qui es complètement malade, grogne-t-elle en posant brutalement son index sur mon torse mouillé. Oui, vous êtes deux grands malades ! Tous les deux !

Putain, mais quelle soirée !

– Bordel ! beugle Geoffrey en lui présentant un short. Tu vas te rhabiller, oui…

Je lâche un juron alors qu'elle arrache le drap de son lit pour s'en vêtir comme une toge en marmonnant qu'elle ne restera pas dans la même pièce que deux salauds tels que nous. J'ai envie de lui demander ce qu'elle entend par là, cependant je n'ai pas encore ouvert la bouche qu'elle lance, furieuse :

– Ah bon ? Pourquoi ? Vu ce que vous avez l'intention de faire, il vaut mieux être à poil, tu ne crois pas ?

– Mais de quoi tu parles ? riposte Geoffrey sans sembler remarquer que, de mon côté, je commence sérieusement à m'impatienter avec mes menottes.

– Ne me prends pas pour une blonde !

– Tu es pourtant blonde, je ne peux m'empêcher de lui faire remarquer avec un sourire.

– La ferme ! hurlent-ils simultanément avant qu'elle n'ajoute : Prêt à tous les sacrifices ! Ben voyons ! Tu parles d'un sacrifice… un plan à trois, et puis quoi encore ?

Je me marre doucement en comprenant soudain la méprise d'Angie, tandis qu'ils jouent tous les deux au chat et à la souris. Lui en essayant de l'attraper. Elle en sautant sur le matelas pour l'éviter.

Bordel ! On ne va pas y passer la nuit non plus !

Je me place devant la porte afin de l'empêcher de filer en douce et éclate de rire lorsqu'elle me traite de connard. À moins qu'elle ne s'adresse à son futur mari ? J'ai du mal à suivre. Je replonge dans leur conversation :

– Alors, pourquoi est-il ici ? rage-t-elle en me désignant. Si ce n'est pas pour…

– Tu le saurais si tu m'avais laissé le temps de t'expliquer, je la coupe d'une voix basse. Je ne suis pas venu pour un plan à trois, ma belle. Je suis là pour ça…

En lâchant un juron, je me tourne pour qu'elle voie mon dos et mes mains menottées. Geoffrey se marre, avant de me lancer sur un ton guilleret et ironique :

– Qui t'a laissé comme ça ?

Quand je disais que c'était une putain de soirée !

– À ton avis ? je bougonne, de plus en plus de mauvais poil.

– Tu as la clé ?

Je m'assois sur le lit avant de lui répondre :

– J'espère qu'elle ne l'a pas balancée à la poubelle… J'ai cru qu'elle allait revenir…

Ce salaud expose littéralement de rire, cette fois.

– Tu fais chier ! je râle en faisant tout mon possible pour garder ce putain de drap bien placé sur mes hanches. Si tu pouvais m'aider au lieu de te bidonner comme un crétin…

– Alors, ma puce, tu ne devines pas quelle adorable chipie s'est amusée comme ça ? Tu n'as pas une petite idée ?

– Justine ? répond Angie à Geoffrey, puis, pivotant vers moi : Elle est partie en te laissant les menottes aux poignets ? Mais pourquoi ?

Là, Geoffrey est carrément hilare. J'ai une soudaine envie de balancer mon pied dans la tronche de mon meilleur ami. Mais avant que je puisse esquisser le moindre geste, il lance entre deux éclats de rire :

– À ce que je vois, elle lui a fait cadeau d'une belle paire de bracelets et, à mon avis, la nuit nc s'est pas conclue comme il l'espérait…

C'est clair, dès qu'on me libère, je lui balance mon poing dans la tronche !

Tandis que la future mariée vocifère sur tous les tons en me traitant de noms d'oiseaux variés, Geoffrey la saisit par la taille en lui disant de se calmer.

Oui, mon pote, ce serait bien qu'elle m'oublie un peu et qu'on s'occupe de mon problème.

– Explique-moi pourquoi elle t'a laissé dans cet état, hein ? À sa place, je t'aurais attaché au lit et bâillonné. Mais c'est du Justine tout craché, ça. Elle est trop gentille…

Non, mais je rêve, là !

– Trop gentille ? Tu trouves qu'elle est trop gentille ! je fulmine, pour le coup. J'aurais dû me méfier quand elle a insisté pour jouer… quel con ! Ça fait plus d'une heure que j'attends qu'elle revienne et me libère de ces putains de menottes. Sans compter que ça commence à me bousiller les poignets…

– Tant mieux ! J'espère que tu en garderas la marque très longtemps…

Je connais très peu celle qui sera bientôt la femme de mon meilleur ami. Et même si je ne suis pas d'accord avec les raisons ténébreuses qui ont poussé Geoffrey à ce mariage, depuis qu'elle est entrée dans sa vie, j'ai vu à quel point il a changé. Combien il est heureux grâce à elle. Elle l'ignore totalement, mais il est déjà fou amoureux et serait capable de tout pour elle. Tout comme cette petite chipie est capable de tout pour sa meilleure amie.

Ce qui fait qu'elle et moi avons au moins ce point en commun.

– Ta copine et toi êtes vraiment de sales petites chipies, je lance avec un sourire, puis, m'adressant à Geoffrey : Bon, et toi… tu comptes faire quelque chose pour moi ou tu as l'intention de rendre ma nuit plus merdique encore qu'elle ne l'est déjà ?

– Eh, du calme ! Si ta nuit est merdique, ce n'est pas une raison pour pourrir la mienne.

– Je sais. Et ce n'était pas du tout dans mes projets de débarquer comme ça… désolé… vraiment.

– Je vais voir ce que je peux faire pour te libérer, dit-il en retournant vers le lit où il dépose Angie.

Elle se pend à son cou en lui chuchotant à l'oreille qu'il peut tout aussi bien s'occuper de moi demain… dans une semaine ou même dans un mois. Mais comme j'ai l'ouïe très fine, je ne rate rien.

– Je ne suis pas sourd !

Geoffrey me rejoint et, alors que je tourne le dos, j'entends :

– Au fait, Luke. Il faut bien reconnaître que tu as un cul d'enfer, toi aussi !

Bordel ! J'y crois pas !

– Barbie ! Je t'interdis de regarder son cul, lui lance Geoffrey en me filant une accolade.

– Dans ce cas-là, dis-lui de ne plus se trimballer presque à poil devant moi.

Quelques mois plus tard,
à New York... la cerise sur le gâteau

JUSTINE

J'écris mon message :

Besoin urgent d'un matelot,
car ma sexualité prend l'eau...
prêt à relever le défi ? Justine.

Puis j'envoie. Je réalise aussitôt que j'ai oublié de mentionner l'adresse du bar où nous sommes. Je tapote à nouveau sur mon téléphone pour remédier à ce petit problème.

– Tu vas lâcher ce satané portable ?!

Je lève les yeux sur Sarah, l'une de mes meilleures amies, avocate de surcroît, grâce à qui – sans oublier l'aide non négligeable de son confrère spécialisé en droit criminel, Brian Reynolds – nous sommes ici ce soir pour nous amuser. Et surtout, pour fêter le verdict de non-culpabilité de mon autre meilleure amie, Angeline. Quand je pense qu'elle a été accusée de tentative de meurtre sur la personne de son époux et qu'elle a failli finir ses jours en prison, j'en ai encore des sueurs froides. Je n'ose imaginer ce qu'il serait advenu de son père, de moi, de Sarah et de Geoffrey, si les jurés avaient rendu un verdict différent.

Pense à autre chose, Justine ! Tout cela est terminé, maintenant ! Profite juste de cette soirée !

– Voilà, voilà, c'est bon ! je m'impatiente en déposant mon portable sur la table. Tu es contente ?

– Oui ! Un iPhone a beau avoir de multiples fonctions, il ne possède pas encore celle de te filer un orgasme. Alors que les mecs autour de nous, eux sont là pour ça…

Elle avale une gorgée de son cocktail en me désignant du menton un groupe d'hommes qui, eux aussi, semblent être là pour prendre du bon temps.

– Il te suffit de faire ton choix. Le brun en chemise à carreaux est plutôt pas mal, non ?

Je pointe mon regard sur l'objet de son attention, qui détonne dans ce bar branché et plutôt huppé de Manhattan.

– On dirait un bûcheron qui s'est égaré en ville, je pouffe. Mais c'est vrai qu'il a un petit quelque chose de craquant.

– Justement ! Quoi de mieux qu'un bûcheron pour passer une nuit sauvage ? De plus, il a l'air super musclé de partout, enfin… de ce qu'on peut voir. Je suis certaine qu'avec lui, la soirée *Thoride* est 100 % garantie !

– Soirée *Thoride ?* C'est quoi, ce nouveau concept ?

Elle éclate de rire en secouant la tête, ce qui a pour effet de faire valser ses boucles rousses.

– Une soirée de festivités coquines en compagnie d'un mec armé d'un gros marteau, précise-t-elle avant de se lever.

Puis, en posant son regard sur le bûcheron, elle ajoute d'une voix espiègle :

– Je pense ouvrir la chasse avec Mister Canada. Tu te décides à bouger tes fesses ?

Discrètement, je jette un coup d'œil sur l'écran de mon téléphone. Toujours rien.

– Je n'ai pas encore trouvé le spécimen masculin capable de détrôner ce fauteuil au point de me donner envie de bouger mes fesses.

Je suis des yeux sa démarche chaloupée tandis qu'elle s'éloigne en direction de sa proie. Je m'installe plus confortablement dans mon fauteuil de cuir en laissant errer mon regard sur la faune new-yorkaise joyeuse et bruyante qui m'entoure. J'avale une nouvelle gorgée de mon cocktail non sans songer que je suis déjà un peu pompette. Avant d'arriver ici, nous avons descendu deux bouteilles de champ' avec Angie.

Dans ma vision périphérique, j'entrevois Sarah qui vient de harponner l'objet de sa convoitise, quand je perçois une présence derrière moi. Avant même d'avoir le temps de me retourner pour vérifier qui cela peut bien être, je sens deux mains se poser fermement sur chacune de mes épaules, tandis qu'une voix rauque murmure à mon oreille :

– Si tu es toujours à la recherche d'un bon Samaritain pour écoper, je te suggère de te lever…

Sa bouche douce et chaude s'attarde sur ma nuque durant plusieurs secondes. Je frissonne. J'ai chaud. Froid.

– Suis-moi…

Sans un mot, j'attrape ma pochette, prête à m'exécuter. Sa main s'enfouit dans mes cheveux et renverse soudainement ma tête en arrière. Son regard plonge dans le mien.

– Luke…

– Tu me dois une nuit de baise torride, souffle-t-il dans un grondement sourd. Prête à relever le défi ?

Tu n'as pas idée !

– Oui…

***

Un mélange de passion intense et de complicité troublante crépite entre nous jusqu'à ce que nous franchissions la porte de ma suite. Le désir brut qui transparaît sur son visage est un pur délice. Je suis dans un tel état de frustration que je serais prête à le supplier. À l'implorer s'il le fallait. Alors qu'il continue de me contempler en silence. Un gémissement s'échappe de mes lèvres.

Et en une fraction de seconde, tout explose.

Comme si l'attente avait été trop longue. Trop insoutenable. Aussi bien pour lui que pour moi.

Nous n'avons pas le temps d'atteindre le lit, Luke me plaque contre le mur. D'un geste brusque et impatient, il relève ma robe, descend ma culotte. Mes doigts s'acharnent avec frénésie sur la ceinture de son pantalon. Puis sur sa braguette. Mon cœur bat frénétiquement. Sa langue plonge profondément dans ma bouche… son sexe s'enfonce brutalement en moi… et là… plus rien n'existe à part lui… son corps… ses mains… sa bouche… et la myriade de sensations qui explosent en moi…

J'ai oublié quelque chose…

Nos corps à moitié dévêtus sont possédés par un même désir impérieux, dévorant et indomptable qui nous entraîne au bord du précipice. Il grogne. Je suffoque. À mi-chemin entre cris et gémissements. Un vertige délicieux et presque suffocant déferle en moi, et tout devient si intense que c'en est douloureux. C'est comme si le temps se figeait et seule compte cette sensation de plaisir intense qui m'envahit. Impossible de résister. Chaque parcelle de mon corps le réclame. Une seule exigence. Un seul désir. Lui…

Et soudain, une délivrance violente et inouïe.

– Regarde-moi, chuchote Luke d'une voix très rauque en saisissant fermement une poignée de mes cheveux. J'espère que tu es toujours en forme, parce que la nuit ne fait que commencer…

Sa poigne se fait plus exigeante. Il ne me laisse aucun répit. Et je n'ai qu'une envie, qu'il m'épuise jusqu'à l'extrême limite de mes forces. Luke est ma dose sexuelle de LSD. Il me rend accro.

On a oublié quelque chose… je songe encore en plein brouillard. *Oh oui, Luke ! Encore…*

CHAPITRE 1

Ferme les yeux et fais un vœu

Je suis à un moment de mon existence où je tiens mon avenir entre mes mains. Littéralement. Dans cinq minutes, je vais savoir si ma vie prendra ou non un virage à 90 degrés, une direction totalement différente de tout ce que j'ai pu prévoir, imaginer, rêver, espérer… Ce stylet de plastique blanc renferme une réponse capitale qui se résume à deux mots. Deux petits mots : positif ou négatif. Inutile de dire que, depuis des jours, je prie tous les saints du monde pour que le résultat soit négatif. Je suis même allée à la chapelle Sainte-Rita, avocate des causes désespérées, brûler un cierge. Car je suis une cause désespérée. Totalement désespérée si jamais le résultat n'est pas celui que j'invoque de toutes mes forces. De tout mon cœur.

– Négatif, négatif, je marmonne, lèvres serrées et doigts tremblants. Négatif…

Je jette un regard sur mon portable : encore une minute. Plus qu'une infime minute. Les jambes flageolantes, je me laisse glisser doucement le long du mur de la salle de bains, où j'ai trouvé refuge pour fuir ma mère. Elle s'inquiète à mon sujet. Parce que je suis encore célibataire à plus de vingt-neuf ans, que j'enchaîne les aventures sans lendemain, sans jamais tomber sur le bon candidat… le gendre idéal !

Comme si c'était si facile de trouver un homme intelligent, attentionné, drôle, avec un physique à vous faire mouiller votre petite culotte, qui vous donne des orgasmes comme s'il en pleuvait, fou amoureux, fidèle... et surtout, qui a envie de s'engager !

Parce que ma carrière de décoratrice ne décolle pas. Il faut dire que je ne me bouge pas spécialement non plus pour lui donner le coup de boost nécessaire.

Ma mère regrette que je n'aie pas l'ambition professionnelle de Sarah, avocate dans un grand cabinet à Toronto, et qui fait la fierté de ses parents, des miens, et de moi aussi, j'avoue. Ou la vie sentimentale d'Angeline, folle amoureuse et fraîchement mariée à Monsieur Gendre idéal, justement ! J'ai un sourire involontaire en songeant que, même si leur histoire avait plutôt très mal débuté – un contrat de mariage signé à contrecœur pour une durée de cinq ans afin d'éponger les dettes de son père et de subvenir aux besoins de sa jumelle dans le coma –, ces deux-là ont eu droit à un super happy end. Exactement ce dont ma mère rêve pour moi, à défaut d'une brillante carrière, ou d'une carrière tout court.

J'ai la chance d'être une privilégiée. Je ne manque de rien. Je peux m'acheter tout ce dont j'ai envie. Si demain, je décide de partir au bout du monde, je n'ai pas à me soucier de savoir si mes moyens financiers me le permettront. Outre la fortune de mes parents, j'ai également à ma disposition une petite partie de l'héritage de mes grands-parents paternels. La plus grande partie de cet argent étant bloquée jusqu'à mon mariage, ou à la naissance de mon premier enfant…

Grand-mère aurait-elle eu une prémonition ?

– Justine ? s'écrie ma mère derrière la porte, à l'instant même où l'alarme de mon téléphone résonne. Tout va bien ? Ça fait plus de dix minutes que tu es enfermée dans la salle de bains…

– Tout va bien ! je râle, la respiration soudain plus rapide. Je vous rejoins tout de suite.

J'entends le bruit de ses pas décroître dans le couloir tandis que mon cœur s'affole et qu'une sueur froide me dévale l'échine. Je me lève en prenant appui sur le mur. Le reflet dans le miroir me renvoie l'image de celle que j'étais encore avant…

Avant que tu ne fasses la plus grosse connerie de toute ta vie ! Comment as-tu pu oublier de te protéger ?! Comment ?! Où étaient passés tes foutus neurones ?

Pour ma défense, je ne suis pas la seule à avoir eu le cerveau aux abonnés absents. Si je suis fautive,

Luke l'est tout autant que moi. Peut-être même plus, non ? Un mec ne devrait jamais oublier d'enfiler une capote. Jamais ! OK, *idem* pour une nana.

Lui ? Toi ? Finalement, quelle importance ? Tu crois que c'est vraiment le moment de se prendre la tête avec des détails ? Regarde plutôt ce foutu test de grossesse ! Allez ! Autant en finir ! Et si ça se trouve, tu te fais des films pour rien.

– Carrément même, je lance à mon reflet dans le miroir. Combien y a-t-il de probabilités pour qu'un seul, *un seul* petit oubli porte à conséquence ?

Brusquement plus confiante, je prends une grande inspiration et pose mon regard sur le test de grossesse pour lire le résultat…

Positif !

PO.SI.TIF.

***

Deux jours plus tard, et cinq tests de grossesse de plus à la poubelle, je sors de chez mon médecin de famille avec ses félicitations pour mes parents, le futur papa… et *oh mon Dieu*… la future maman… *moi ?!*, une ordonnance pour des vitamines, et enfin, ses recommandations plein la tête. D'une main tremblante, je fais défiler les numéros sur l'écran de mon portable pour trouver celui d'Angie.

– Papa va bien ? s'exclame-t-elle en décrochant d'une voix inquiète.

– Oui, ne te fais aucun souci. Ce n'est pas pour lui que j'appelle…

Il me faut quelques secondes avant de retrouver mes esprits et me souvenir que ma meilleure amie se trouve en ce moment en pleine lune de miel.

– Si j'avais pu, je ne t'aurais pas appelée, je lâche, le souffle court et des sanglots dans la voix. Je sais que vous rentrez bientôt et vous avez bien mérité qu'on vous laisse tranquilles…

– Tu as très bien fait, me coupe-t-elle alors que je pleure de plus belle. Les amies sont là pour ça. Dis-moi ce qui ne va pas, Juju.

– Tout… rien ne va, c'était juste un oubli. Ça ne m'est jamais arrivé d'oublier… jamais… pourquoi c'est tombé sur moi ? Hein ? Non, mais tu imagines ? Juste une seule fois, et boum… hein ? Juste une seule fois…

– Justine ! Calme-toi, je ne comprends rien. Qu'est-ce que tu as oublié ?

Je respire un grand coup avant de lâcher :

– Je suis enceinte…

J'entends son hoquet de surprise dans l'écouteur tandis que j'essaie de me calmer en respirant profondément.

– Te serait-il possible, enfin… si ton mari est d'accord, bien sûr, de m'héberger dans votre maison de Brooklyn, le temps pour moi de louer un appartement ?

La nouvelle de ma grossesse semble l'avoir rendue muette, alors je continue :

– Je ne resterai pas longtemps. Juste le temps de…

– C'est Luke, n'est-ce pas ? m'interrompt-elle en retrouvant brusquement l'usage de la parole. Quelle imbécile je suis, évidemment que c'est Luke !

– Que se passe-t-il avec Luke ? intervient une voix masculine derrière elle.

– Luke est-il au courant ? m'interroge-t-elle en soufflant à son mari de se taire.

Je lâche un soupir avant de répondre :

– Pas encore… ce n'est pas le genre de nouvelle qu'on balance au téléphone, tu ne crois pas ? C'est pour cette raison que j'ai besoin de passer un peu de temps à New York…

– Tu pourras rester chez nous le temps que tu voudras. Aussi longtemps que tu le souhaites. Il n'y a aucun problème à ce sujet-là. Geoffrey est totalement d'accord avec moi. Christian viendra te chercher à l'aéroport, et Georges va s'occuper divinement de toi jusqu'à notre retour, ma Juju. Tu verras, tout va bien se passer…

– Tu crois ? je la coupe d'une petite voix. J'ai peur que la nouvelle n'enchante pas Luke le moins du monde.

– Pour le moment, ne te préoccupe que de prendre ton billet pour New York. Dès que tu connais le jour et ton heure d'arrivée, préviens Georges. Je vais t'envoyer son numéro par SMS. D'accord ?

– D'accord…

– Nous rentrons dans quelques jours, et je t'assure que tout va aller. Je t'aime, ma Juju.

– Moi aussi… à bientôt.

Et je raccroche le cœur un peu plus léger, mais la tête pleine de questions.

Il ne me reste plus qu'à réfléchir et à prendre une décision qui bouleversera probablement toute ma vie… et pas seulement la mienne. Est-ce que je souhaite garder ce bébé ? Ou faire une IVG ?

Oh merde ! Merde ! Merde !

Suis-je apte à élever un enfant toute seule ? En ai-je seulement le désir ?

Moi... en mère célibataire ?!

Et si je décide de le garder, il me faut prendre un billet d'avion, faire mes valises, et annoncer à mes parents que, dans neuf mois, ils seront grands-parents… que le père n'est pas encore au courant… et que le taux de probabilités que la nouvelle l'enchante est de zéro… C'est évident, ils vont sauter de joie.

Oh merde ! Merde ! Merde !

CHAPITRE 2

De Paris à New York

Évidemment, à l'annonce de ma grossesse, mes parents n'ont pas sauté de joie. Surtout mon père. Je me suis brusquement retrouvée des années en arrière, à l'époque de mon adolescence, lorsque j'avais droit à ses sermons devant mon comportement insouciant et stupide. Difficile de lui prouver que je gère mieux ma vie à vingt-neuf ans qu'à seize, au vu de la nouvelle que je venais de lui annoncer. Et que dire quand il a fallu que j'explique que le futur papa n'est toujours pas au courant, qu'il n'est pas vraiment – pour ne pas dire pas du tout, mais ça, je l'ai gardé pour moi – candidat au titre de gendre idéal, et encore moins – pour ne pas dire pas du tout, du tout, et ça aussi, je l'ai gardé pour moi – candidat à celui de futur papa ! Carrément impossible d'expliquer à ses parents qu'une super séance de baise, où il n'a été question que de sexe et de rien d'autre, vous propulse soudainement au rang de mère célibataire à cause d'un petit oubli de capote…

– Mademoiselle, il faut remonter votre tablette, nous allons bientôt atterrir, m'informe le steward avec un sourire. Vous désirez quelque chose ?

– Non merci.

Je m'exécute et remonte ma tablette, puis boucle ma ceinture avant de jeter un coup d'œil par le hublot. J'aperçois déjà les buildings, et je ne peux m'empêcher d'avoir un brusque sentiment de crainte à l'idée de ce qui m'attend dans cette ville. Consciente de n'avoir pas encore affronté le pire. Parce qu'il faut bien l'avouer, même si je me doutais que mes parents seraient sidérés par la nouvelle de ma grossesse, par ailleurs, j'étais intimement convaincue, une fois le choc passé, qu'ils me soutiendraient, quel que soit mon choix. Et je ne m'étais pas trompée. Bien sûr, ils auraient préféré que cela se passe différemment et qu'avant de tomber enceinte, je trouve l'homme avec qui j'aurais envie de partager ma vie… pour me marier et fonder une famille.

Sauf que ça ne s'est pas passé du tout comme ça ! J'ai passé des heures, des jours, des nuits à réfléchir, à imaginer une existence de maman solo avec un bébé… à spéculer sur ma vie actuelle de femme célibataire. Presque trentenaire, sans travail actuellement, toujours chez mes parents… Le bon sens – ma famille – me dictait de me faire avorter. Toutefois, chaque fois que je penchais vers cette décision, un malaise étrange – comme l'impression de faire la plus grosse connerie de ma vie – s'emparait brusquement de moi et m'empêchait de téléphoner pour prendre un rendez-vous. Alors j'ai juste écouté mon cœur et mon instinct. Ce bébé, je veux le garder. Et qui sait, cette grossesse est peut-être un signe du destin ? Un présage heureux ?

Je pose ma main sur mon ventre, étonnée qu'il soit toujours aussi plat, que je ne ressente rien alors qu'une petite vie est pourtant en train de s'y développer, jour après jour. Un petit être totalement inconscient de la révolution que sa venue provoque dans ma vie et que pourtant j'aime déjà à la folie.

– Je n'ose même pas imaginer le chaos que tu vas provoquer dans celle de ton père, je murmure tout bas.

Luke… Luke… je n'ai aucune idée de la façon dont il va réagir. Ou plutôt, si, j'en ai bien une. Cette nouvelle ne va pas du tout le ravir. Et c'est un euphémisme.

Mais une fois le tsunami passé ?

C'est mon ignorance totale quant à la réponse à cette question qui me submerge d'angoisse.

Une fois l'avion au sol, j'attrape mon sac, m'engouffre dans les couloirs à la suite des autres passagers et passe la douane, la tête toujours remplie d'interrogations. Il ne me faut pas longtemps pour récupérer mes valises et les déposer sur un chariot. Puis je me dirige vers la sortie à la recherche d'un homme dans la foule – Christian, le chauffeur de Geoffrey –, armé d'une pancarte à mon nom.

Merde, ce truc pèse une tonne, je songe en poussant mon chariot devant moi, tout en essayant de ne percuter aucun autre voyageur. *Quelle idée aussi d'avoir autant de valises !*

– Juju ! Juju !

Hein ?

Je n'ai pas le temps de réaliser à qui appartient cette voix hystérique qui crie mon prénom à travers le hall que deux bras m'enlacent déjà avec force.

– Mais je te croyais encore en pleine lune de miel, je lâche, abasourdie. Vous ne deviez rentrer que dans deux jours. Et c'est quoi, cette tenue ?!

Elle éclate de rire et se met à tourner sur elle-même. Près de nous, son BBS de mari lance un regard noir au pauvre malheureux qui a osé admirer sa femme avec un peu trop d'empressement. Il faut dire que ma meilleure amie ne passe pas inaperçue au beau milieu du hall de l'aéroport, dans sa tenue de sorcière très sexy.

– Tu n'as même pas vu que tu arrivais le jour d'Halloween, pouffe Angeline, toute bronzée, un sourire radieux plaqué sur des lèvres peintes en noir. Tu crois vraiment que j'aurais manqué de venir t'accueillir ? Même pas en rêve, ma Juju.

À travers mon regard embué, je lance un regard désespéré à Geoffrey.

– Oh non, je murmure, en larmes. Je vous ai gâché ce qui devait être un séjour paradisiaque et…

– Tu n'as rien gâché du tout, me coupe-t-elle en essuyant mes pleurs avec douceur. Pas besoin d'être à Cat Island pour être en lune de miel. Pour cela, il me suffit d'être dans ses bras…

Geoffrey, qui s'est avancé pour nous rejoindre, ajoute :

– Et c'est la même chose pour moi ! Bienvenue àNew York, Justine. Ma femme te l'a déjà dit, mais je veux que tu saches que tu peux rester chez nous aussi longtemps que tu le souhaites.

– Merci… à vous deux, vraiment.

D'une main ferme, il se saisit de mon chariot, que je lui cède bien volontiers, pour nous escorter vers la voiture. Pendant tout le trajet jusqu'à leur domicile, Angeline me fait un compte-rendu de leur merveilleux séjour aux Caraïbes avec un plaisir non dissimulé.

– Ne t'inquiète pas, me chuchote-t-elle lorsque nous sortons du véhicule. Je n'ai rien dit à Geoffrey. Tel que je le connais, il n'aurait pas pu s'empêcher de prévenir Luke et de l'asticoter à tout bout de champ sur son statut de futur papa. Ce qu'ils ne manqueront pas de faire avec Aïdan dès qu'ils seront au courant, tu peux me croire.

– J'ignore totalement comment je vais le lui annoncer, et encore plus comment il va le prendre…

– Si j'ouvrais une bouteille de champagne pour fêter ton arrivée ? lance Geoffrey en nous rejoignant à l'intérieur. Je vais demander à Georges de nous préparer quelques amuse-bouche…

– Demande-lui plutôt de nous concocter un bon chocolat chaud, mon chéri. Avec ce temps, j'ai une super envie de douceur, pas toi, Juju ?

– J'adorerais un chocolat, je réponds avec un petit clin d'œil, et avec plein de cookies… Je n'ai rien mangé durant le voyage et j'avoue que j'ai un peu faim. Sans compter que la nourriture est toujours infecte dans les avions.

– J'espère que tu as plus d'appétit que ma délicieuse épouse, me lance Geoffrey. Elle ne mange pas plus qu'un moineau, au grand désespoir de Georges, d'ailleurs.

– Mon Dieu, je passerais ma journée à manger et j'aurais déjà pris quinze kilos si je l'écoutais, rétorque mon amie en l'enlaçant. Mais je suis certaine que Justine va faire grand honneur à sa cuisine.

– Tu as raison, j'acquiesce dans un éclat de rire alors qu'elle pouffe et que Geoffrey nous observe d'un air perplexe. J'ai un appétit d'ogre en ce moment.

– J'ignore ce qui vous fait rire, toutes les deux, et j'imagine que, là encore, ma puce, je n'ai droit à aucune explication.

– Si, mais pas tout de suite. Bientôt. Mais je…

– Je ne vois pas le lien entre la cuisine de Georges et Luke, la coupe-t-il en déposant un baiser sur le bout de son nez. Pourtant… du moment que tu n'oublies pas ta promesse…

Et sur ces paroles équivoques, il quitte la pièce, un sourire de pur triomphe sur le visage.

– Pour qu'il arrête de me cuisiner à ton propos en ce qui concerne Luke, je lui ai promis une nuit de sexe torride – encore plus que celles que nous avons déjà –, où il pourra tout me demander, m'informe-t-elle. Absolument tout !

– À ce que je vois, la tactique semble plutôt bien fonctionner.

– Mais carrément ! confirme-t-elle. Et inutile de te dire combien j'ai hâte de respecter ma promesse.

– Le contraire m'aurait franchement étonnée, je rétorque avec un grand sourire, alors que nous éclatons de rire.

CHAPITRE 3

Un vibromasseur sinon rien

– Si seulement tu t'étais contentée de ton vibromasseur… Comment as-tu fait pour te fourrer dans un tel merdier ?

– Sarah ! s'insurge Angeline à mes côtés en faisant les gros yeux à notre amie *via* l'écran de l'ordinateur. Tu ne peux…

– Quoi, Sarah ?! Purée, c'est vrai, quoi ! L'époque où les préservatifs étaient une denrée rare est révolue depuis longtemps. On en trouve à tous les coins de rue… Quelle connerie !

– Les oublis, ça arrive, je la coupe avec mauvaise humeur. Et c'est exactement ce qui est arrivé. Un oubli, juste un petit oubli.

– Un putain d'oubli, oui ! Et ta pilule, qu'est-ce qui s'est passé avec ta pilule ? Un oubli aussi ?

– Il faut croire qu'avec le décalage horaire, et peut-être une prise trop tardive… je n'en sais rien, mais le résultat est là. Je suis bel et bien enceinte…

– Mais au fait, me coupe-t-elle à nouveau, qui est l'heureux con qui a oublié, lui aussi, et qui, de fait, se retrouve dans le rôle de futur papa ?

Je lâche un soupir excédé alors qu'un drôle de petit sourire éclaire le visage d'Angeline, laquelle répond à ma place :

– Devine ! Je suis certaine que ça va te faire plaisir… tu l'adores !

– Oh non, pas lui ! s'exclame Sarah en approchant son visage de l'écran comme si elle voulait passer à travers. Ne me dis pas que c'est cet abruti de Luke ? Justine ?

Angeline éclate de rire tandis que je hoche la tête pour confirmer. Sarah fronce les sourcils et disparaît de l'écran, avant de réapparaître quelques secondes plus tard, un verre de vin à la main. Elle retire ses lunettes et m'observe un moment sans dire le moindre mot. Puis, après avoir avalé une longue gorgée de rouge, lâche dans un souffle :

– Juju… tu n'as quand même pas l'intention de le garder ?

Je l'observe à mon tour en songeant que, moi aussi, j'aimerais bien me servir un verre de vin. À défaut, je pioche dans le plat de cookies – tout bonnement délicieux – que Georges a préparé à mon intention. Et, de plus en plus de mauvais poil, je réponds :

– Et pourquoi pas ?

J'adore Sarah, mais je la connais tellement bien aussi. Je n'ignore rien de sa façon d'envisager la vie et les relations amoureuses. Pour elle, vivre en couple est une connerie monumentale. Pourquoi s'embêter avec un homme au quotidien alors qu'on peut s'en satisfaire simplement lorsque l'envie s'en fait sentir ? Quant aux enfants…

– Je sais très bien que pour toi, l'aspect financier n'entre pas en ligne de compte, me balance-t-elle subitement, tandis que nous nous fixons en chiens de faïence. Mais je te connais, Juju. Je connais aussi tous tes rêves à la con, et franchement, tu te fourres le doigt dans l'œil si tu crois que cet abruti va être aux anges à l'idée de devenir père. Réfléchis un peu, ma grande ! Tu vas te retrouver à élever un bébé toute seule, avec un père qui s'en soucie autant que de sa première capote.

– Je ne serai ni la première ni la dernière, je marmonne en la fusillant du regard. Mais merci pour ton enthousiasme démesuré et ton soutien…

– Il faut bien qu'il y en ait une de nous trois qui ait les pieds sur terre, me coupe-t-elle, furibonde. Ça te semble peut-être une bonne idée aujourd'hui, pourtant, je peux t'assurer que ça sera loin d'être le cas dans quelques mois, et…

Elle s'interrompt le temps d'avaler une gorgée de vin, puis reprend de plus belle :

– Tu te vois vraiment passer les neuf mois de ta grossesse en solo, l'accouchement…

– Elle ne sera pas toute seule, la coupe Angie d'une voix ferme. Je serai là, et franchement…

– Merde, Angie ! Tu seras toujours là quand son bébé se réveillera en pleine nuit alors qu'elle sera complètement crevée et ne rêvera que de dormir quelques heures d'affilée ? Tu seras encore là quand elle se rendra compte qu'un bébé, ça peut passer des heures à chialer sans qu'on sache ce qui ne tourne pas rond chez lui…

Elle pousse un profond soupir et, les yeux embués, reprend d'une voix plus douce :

– Je ne te parle même pas des angoisses inhérentes à tous les parents, et dont je n'ai même pas la plus petite idée, mais qui – j'en suis absolument certaine – sont encore plus difficiles à vivre au quotidien quand on est seule à élever son enfant. Sans oublier ta vie amoureuse, sur laquelle tu vas devoir faire une croix pendant des années… J'ai peur que tu ne finisses par regretter ton choix un jour ou l'autre, ma Juju.

– Ne crois pas que je n'ai pas peur, Sarah. Je flippe complètement ! Totalement ! Mais s'il y a une chose dont je suis intimement convaincue, c'est que je ne regretterai jamais de garder mon bébé.

– C'est tellement aux antipodes de la vie de famille que tu espérais, tente encore Sarah dans un murmure.

Je ferme les yeux un instant. Le temps pour moi de faire une croix définitive sur mes rêves de petite fille, d'adolescente et de femme.

– C'est bien toi qui n'arrêtes pas de me dire depuis des années : réveille-toi ! La vie n'est pas un conte de fées, je lui lance en rouvrant les paupières.

Eh bien, Sarah, je me suis réveillée, et tu as raison, la vie n'est pas un putain de conte de fées.

– Mais on s'en fout, rétorque notre amie derrière l'écran, parce que toi, tu n'es pas une putain de princesse mais tu auras ta putain d'histoire d'amour !

– Je n'en reviens pas ! s'écrie Angie alors que Sarah éclate de rire. C'est bien la première fois que tu reprends la devise de Juju.

– Oui, tout arrive. Pourtant, ne rêve pas trop, Angie, ce sera aussi la dernière, précise Sarah avec un clin d'œil, puis soudain plus sérieuse : Justine, je donnerai tout ce que j'ai pour que tu aies droit toi aussi à ton HE. Même si ça doit être avec cet abruti de Luke… c'est dire.

Un happy end avec Luke ? C'est un miracle qu'il me faudrait !

J'avale un autre cookie, tout bonnement aussi délicieux que les quatre précédents… ou peut-être cinq.

– Et tu attends quoi pour le lui dire ? reprend aussitôt Sarah. Que ça se voie comme le nez au milieu de la figure ? Remarque… à l'allure où tu dévores, ça ne devrait pas être très long.

– Mmm…

– La naissance ? Son premier anniversaire ? Sa majorité ? Tu comptes le lui dire un jour ?

J'attrape un autre cookie. Malheureusement, la main d'Angie me le confisque avant qu'il n'atteigne ma bouche.

– C'est la question à un million de dollars, répond Angie en éloignant le plat de cookies. Quand va-t-elle se décider ? Et évidemment qu'elle va le lui dire !

– Pourquoi ? Rien ne l'y oblige, riposte Sarah. Ne fais pas cette tête-là, Angie. Ce n'est pas comme s'ils avaient une relation stable et suivie. C'était juste une histoire de sexe… ne le prends pas mal, Juju, mais c'est bien ainsi que tu m'as présenté les choses, non ?

– Oui, c'est vrai. Que du sexe…

Oh mon Dieu ! Mais tellement, tellement bon !

– En plus, vous avez baisé… quoi… trois, quatre fois, pas plus, non ?

– En fait, juste deux. La première fois, le jour de notre rencontre à la discothèque…

– Oh oui ! Luke et Aïdan. Je n'en reviens toujours pas que tu aies osé faire ça, me coupe Angie. Avouez que passer une nuit avec deux BBS pareils, qui n'en rêverait pas, hein ?! Je suis certaine que toi aussi, Sarah, ça te tenterait bien, non ? Et ne nous raconte pas de conneries !

Sarah reste un long moment silencieuse avant de lâcher, toute souriante :

– Deux beaux mecs aux petits soins pour moi ? Et surtout qui m'obéissent au doigt et à l'œil ? Mais carrément ! C'est clair que je m'amuserais comme une petite folle… Mais revenons-en à ce qui nous intéresse.

– OK. La seconde fois, qui fut la bonne, c'était le jour du résultat du délibéré des jurés pour l'affaire d'Angie. On avait bu pas mal à l'appart' et…

– Oui, et pas qu'à l'appart', continue Sarah. Et comme par hasard, Luke s'est pointé là où nous étions en train de faire la fête.

– J'avais tellement besoin de m'amuser, de m'éclater, de vivre. Une nuit de sexe avec Luke, c'est exactement ce qu'il me fallait après les jours d'angoisse, d'horreur que nous avions vécus à cause de cet horrible procès… mais tu as raison, Luke et moi, c'est juste une histoire de sexe. Il a toujours été très clair à ce sujet.

– Donc, ça confirme bien ce que je disais. Si tu ne le souhaites pas, je ne vois aucune raison de lui apprendre qu'il est le père de ton enfant. Tu veux qu'il participe financièrement ?

– Tu sais bien que je n'ai pas besoin de son argent pour élever plus que correctement mon enfant.

– Il a le droit de savoir, s'exclame Angie, outrée. C'est son enfant ! Tu ne peux pas décider à sa place quel rôle il veut jouer dans la vie de ce bébé. Tu dois lui laisser le libre arbitre. Tu imagines le choc s'il apprend des années plus tard qu'il a un fils ou une fille quelque part dans la nature…

– Il n'est pas obligé de l'apprendre si on ne lui dit rien, la coupe Sarah d'un ton pragmatique.

– Geoffrey le lui dira. Ils sont vraiment très proches tous les trois. Jamais il ne lui cachera une chose aussi importante, tu peux me croire.

– Si Luke n'a pas besoin de l'apprendre, je vois encore moins pourquoi ton mari serait mis dans la confidence, Angie. Ça restera juste entre nous. Et puis, c'est à Justine, et à elle seule, de décider.

– Ne me fais pas rire, lance Angie, furax, à Sarah. Depuis tout à l'heure, tu n'as pas arrêté d'essayer de lui démontrer qu'elle allait faire une grosse connerie si elle gardait ce bébé. Et maintenant, tu me balances que c'est à elle seule de décider…

Angie se retourne brusquement vers moi et plante son regard dans le mien.

– C'est un secret qui va peser trop lourd sur ta conscience. Il va te ronger, jour après jour…

Elle attrape mes mains et continue d'une drôle de voix :

– Qu'est-ce que tu diras à ton enfant quand il sera en âge de te demander qui est son père ? Quelle histoire lui raconteras-tu ? Quel mensonge ? Ce n'est pas comme si c'était quelqu'un que tu n'es plus destinée à croiser dans le futur. Comment feras-tu quand vous vous retrouverez face à face, à l'occasion d'un dîner ou de je ne sais quoi d'autre, toi avec ton bébé dans les bras… *son* bébé ?! Là encore, tu ne lui diras rien ?

Un gémissement s'échappe de mes lèvres alors que des larmes s'écoulent de ses yeux.

– Si tu gardes ce secret, ça te détruira à petit feu, comme un poison… crois-moi.

– Tu m'as toujours dit que ce n'était pas un mec pour moi, et maintenant, tu tiens absolument à ce que je ne lui cache rien ? J'aurais plutôt pensé que tu serais du même avis que Sarah.

J'aperçois le sourire rayonnant de la miss à travers l'écran.

– Aussi étrange que cela paraisse, je n'ai toujours pas changé d'opinion en ce qui concerne Luke. Je continue de penser que ce n'est vraiment, vraiment pas l'homme qu'il te faut, me répond Angie. Néanmoins, tu dois le tenir au courant de sa paternité.

– Pourquoi es-tu si négative en ce qui concerne Luke ? Tu sais quelque chose que j'ignore ? Il y a une femme dans sa vie ? Il est… amoureux ?

Les quelques secondes d'hésitation et son attitude gênée me confirment ce dont je me doutais déjà, et je la coupe avant même qu'elle n'ouvre la bouche.

– Laisse tomber, Angie ! Pas besoin de me faire un dessin, et puis, je savais très bien à quoi m'attendre avec lui. Ce qui compte aujourd'hui, c'est que je veux garder ce bébé ! J'ignore quelle sera la réaction de Luke et ce qu'il décidera de faire – ou de ne pas faire – ensuite avec cet enfant…

Je triture nerveusement mes doigts. Je suis venue à New York avec la ferme intention de lui annoncer que j'étais enceinte. Cependant, les paroles de Sarah ont semé le doute dans mon esprit en déroute.

Mais ai-je pour autant le droit de lui cacher que je porte son enfant ?

CHAPITRE 4

La ligne de votre correspondant est occupée...

Finalement, je me suis rangée à l'avis d'Angie, et dès le lendemain, j'ai pris mon téléphone pour convenir d'un rendez-vous avec Luke. Comment aurais-je pu prévoir qu'il allait me confiner sur la liste – sûrement très longue – de ses conquêtes indésirables en laissant son répondeur se charger systématiquement de mes appels ? Peut-être n'a-t-il pas trop apprécié la nuit où il a fini, menottes aux poignets, le sexe au garde-à-vous, et moi toute souriante qui lui criais : « À la prochaine, et sans rancune mon lapin, hein ? » Ni celle – la fameuse – où je me suis carapatée en douce pendant qu'il se douchait en lui laissant un petit mot sur l'oreiller :

LUKE

Comme tu l'as dit : du sexe, rien que du sexe !
Alors, je préfère ne pas abuser de ton Macho
Tonic, ce petit cocktail explosif de testostérone,

avec une pointe de machisme…
une overdose est si vite arrivée.
À la prochaine, et sans rancune, hein ?!
Justine

Quoi qu'il en soit, Luke n'a pas daigné répondre à mes appels et encore moins pris la peine de me rappeler.

Trois jours plus tard, j'ai donc décidé d'employer les grands moyens, et je me suis rendue à son bureau. Comment aurais-je pu alors imaginer que Luke allait se servir de sa secrétaire *particulière* pour me mettre davantage des bâtons dans les roues et m'envoyer paître ? J'ai bien vu dans les yeux de la blonde peroxydée et au décolleté plongeant qui me faisait face que je n'étais pas la première, et ne serais pas la dernière, à me pointer ici pour réclamer une entrevue urgente. Même en lui montrant que le numéro de téléphone privé de Luke figurait dans mon répertoire, elle n'a pas cédé un pouce de terrain. Pas plus qu'en lui annonçant que j'étais la meilleure amie de la femme de son patron. J'ai ensuite essayé de faire jouer la fraternité féminine, puis d'évoquer une question de vie ou de mort, mais là encore… chou blanc ! J'ai préféré quitter les lieux avant de me couvrir définitivement de honte.

Ce petit manège dure maintenant depuis plus d'une semaine. Aujourd'hui, il est temps de passer à l'étape suivante. Grâce à Angie, j'ai appris que les trois BBS ont une vieille habitude, acquise lors de leurs années universitaires : celle de se retrouver chaque jeudi soir dans un petit bar de Manhattan. Une habitude de célibataires que Geoffrey a mise de côté depuis son mariage, mais que les deux autres ne se lassent pas de perpétuer. J'aurais préféré, et de loin, un lieu plus adapté à la situation…

Un bar bruyant et rempli de célibataires des deux sexes en quête de leur future conquête d'une nuit est-il vraiment l'endroit idéal pour une telle annonce ?

Ce n'est clairement pas ainsi que j'envisageais de lui faire part de la nouvelle…

Y a-t-il une façon optimale d'annoncer qu'il va être père à un homme qui ne veut que du sexe ?

Mais après tout, on ne peut pas dire qu'il m'aura laissé le choix, non plus !

C'est ainsi que ce jeudi, à plus de vingt et une heures, je me trouve installée à l'arrière de la limousine qui file en direction de Manhattan. Bien sûr, je ne suis pas seule. Angie a tenu à m'accompagner. Et si ma meilleure amie est avec moi, son mari l'est aussi. Sans oublier le chauffeur et deux gardes du corps. Ni la voiture qui nous précède, et celle qui nous suit, chacune occupée par quatre hommes surentraînés et armés. Parce que, depuis l'enlèvement qui a failli lui coûter la vie, Angeline ne fait pas un pas sans une équipe de gros muscles collée à ses basques. Je comprends totalement l'inquiétude de son mari et les mesures drastiques qu'il a mises en place pour assurer sa sécurité. Sauf que moi, je ne risque absolument rien. À part de manquer de discrétion peut-être… Tout en jetant un coup d'œil à travers la vitre fumée, je lâche un profond soupir.

– Ça va, Juju ?

Extirpée brusquement de mes pensées, je pivote vers Angie, assise sur le siège du milieu, la main de son mari posée sur sa cuisse. Je plonge mon regard dans le sien, et ce que j'y découvre me laisse un instant sans voix. J'avoue qu'alors, pendant quelques secondes, je suis jalouse de ma meilleure amie. Jalouse de tout ce bonheur qui irradie de son visage, de ses yeux, de son sourire… en fait, de chaque cellule de son corps.

– Wouah ! Je ne m'étais pas rendu compte du point auquel Geoffrey te rend heureuse, je lâche dans un nouveau soupir, tandis que son sourire s'élargit davantage à chacune de mes paroles. Ça me fait tellement plaisir de te voir comme ça.

Les yeux humides, elle serre délicatement ma main sans un mot. Geoffrey en profite pour se pencher vers moi.

– Tu n'as pas idée du bonheur qu'Angie m'apporte chaque jour qui passe, m'affirme-t-il d'une voix rauque. Certains disent que le bonheur est contagieux, eh bien, j'en ai tellement à revendre que tu peux en prendre autant que tu veux, Justine, je ne serai jamais en manque !

Sa déclaration passionnée me laisse muette. Angie meuble le silence en réitérant sa question, à laquelle je finis par répondre :

– Franchement, je n'en sais rien, mais ça ira, hein ?

– Oui, Juju. D'une façon ou d'une autre, ça ira !

À peine dix minutes plus tard, les trois voitures se garent devant le Blue Moon. Avant même que j'aie esquissé le moindre geste, ma portière s'ouvre et une main masculine se tend vers moi pour m'aider à descendre. Dans un souffle, je la saisis et me retrouve sur le bitume, aussitôt entourée par l'équipe de sécurité.

– Il ne nous manque plus que les lunettes noires, pouffe Angie alors que Geoffrey l'enlace et nous ouvre le chemin.

– Je me demande bien ce que les gens s'imaginent en nous voyant débarquer ainsi.

– Que nous sommes des stars de cinéma, commence-t-elle.

Avant que Geoffrey n'ajoute avec un sourire canaille :

– Des stars inconnues, alors ! Moi, je penche plutôt pour une version plus sombre, avec moins de paillettes. Une organisation plus dangereuse, comme la mafia.

– Oh oui ! rajoute mon amie en balayant son visage d'une tendre caresse. Avec ta cicatrice et ton physique d'enfer de beau ténébreux, c'est tout à fait ça. Un homme à la tête d'une organisation secrète qui me séquestre depuis des mois et dont je suis l'esclave sexuelle… Mmm…

Je ne les écoute plus. Geoffrey nous a assuré que Luke et Aïdan seraient là. Il est sans doute au courant de ma visite dans leurs bureaux, même si je n'ai eu aucun écho de sa part. Probablement aussi de mes nombreux appels téléphoniques. Pas besoin d'être devineresse pour présumer de ce qu'il pense de tout ça… Je dois lui paraître tellement pathétique, à courir ainsi après un homme qui, de toute évidence, n'en a plus rien à faire de moi.

Alors que je souhaitais venir seule, pas difficile non plus de deviner pourquoi il a absolument tenu à m'accompagner. Car c'est de lui que vient l'idée de cette sortie « tous ensemble », relayée avec enthousiasme par Angie. Ce côté hyper protecteur qu'il a avec sa femme s'étend jusqu'à moi depuis mon installation chez eux.

Je continue de les suivre en silence, un sourire toujours figé sur mes lèvres. Histoire de donner le change, même si je suis persuadée qu'Angie n'est pas dupe. Il y a peu encore, j'aurais apprécié le Blue Moon et son ambiance feutrée et chaleureuse qui donne envie de s'installer pour passer un bon moment entre amis. Sa musique pas trop forte, permettant ainsi de bavarder sans avoir besoin de crier pour se faire entendre. Son éclairage subtil et flatteur. Oui, il est clair qu'il y a peu encore, j'aurais énormément apprécié ce lieu où se côtoient une flopée de spécimens masculins tous plus alléchants les uns que les autres.

Malheureusement, à l'instant présent, rien de tout cela ne retient mon attention.

Rien… à part lui !

CHAPITRE 5

LUKE

À l'évidence, mes explications n'étaient pas assez claires.

Pourtant, il me semble que, dans la formule : « Toi et moi, ce n'est que du sexe et rien d'autre ! », le message est on ne peut plus explicite. On peut dire de moi que je suis un salaud, le pire même, d'après Aïdan, mais sûrement pas un menteur.

– Ça fait presque deux mois que nous nous fréquentons, Luke…

Pourquoi j'ai laissé les choses aller aussi loin ?

– Je pense que nous avons dépassé depuis longtemps le stade d'une simple relation, toi et moi, tu ne crois pas ?

Bordel ! Et pourquoi faut-il toujours qu'elles espèrent que je vais finir dans le rôle du prince charmant ?

Un sourire moqueur s'affiche sur le visage de mon meilleur ami, lequel n'a bien sûr pas raté un mot de cette conversation que je préférais ne pas avoir maintenant. Ni jamais, d'ailleurs !

– Je suis totalement d'accord avec Madalena, lâche-t-il après avoir avalé une gorgée de son scotch pur malt. Deux mois, c'est un cap important dans une relation amoureuse…

J'ai bien envie de lui balancer mon poing dans la tronche, histoire d'effacer son sale petit sourire qui n'en finit pas de s'agrandir pour me signifier qu'il a parfaitement deviné mes intentions.

– C'est juste un déjeuner avec mes parents, précise Madalena. Je ne suis pas en train de te demander de fixer la date de notre mariage…

– En tout cas, pas encore, la coupe Aïdan en pouffant, un sourire ravageur étirant ses lèvres afin d'atténuer la portée de ses dernières paroles. Sache que, si j'étais à sa place, je t'aurais déjà épousée avant qu'un autre ne le fasse.

Je manque m'étouffer en l'entendant.

– Tu es vraiment un incorrigible et adorable charmeur, le sermonne-t-elle gentiment.

– Je sais, et c'est bien là le drame de ma vie. Je suis tellement adorable qu'elles veulent toutes me passer la corde au cou.

– Dis-moi, tu arrives encore à passer les portes, ça va ?

– T'inquiète, Luke, j'ai encore de la marge. Beaucoup de marge.

– En attendant, tu ne m'as pas répondu, m'attaque de nouveau Madalena en posant sa main sur mon bras. Que dirais-tu de dimanche prochain ?

– Je ne crois pas que le moment soit bien choisi pour avoir cette discussion, je commence en songeant que ce n'est pas le meilleur endroit non plus, je ne…

– Reste-t-il de la place pour nous ?

– Ben ça alors, c'est une sacrée surprise ! s'exclame Aïdan en se levant brusquement pour saluer celui qui vient de m'interrompre et me sauve par la même occasion d'une discussion pour le moins difficile. Qu'est-ce que tu… ou plutôt, qu'est-ce que *vous* faites là, les amoureux ?

– Angie avait envie de connaître le repaire de mes années de célibataire, répond-il avec une tape affectueuse sur l'épaule de notre ami. Et j'avoue que ça me fait plaisir de me retrouver ici avec vous, comme au bon vieux temps.

– Comme au bon vieux temps, d'accord. Mais n'oublie pas que tu es marié, maintenant.

– Aucun risque, ma puce.

Dans un joyeux brouhaha, je quitte ma place et viens saluer les jeunes mariés, tandis qu'Aïdan signale au serveur de nous apporter des verres supplémentaires tout en faisant les présentations :

– Madalena, j'ai l'honneur de te présenter Geoffrey, le troisième larron du groupe et notre meilleur ami, accompagné de sa délicieuse épouse Angeline et…

Entouré par toute l'équipe de sécurité de Geoffrey avec qui j'échange quelques mots au passage, je ne comprends pas le brusque silence d'Aïdan.

– Eh bien, tu nous as fait une sacrée surprise, Geoffrey, reprend-il dans un éclat de rire. Et la merveilleuse Justine…

Je pivote brusquement vers notre table et, pendant quelques secondes, je ne vois rien… puis j'aperçois sa silhouette qui se profile derrière celle de notre ami.

C'est bien vrai. Elle est là.

Ce petit con d'Aïdan n'est pas encore en train de faire une de ses blagues à deux balles, car il est tranquillement sur le point de l'installer… à côté de Madalena. Bordel ! Quand les choses commencent à foirer, ce n'est pas à moitié.

L'espace d'un instant, je me demande si mes deux meilleurs amis ne m'ont pas tendu un traquenard. Un regard en direction des deux compères me suffit à comprendre que j'ai vu juste. Pas étonnant qu'Aïdan soit venu seul, ce soir ! L'un et l'autre devraient pourtant savoir que j'ai horreur d'être mis devant le fait accompli. Ce qu'ils n'avaient pas prévu, par contre, c'est que Madalena serait là, elle aussi.

Je fixe d'un regard noir la nouvelle arrivée. Justine a beau être la meilleure amie de la femme de Geoffrey, se servir de lui pour parvenir à ses fins me fout tout bonnement en rogne. Et il faut bien avouer que cette fille est particulièrement douée pour me foutre en rogne à chacune de nos rencontres. Si Madalena n'a pas du tout saisi le concept du sexe et rien que du sexe, Justine, elle, le manie à la manière d'une virtuose. Elle me bat même à plate couture dans ce domaine. C'est bien la seule femme qui a réussi l'exploit de me laisser en plan, non pas une fois, mais deux ! Et sans doute n'aurait-elle pas hésité à le faire une troisième fois si je lui en avais laissé la possibilité, ces derniers jours. Pour être honnête, j'en avais très envie. *J'en ai toujours très envie.* Mais je ne peux pas oublier comment elle m'a fait tourner en bourrique pendant plus d'un mois en me laissant croire qu'elle était au bout du monde alors qu'elle se trouvait à Paris. Pas plus que les nombreuses fois où elle n'a pas décroché ni donné suite à mes appels.

– Si tu venais t'asseoir avec nous, Luke ? continue Aïdan d'un air goguenard. Tu te souviens de Justine, n'est-ce pas ?

Si je ne lui éclate pas la tronche avant la fin de la soirée, il pourra vraiment s'estimer chanceux, je songe en me dirigeant vers eux. *Oh oui, diablement chanceux !*

– Bonsoir, Luke… nous ne nous sommes pas rencontrés souvent, c'est vrai, mais peut-être te souviens-tu encore de moi ?

– En tout cas, si lui ne se souvient de rien, intervient encore Aïdan avant que je puisse ouvrir la bouche. Moi, je garde un souvenir impérissable et fantastique de notre première rencontre, ma belle.

– Peut-être serez-vous celle qui saura enfin capturer le cœur d'Aïdan, lâche Madalena, tout sourire. Au fait, je suis la petite amie de Luke.

Justine braque aussitôt un regard indéchiffrable sur moi. La dernière fois que je l'ai vue remonte à deux mois… et elle me fait toujours le même effet. Le même que celui de notre première rencontre. Avant Justine, je n'avais jamais rencontré une femme dont la sensualité n'avait d'égale que son innocence. Un mélange des plus explosif, et capable de mettre à genoux n'importe quel homme doté d'une bonne vue. Et j'ai une putain de bonne vue.

Tout comme j'ai une excellente mémoire. Au point de me souvenir dans les moindres détails de chaque courbe sensuelle de son corps. De la douceur exquise de sa peau. De sa bouche gourmande parcourant mon corps sans relâche et me laissant à bout de souffle.

Oui, elle a toujours le même putain d'effet sur moi !

Puis, comme si elle émergeait brusquement de ses pensées, son regard se détourne de moi et, pivotant vers Madalena, elle lâche d'une voix rauque qui semble tout droit sortie de mon plus grand fantasme érotique :

– J'ignore si je dois vous féliciter, mais une chose est sûre, je vous souhaite beaucoup de courage !

Ce qui ne manque pas de tous les faire éclater de rire. À part moi.

Sale petite chipie !

CHAPITRE 6

Le crétin n'est pas une espèce en voie de disparition

La voilà donc, la raison de son absence de réponse à mes nombreux appels ! Elle est assise juste à mes côtés. Sa main aux ongles parfaitement manucurés négligemment posée sur la cuisse de Luke, et qui ne cesse de la caresser de haut en bas. Comme pour me narguer.

Surtout ne pas la regarder. Ne pas se souvenir de cette sensation divine quand la mienne se promenait sur sa peau.

– Et sinon, tu fais quoi dans la vie ? m'interroge Madalena avec un sourire qui n'atteint pas ses yeux.

Pour le moment, je me contente de porter l'enfant de ton petit ami, ai-je envie de lui répondre. J'avale plutôt une longue gorgée de mon eau pétillante en me demandant si ce serait une bonne façon d'annoncer la nouvelle à ce crétin, et si ça ne risquerait pas de plomber un peu l'ambiance.

– Dépressive. Ça m'occupe.

– Justine a un humour un peu particulier, lance Angie alors qu'Aïdan éclate de rire. En fait, elle est décoratrice d'intérieur et elle a un talent fou.

– Tu as l'intention de refaire toute la déco de la maison de nos deux tourtereaux dans l'espoir d'étoffer enfin ton book ? Ou tu as vraiment trouvé un véritable job ici ?

Pourquoi ai-je la désagréable sensation que la question de Luke vise à me déstabiliser ? Probablement parce que c'est le cas. Parce qu'il sait aussi que ma carrière de décoratrice se résume à peu de choses. Pour ne pas dire à rien. Espèce de gros crétin décérébré !

Madalena lui murmure alors quelque chose à l'oreille avant de se lever et de filer en direction des toilettes.

– J'envisage une autre carrière pour les prochains mois, je riposte en lui lançant un regard meurtrier. Les prochaines années, même.

– Tiens donc, et on peut savoir laquelle ?

Angie, qui me connaît bien et devine sans mal que je commence à bouillir intérieurement, tente de détourner la conversation.

– Oh, j'adore cette chanson ! Si on allait danser, Juju ?

Je hoche la tête et m'apprête à la suivre sur la piste, mais je n'ai pas le temps de faire un pas que Luke a déjà attrapé ma main et me tourne brusquement vers lui. *Une seconde.* Il ne faut pas plus d'une malheureuse petite seconde à mon corps pour se souvenir avec une précision douloureuse du plaisir que cette main d'homme est capable d'offrir. Ma respiration s'accélère bien malgré moi tandis qu'il se lève sans me lâcher. Puis il s'approche si près que son envoûtant parfum se rappelle brusquement à ma mémoire. Comment ai-je pu oublier son odeur ? Ou celle de son corps en sueur après m'avoir fait sauvagement l'amour ? Ou encore celle de sa peau lorsque mon nez venait se nicher dans la chaleur de son cou ? J'ai la gorge sèche. La bouche tout contre mon oreille, il murmure dans un souffle chaud qui me déclenche des frissons :

– Tu préfères te défiler alors que je t'ai posé une question ? Je te croyais un peu plus courageuse, chaton.

Ma main toujours emprisonnée dans la sienne, je tente de prendre du recul. Histoire de ne pas m'humilier aux yeux des autres, en lui sautant brusquement dessus, par exemple. Parce que si je reste trop proche de lui, je ne suis pas certaine de pouvoir garder cette attitude zen et décontractée.

Zen et décontractée ? Non, mais tu te fous de qui, là, ma grande ?

– Le problème, Luke, je souffle en retour, ma main libre frôlant à peine son torse, c'est qu'en ce qui me concerne, tu ne peux que *croire*. Tu as peut-être posé tes mains, ta bouche, tes lèvres sur chaque parcelle de mon corps et…

Je sens son cœur battre violemment sous ma paume. Ses yeux sont emplis de désir. Sa petite amie est à quelques mètres d'ici, aux toilettes, pourtant, ça ne l'empêche pas d'avoir envie de moi. Je le perçois à son souffle court et rauque. À son corps qui se tend vers moi. J'inspire profondément, et d'une voix où gronde toute ma colère après son indifférence de ces derniers jours, je continue :

– Tu as l'impression de me connaître, mais ce n'est qu'une illusion. Tu ne sais pas qui je suis. Et si moi, je manque de courage, je peux te dire que toi, tu es comme la majorité des hommes : un dégonflé, un lâche ! Un pauvre crétin !

Sa main se pose brusquement sur ma nuque et, le visage à quelques centimètres du mien, il lâche dans un grognement :

– On peut me reprocher beaucoup de choses, mais sûrement pas d'être un dégonflé ni un lâche…

– Moi, je peux ! je l'interromps en tentant de me dégager. Parce que c'est la vérité.

– Tout ça parce que je n'ai pas répondu à tes appels incessants, ou que je ne t'ai pas rappelée dans la seconde, parce que je ne t'ai pas reçue au bureau lorsque tu t'es pointée. Ce n'est pas un peu trop facile ?

Une réponse de ma part aurait sans doute été inutile, car il ne me laisse pas le temps d'ouvrir la bouche et poursuit d'un ton irrité :

– Tu oublies un peu vite que tu n'as pas fait mieux ! Et même pire ! Et puis on était bien d'accord tous les deux : que du sexe et rien d'autre ! Alors, où est le problème ? Nous étions sur la même longueur d'onde, non ?!

Oui, que du sexe et rien d'autre, et j'étais totalement d'accord... sauf qu'il n'était pas prévu que je tombe enceinte, je songe.

– C'est trop difficile de me répondre ? s'énerve-t-il. Ou alors, tu n'oses pas me dire ce que tu veux de plus ? Que simplement du sexe, ça ne te suffit pas ?

– Non ! Ce n'est pas difficile de te répondre, je riposte avec colère et en poussant sur son torse pour l'éloigner. Je n'ai toujours voulu que du sexe. Que du sexe et rien d'autre !

Debout tous les deux, face à face, nous tremblons de rage... et peut-être aussi d'autre chose. J'étais venue avec la ferme intention de tout lui dire, mais la soirée ne s'est pas du tout déroulée comme je l'avais imaginée. Et quand j'aperçois Madalena en train de revenir vers nous, je me dis qu'il n'en faudrait pas beaucoup plus pour que ça empire. La mâchoire crispée, Luke se passe une main nerveuse dans les cheveux. Son regard est braqué sur le mien.

– Tu n'es vraiment qu'un pauvre abruti, Luke ! lui balance soudain Angie en m'attrapant par le coude. Viens, on rentre à la maison, Juju. J'en ai marre d'être ici...

– Bordel ! C'est pas vrai. Tu peux me dire ce qui me vaut ce traitement ?

Geoffrey se lève à son tour, l'air perplexe, et c'est lui qui se charge de répondre :

– Franchement, je n'en sais rien, et je t'avoue que, moi non plus, je ne comprends pas du tout ce qui vient de se passer.

J'attrape mon sac pour partir au plus vite, lorsque Madalena arrive à nos côtés.

– Tout va bien, Luke ? s'étonne-t-elle en nous détaillant tour à tour. Tu as… l'air tendu.

J'ignore pourquoi, je suis alors envahie d'une brusque montée de rage envers elle. Montée de rage qui augmente quand elle se colle langoureusement à Luke. Je prends une grande respiration pour tenter de me calmer. Puis je me force à détourner les yeux pour ne plus le voir… pour ne plus le voir avec elle.

– Nous devons partir, annonce Angie. Je ne me sens vraiment pas bien et je préfère rentrer.

– Nous aurons certainement l'occasion de nous revoir, suggère Madalena avec un grand sourire. Luke étant le meilleur ami de ton mari…

– Aucune idée, rétorque Angie sans prendre de gants. Et ce n'est pas parce que Luke est le meilleur ami de mon mari qu'il est obligatoirement le mien !

Aïdan éclate de rire, avant de m'enlacer pour me chuchoter à l'oreille qu'en cas d'un besoin urgent de câlins, de jour comme de nuit, il est l'homme de la situation, et qu'importe l'heure !

– Merci, j'en prends bonne note, je réplique, la gorge serrée. C'est une proposition que tu risques de regretter, il est possible que tu aies de mes nouvelles bientôt, et souvent.

– Aucun risque, ma belle, m'affirme-t-il très sérieusement. Si tu as besoin, je serai là pour toi. Toujours !

CHAPITRE 7
Aujourd'hui : ciel bleu et dégagé

Il est à peine cinq heures lorsque j'ouvre les paupières. J'attends quelques minutes avant de sortir du lit puis, comme chaque matin, je me pose face au miroir en pied de la chambre. D'une main, je relève ma nuisette pour découvrir mon ventre et l'observer avec attention. C'est devenu une habitude dont je ne peux plus me passer depuis que j'ai appris ma grossesse. Mon rendez-vous quotidien avec mon bébé. Ou plutôt un de mes nombreux rendez-vous de la journée avec lui, car je l'avoue, dès que j'en ai l'occasion, je regarde mon ventre. D'ailleurs, je ne fais pas que le regarder, je le caresse, je lui parle… bref, j'en suis complètement gaga ! Et aujourd'hui, j'ai rendez-vous avec la gynécologue pour ma première échographie.

Toute souriante, je commence par me rafraîchir dans la salle de bains privative de ma chambre. Puis je passe un pull par-dessus ma nuisette et je file tout droit à la cuisine en chantonnant. L'odeur alléchante du chocolat chaud m'informe que je ne suis pas la seule à être debout de si bonne heure. L'estomac criant famine, j'accélère pour débouler dans la pièce comme une tornade.

– Bonjour Justine, me salue Georges, en pleine préparation culinaire.

Après avoir jeté un coup d'œil sur la pendule, et avec l'air inquiet, le brave homme ajoute :

– Vous allez bien ?

– Au poil, Georges, je le rassure aussitôt en prenant place sur un tabouret. J'ignore pourquoi je me suis réveillée si tôt… on ne peut pas dire que ce soit vraiment dans mes habitudes. Mais je me sens en pleine forme et je n'ai même pas de nausées. Une chance, non ?

– Sans aucun doute, me répond-il avec un large sourire. Cependant, je ne me risquerais pas à vous faire part de mon expérience personnelle à ce sujet, car je n'ai pas d'enfants…

J'ignore si c'est à cause de cela qu'il est ainsi aux petits soins pour moi, toujours est-il que, depuis que nous lui avons annoncé mon état, il me couve comme un poussin.

– Vous le regrettez ?

– Certains jours, en effet. Néanmoins, j'aime ma vie actuelle, et j'ai appris depuis longtemps à profiter des plaisirs, aussi simples soient-ils, qu'elle dépose sur mon chemin. Vous avez faim ?

J'éclate de rire avant de lui répondre :

– C'est une question que vous ne devriez même plus me poser maintenant. Suis-je la seule à être debout ?

– Il est trop tôt pour Angeline, mais Geoffrey ne devrait plus tarder.

– J'ignorais qu'il se levait aux aurores.

– Toujours, et il commence invariablement sa journée par une séance de sport matinale, avant de prendre son petit déjeuner avec Angeline…

Avec un clin d'œil malicieux, il précise :

– … quand elle est réveillée.

Pendant qu'il dépose devant moi un bol de chocolat chaud accompagné de délicieuses petites brioches dorées, sorties tout droit du four, nous continuons de papoter. La radio diffuse les infos en sourdine. Je jette un regard par la fenêtre, et le ciel d'une couleur presque laiteuse me fait frissonner.

– Vous désirez que j'augmente le chauffage ?

– Non, pas du tout, Georges. J'étais juste en train de penser que nous sommes déjà au mois de novembre et que Noël est proche…

– Je ne voudrais pas être indiscret, Mademoiselle, mais serez-vous toujours avec nous pour les fêtes ? Je sais que c'est tout ce que souhaite Angeline, et j'en serais également ravi. Cependant je n'oublie pas que votre famille est en France.

Je réfléchis de longues minutes. Les jours passent si vite. Luke a tenté de me joindre plusieurs fois par téléphone, mais cette fois, c'est moi qui n'étais pas d'humeur à lui répondre. Ni à le rappeler. Je ne le suis toujours pas plus aujourd'hui. Angie me tanne pour que je lui annonce ma grossesse. Seulement, vu le fiasco de notre dernière rencontre au Blue

Moon, j'admets que je n'ai pas trop envie de me retrouver en sa présence. Pourtant, je comprends que le fait de devoir garder mon secret la met très mal à l'aise vis-à-vis de Geoffrey.

Je cherche donc toujours la bonne façon d'annoncer la nouvelle à Luke… je vais bien finir par trouver. Et ensuite ?

– J'ignore totalement où je serai pour les fêtes, Georges… à New York… ou à Paris.

– Quoi, à Paris ? marmonne Angie en me claquant une bise sur la joue. Bonjour Georges. Mon cher époux est sous la douche et il sera là dans cinq minutes… il a très très faim ! Et moi aussi.

Un petit rire m'échappe en devinant le pourquoi de la faim de Geoffrey et du miracle de voir ma meilleure amie nous rejoindre à une heure indue pour elle.

– Tu ne m'as pas répondu, Juju. C'est quoi, cette histoire de Paris ?

Autant j'adore la saison des fêtes, autant je sais que c'est une période très difficile pour Angie.

– Je réfléchissais où j'allais passer les fêtes de Noël, et je t'avoue que je n'en sais toujours rien, mais…

– Oh mon Dieu ! Je sais que c'est totalement égoïste de ma part de te demander ça, surtout dans ta situation et sachant que tes parents sont loin, mais j'espère vraiment – VRAIMENT – que tu ne comptes pas repartir à Paris, hein ? On pourrait tout à fait inviter tes parents ici, si tu veux. La maison est grande, et il reste encore des tas de chambres d'invités… Je sais que Geoffrey sera enchanté…

– Tu n'en sais rien du tout, je la coupe avec un sourire.

– Mais si !

– Mais non ! je riposte, amusée. Pour la simple et bonne raison qu'hier encore, je n'y avais même pas songé.

– Toi, peut-être pas, rétorque-t-elle en pointant sur moi un index impérieux, mais moi, si ! Et je t'assure que Geoffrey n'y verra aucun inconvénient, si c'est ce que tu souhaites…

– Je ne verrai aucun inconvénient à quoi ? l'interroge son mari en pénétrant dans la pièce, ce qui nous fait sursauter toutes les deux.

Pendant que Georges lui sert une tasse de café, il vient prendre sa femme par la taille et dépose un baiser sur le bout de son nez. Si un photographe passait par là, nul doute qu'il aurait envie de capturer l'image de ce couple tendrement enlacé qui respire le bonheur.

– Que Justine reçoive ses parents à la maison pour les fêtes, si elle le désire, murmure-t-elle, la bouche collée à son torse. Et qu'elle reste ici aussi longtemps qu'elle le voudra.

Si je n'avais pas encore pris la mesure de l'amour fou qu'il lui porte, je le saurais à l'instant même. Je ne rate pas le nuage sombre qui passe dans ses yeux bleus à l'idée de ne pas pouvoir offrir à Angie ce qu'elle me demande.

– Oh ma puce, lâche-t-il d'une voix rauque en prenant son visage entre ses mains. Tu sais bien que Justine est ici chez elle aussi longtemps qu'elle en aura envie, et ses parents aussi. Tu sais que tu peux tout me demander… tout ! Ne l'oublie jamais.

Sa bouche fond sur celle de ma meilleure amie. Je plonge le nez dans l'assiette de fruits frais que Georges vient de déposer devant moi, tandis qu'il se met à battre frénétiquement du fouet pour préparer l'omelette. Et quand leur baiser prend fin – enfin –, Georges et moi continuons de papoter comme si de rien n'était.

– Quel est votre programme pour la journée, les filles ?

Tandis que Geoffrey s'installe, Angie et Georges me lancent un petit regard de connivence que le maître de maison ne laisse pas échapper.

– Bordel ! Je n'en reviens pas, s'exclame-t-il en nous dévisageant les uns après les autres, avant de finir par poser son regard stupéfait sur Georges. Vous êtes aussi dans le secret des dieux, n'est-ce pas, Georges ?

– C'est pour une question d'ordre… d'ordre… pratique, répond Angie à sa place.

– D'ordre pratique ?!

– N'en veux surtout pas à Angie. Ce n'est plus qu'une question de jours, et bientôt, tout te paraîtra extrêmement clair…

– J'aimerais te demander quelque chose, Justine. Luke est mon meilleur ami, quand même… Cette nouvelle… votre secret, enfin, ce truc ou je ne sais quoi, ça ne risque pas de lui porter préjudice, j'espère ?

Putain, j'hallucine ! Qu'est-ce qu'il entend exactement par là ? Dans le sens préjudice moral ? Matériel ?

– Geoffrey ! se fâche Angie.

– Je suis désolé, ma puce, mais tu sais que Luke est plus qu'un frère pour moi. Et je ne voudrais pas être resté sans rien faire – et ce, depuis des jours ! –, alors que j'aurais pu l'aider…

– Ne t'inquiète pas, Geoffrey, je le coupe alors en plongeant mon regard dans le sien. Luke ne court aucun danger… absolument aucun, tu peux me croire.

Il m'observe de longues minutes, puis un sourire craquant éclaire soudain son visage.

– D'accord, Justine, je te fais confiance… et je crois que je viens de comprendre…

J'ai brusquement des sueurs froides. Angie s'approche de lui et, avec un petit clin d'œil dans ma direction, l'interroge :

– Vraiment ? Et tu as compris quoi, inspecteur de mon cœur ?

– Eh bien, avec Georges dans la confidence et connaissant votre manie de faire des blagues – et vu vos précédents à toutes les deux –, j'imagine que Justine prépare un sale petit tour à Luke…

Il pivote à nouveau vers moi et poursuit :

– Il n'est probablement pas resté sans réagir après ta petite soirée « menottes », et maintenant, c'est à ton tour de prendre ta revanche. J'espère au moins qu'Aïdan et moi pourrons en profiter ? Histoire de le chambrer ensuite comme il le fait avec nous !

Angie retient un rire, tandis que Georges lâche un petit soupir discret.

– Je peux t'assurer qu'Aïdan et toi n'allez rien louper de cette surprise, je m'empresse de lui promettre, toute souriante. Et vous allez pouvoir le chambrer pendant un bon moment, crois-moi.

CHAPITRE 8
Pochette-surprise

– N'oublie pas de nous tenir au courant, ma chérie.

– Je vous passe un coup de téléphone dès que je sors du cabinet du médecin, je répète une nouvelle fois. Bon, il faut que je te laisse, maman, nous sommes arrivées. Je vous embrasse.

Angie et moi sortons de la voiture sous une petite pluie fine, je ne peux m'empêcher de pouffer quand l'un des gardes du corps se précipite pour nous abriter sous un immense parapluie.

– Les MIB pensent vraiment à tout, dis-moi !

– En fait, c'est Georges qui leur a conseillé d'en prendre un, me précise-t-elle en glissant son coude sous le mien. En plus d'être d'une gentillesse phénoménale, cet homme est une perle.

– Je ne te contredirai pas, regarde ce qu'il a glissé dans mon sac juste avant de partir…

Je sors un énorme paquet de cookies – préparés spécialement à mon attention – et le lui brandis sous le nez.

– Juste au cas où j'aurais une petite faim et que nous devions attendre. Je l'adore !

– Ton estomac aussi !

Escortées de nos deux MIB, nous entrons dans l'ascenseur pour monter au douzième étage et rejoindre le cabinet de la gynécologue avec qui j'ai rendez-vous. Une jeune femme nous conduit dans la salle d'attente après avoir pris mon nom. Un couple est installé et je ne peux m'empêcher de jeter un coup d'œil sur l'abdomen proéminent de la future maman. Bien plus que le mien.

– J'entame mon sixième mois, m'informe-t-elle avec un sourire.

– J'entame mon premier trimestre, je réponds en lui souriant à mon tour, tout en prenant place dans un fauteuil. J'ai hâte qu'on voie mon ventre, et le vôtre me rend jalouse.

– Ma femme était comme vous, intervient son mari. Du moment où nous avons appris sa grossesse, elle vérifiait chaque jour devant la glace si son ventre prenait de l'ampleur.

Nous rions de concert et avons tout juste le temps d'échanger quelques mots que la jeune femme vient déjà nous chercher pour me conduire dans le cabinet de la gynécologue-obstétricienne.

Quinze minutes à peine suffisent au docteur Mary Fisher pour me mettre à l'aise et me décider à lui accorder ma confiance quant au suivi de ma grossesse. Probablement parce que j'ai l'impression d'avoir en face de moi la version féminine de Georges. Pas physiquement, heureusement pour elle, mais cette même gentillesse transparaît dans chacun de leurs gestes et de leurs mots. Je l'aide à remplir ma fiche avec tous les renseignements me concernant, puis elle prend connaissance de mon dossier médical. Pendant ce temps, son assistante me remet une dizaine de brochures qui m'aideront à faire le choix du lieu de mon accouchement, privé, public, de la méthode d'accouchement… bref, tout un tas de détails auxquels je n'avais pas encore songé.

– Bien, commence l'obstétricienne en posant les yeux sur moi, vous êtes une jeune femme en excellente santé. En ce qui concerne ces brochures, je vous conseille de les lire chez vous en prenant votre temps, et si vous avez des questions, de toutes les noter scrupuleusement pour que je puisse y répondre lors de votre prochaine consultation. Maintenant, je sais que vous devez être impatiente de voir votre bébé pour la première fois…

– Mais tellement ! je la coupe, tout excitée.

– Alors, n'attendons pas plus longtemps.

Quelques minutes plus tard, je me trouve en position allongée, tandis que le docteur Fisher applique un gel froid sur mon abdomen. Angie se tient à mes côtés, ma main serrée dans la sienne.

– En dehors de vous permettre de voir votre bébé, l'échographie du premier trimestre sert d'abord à contrôler la bonne implantation de votre enfant dans l'utérus puis, en constatant le stade de développement du fœtus, à connaître l'avancée de votre grossesse avec beaucoup plus de précision et à déterminer la date de votre accouchement…

– Il a été conçu le 27 septembre, précisément, je la coupe en jetant un regard à Angie. Impossible de ne pas m'en souvenir.

– Impossible pour moi aussi, ajoute Angie en m'adressant un sourire radieux.

Le docteur Fisher nous observe toutes les deux en nous souriant également, puis elle reprend :

– Vous devriez donc accoucher le 19 juin. Très bien, commençons…

Un bruit étrange résonne soudain dans la pièce. Sa main se balade avec la sonde sur mon ventre en appuyant plus ou moins fort. Puis, comme si elle avait trouvé ce qu'elle cherchait, elle se focalise sur un endroit, et la pression se fait encore plus forte.

– Le voilà…

Angie se penche sur l'écran. Si elle osait, je crois qu'elle y entrerait. De mon côté, je tire sur mon cou pour l'allonger au maximum et avoir une meilleure vue.

– Vous êtes certaine ? Parce que moi, je ne vois rien du tout… ou alors, j'ai besoin de lunettes…

Le docteur Fisher a un petit rire.

– C'est vrai qu'à ce stade, ce n'est pas évident pour vous, mais regardez bien, là…

Son index pointe quelque chose sur l'écran et je tente de voir ce qu'elle me désigne, mais de ma place, et avec Angie en plein cadre, pas facile du tout de distinguer quoi que ce soit.

– Angie ! Tu prends toute la place, je bougonne.

– Ne vous inquiétez pas, m'assure la gynécologue en pivotant vers moi. Vous allez avoir une belle photo…

– Super ! s'exclame Angie en se mettant à sautiller, ce qui me donne un meilleur accès à l'écran. Il faut trouver un beau cadre et on va l'accrocher dans la chambre.

Comme j'ai bougé, le docteur en profite pour rajouter du gel et repositionner sa sonde, puis elle augmente le volume en nous expliquant que nous allons pouvoir entendre les battements de son cœur. À ce moment, Angie sort carrément son portable pour filmer. Je me demande si elle n'est pas plus gaga que moi. Et soudain résonne tout autour de nous un bruit étrange, mais si distinctif… un petit bruit de tambour assourdi qui bat, qui bat, vite, vite… et…

– *Oh my God !* hurle Angie.

– Je le vois ! Je le vois ! je hurle en même temps. Je l'entends… Oooh… je crois que je vais pleurer…

– Ça, c'est une surprise ! s'exclame simultanément le docteur Fisher.

Je suis en larmes. Les chutes du Niagara. J'ai beau faire, je n'arrive pas à m'arrêter. Je n'ai jamais entendu un son aussi merveilleux que celui des battements du cœur de mon bébé. *Mon bébé !*

Le docteur me tend un mouchoir en papier. Angie, la première, reprend ses esprits et demande :

– Pourquoi avez-vous dit : « Ça, c'est une surprise ? »

Ce qui calme mes larmes instantanément, alors qu'un gémissement s'échappe de ma bouche.

– Il y a un problème avec mon bébé ?

– Aucun problème, répond aussitôt l'obstétricienne pour me rassurer. La surprise, c'est qu'il n'est pas tout seul…

Pas tout seul ?!

Je dois avoir une tête de demeurée, parce qu'elle répète plus lentement :

– Il n'est pas tout seul…

Je jette un regard confus vers Angie dont le sourire a pris des proportions gigantesques. Elle abandonne son portable sur le siège à côté d'elle, et sans même faire attention au gel qui recouvre encore tout mon abdomen, mon amie se jette sur moi pour me prendre dans ses bras en pleurant.

– Oh ma Juju, balbutie-t-elle entre deux sanglots, tu vas avoir des jumeaux ! Puis, s'adressant au docteur : C'est bien ça, n'est-ce pas ? Justine attend des jumeaux ?

Putain, j'hallucine ! Je suis enceinte de… jumeaux ?

– C'est vrai, Docteur ? C'est… c'est ça… la surprise ?

– Oui, Mesdames. J'espère que c'est une bonne surprise, au moins ?

Ce n'est pas un bébé... mais... deux – DEUX – bébés ?

Angie frétille sur place. Littéralement. Elle était déjà gaga, mais là, elle vient de passer à la vitesse supérieure.

– Si vous n'aviez pas de jumeaux dans votre famille, je comprends votre surprise…

Tu m'étonnes ! Ce n'est pas un cadeau, mais deux dans ma pochette-surprise !

– Mais ça arrive parfois, continue-t-elle tout en essuyant le gel à l'aide d'un papier. Il vous reste huit mois pour vous faire à l'idée…

Seulement huit mois ?

– Si jamais vous avez peur pour l'aspect financier…

– Aucun souci à se faire à ce niveau-là, la coupe Angie, excitée comme une puce. Tu imagines, ma Juju ? Des jumeaux ! Je n'en reviens pas ! Je suis tellement – mais vraiment, hein ! – tellement heureuse !

Non, franchement, je n'imagine pas vraiment, là, encore. Putain, des jumeaux ?!

– L'important, c'est que, dans votre couple, l'une de vous prenne déjà très bien la nouvelle, ajoute le docteur. Parfois, les deux parents sont aussi sonnés l'un que l'autre…

OK ! Si je lui parlais de Lancaster, juste pour voir si elle est aussi cool avec un couple à trois ?

– Vous êtes certaine que votre machine fonctionne parfaitement ? je l'interroge. Ça arrive, les erreurs, parfois…

– Justine ! se fâche Angie.

– Aucune erreur possible, répond Fisher en retenant un rire. Ne vous inquiétez pas…

Oui, mon karma va s'occuper de tout ! Il n'y a qu'à voir comment il gère déjà !

– Je suis persuadée que, lors de votre prochaine consultation, vous me direz que vous êtes une chanceuse !

Euh… chanceuse ? Franchement, j'ai un gros doute.

Ce n'est qu'une fois de retour à la maison que je commence à émerger du brouillard de confusion dans lequel je suis plongée. Angie, toujours sur un petit nuage, est en train de parcourir les brochures que l'assistante du docteur Fisher m'a remises.

– Du coup, tu vas le lui annoncer en même temps ? me demande-t-elle brusquement. Autant faire un tir groupé, non ?

Putain, j'avais oublié… le papa !

– J'hésite avec la méthode à doses homéopathiques…

Ou je l'achève en une seule fois ?

– Donc, tu as l'intention de mettre un terme à votre petite guéguerre téléphonique pour savoir qui va lâcher le premier ?

– Au début, c'est lui qui filtrait mes appels et ne donnait pas suite, je riposte, agacée. Puis c'est moi qui l'ai mis dans mes indésirables après ma tentative ratée au Blue Moon… et vu la façon dont il s'est comporté avec moi, ce soir-là…

– Je sais, c'est un vrai crétin, parfois !

– Pas parfois, toujours !

Angie éclate de rire en hochant vivement la tête. Après avoir repris un peu son sérieux, elle demande :

– Et donc, tu as décidé quoi ?

Songeuse, je laisse passer plusieurs minutes, jusqu'à ce qu'une idée flotte dans mon esprit, puis avec un petit sourire en coin, je réponds :

– Et donc… vu l'attitude de ce crétin à mon égard, je choisis l'option à doses homéopathiques, mais façon Justine. Je pense qu'il mérite une petite leçon.

– Oh, ma Juju, je sens que ça va me plaire.

CHAPITRE 9

LUKE

– Mais tu es où, bordel ?!

De mauvaise humeur, je jette un regard sur le cadran de ma montre… OK… il est presque dix heures du matin.

– C'est bon ! Pas besoin de me hurler dessus. Vous n'avez qu'à commencer sans moi.

– Tu crois qu'on t'a attendu peut-être ? rétorque Aïdan. Mais vu que c'est toi qui t'occupes de ce dossier depuis le début…

– Tout est en ordre, ce n'est plus qu'une affaire de signatures, je le coupe en freinant à la dernière minute au feu rouge. Et puis, on est trois associés, non ? Toi, Geoffrey ou moi, c'est pareil.

– Je le sais bien, mais tu aurais au moins pu nous prévenir pour qu'on s'organise, beugle mon ami dans l'écouteur, puis après quelques secondes de silence, et sur un ton qui ne m'explose plus les tympans, il ajoute : J'ai essayé de te joindre hier dans la nuit, plusieurs fois. Geoffrey aussi. Je sais que tu n'étais pas avec une fille. Je sais aussi ce que ça veut dire…

– Et alors ? je beugle à mon tour. Ne me fais pas chier, Aïdan ! Parce que ce n'est vraiment pas le jour !

– Ça fait déjà plusieurs jours que ce n'est pas le jour, ma poule, riposte-t-il avant de raccrocher.

Je lâche un juron avant d'inspirer profondément pour me calmer. C'est loin d'être gagné. Je me passe la main sur la mâchoire – putain, ça fait mal ! – et réalise au passage que j'ai sauté l'étape du rasoir. J'ai aussi zappé la cravate. Je jette un regard dans le rétro et me dis que, finalement, ce n'est pas plus mal que je ne sois pas au rendez-vous. Vu ma tronche. Bref, j'ai plus la gueule d'un voyou que celle de l'un des associés d'une société cotée en Bourse. Avec plus de deux heures de retard – merci les embouteillages ! –, j'arrive enfin dans le parking. Et là, comme si ma journée n'avait pas déjà commencé sous les pires auspices, je découvre que mon emplacement « réservé », qui devrait donc être vide, est occupé.

– Quel est le petit con qui s'est garé à ma place ?

Autant dire que, lorsque je me retrouve finalement dans l'ascenseur, je ne suis pas à prendre avec des pincettes. Je tente de me détendre le temps de la montée. Si les trente-sept étages ne sont pas suffisants pour me faire atteindre le nirvana, j'espère qu'un bon café – bien serré – pourra m'y aider.

À peine arrivé au niveau de nos bureaux, je fonce droit sur l'hôtesse chargée d'accueillir nos clients.

– Trouvez l'imbécile qui s'est garé à ma place, et faites dégager sa voiture *illico* !

Et merde !

– Désolé, j'ajoute d'une voix que j'espère moins furieuse. Merci… et bonjour…

Elle fait une fixette sur moi, là, ou quoi ?

– Bien, Monsieur Preston, je m'en occupe tout de suite, m'assure-t-elle avec un sourire qui me prouve qu'elle ne m'en veut pas trop pour mon humeur massacrante. Je suis ravie pour vous.

Super ! Ils ont signé, je songe en me dirigeant vers mon bureau. *Au moins, ça rattrapera mon début de journée pourri !*

D'un bref signe de tête, je salue quelques collaborateurs que je croise dans le couloir.

Bordel ! Je dois vraiment avoir une sale tronche, vu la façon dont ils me dévisagent tous... faudrait au moins que je me rase.

– Bonjour Monica. Avant que mes deux associés ne déboulent, pourrais-je avoir un double expresso ?

– Bonjour Luke, pas de souci, me répond-elle alors que j'ouvre la porte et m'engouffre dans mon bureau. Toutes mes félicitations, au fait !

C'est bien la première fois que ma secrétaire me félicite parce que nous avons remporté un contrat.

– Ce n'était pas l'affaire du siècle, non plus, je lâche avec un sourire avant de refermer la porte.

Cinq minutes plus tard, Monica est de retour avec mon double expresso, qu'elle dépose si brusquement devant moi qu'elle m'éclabousse au passage. Avec pour résultat une chemise à changer.

– Ce n'est pas grave, je lâche dans un soupir résigné. Vous croyez que vous auriez le temps d'aller en chercher une à la boutique habituelle ?

– Je suis votre secrétaire, pas votre domestique, me coupe-t-elle sèchement. Il serait temps de vous en souvenir !

Sidéré, je la fixe sans comprendre son attitude. Je n'ai pas le temps de lui répondre qu'elle a déjà quitté la pièce en claquant la porte. Monica travaille avec moi depuis plus de trois ans, et nous nous entendons très bien. Effectivement, aller acheter une chemise à la boutique à l'angle de la rue n'entre pas dans ses fonctions, pourtant, c'est elle-même qui s'est proposée pour cette tâche il y a quelques mois, lors d'un accident de ce genre. Comme il lui arrive de me faire un café, de me réserver une table dans un restaurant, une chambre d'hôtel… tout comme il m'arrive de la raccompagner chez elle, de lui apporter un thé le matin, de lui offrir des chocolats parce que je sais qu'elle adore ça.

C'est quoi son problème ?

Brusquement, la porte de mon bureau s'ouvre à la volée. Mes deux associés déboulent et, d'une seule et même voix, me lancent à tue-tête :

– Toutes nos félicitations, Luke !

– Bordel ! Mais qu'est-ce que vous avez tous avec ça, aujourd'hui ? D'accord, c'est un super contrat ! Mais comme je le disais à Monica, ce n'était pas l'affaire du siècle, non plus !

Un étrange sourire éclaire soudain le visage d'Aïdan. Il se laisse choir dans le fauteuil en cuir qui me fait face et me demande :

– C'est ce que tu as dit à Monica ? Je comprends mieux pourquoi elle n'était pas d'humeur…

Geoffrey se marre tout doucement et pose une bouteille de champagne sur mon bureau.

– Je sens qu'on va bien se marrer, lance-t-il en prenant place dans l'autre fauteuil. Tu n'es donc pas encore au courant ?

Franchement de mauvais poil à présent – et c'est peu de le dire –, je me lève et, tout en me penchant au-dessus de mon bureau, je lance d'une voix hargneuse :

– Vous commencez à me gonfler, tous les deux…

Ils éclatent de rire. Ce connard d'Aïdan en a les larmes aux yeux.

– Si vous m'expliquiez un peu, bande d'abrutis, pour que je rigole, moi aussi ?

– Je ne suis pas certain que ça te fasse rire autant que nous, lâche Geoffrey entre deux hoquets.

Je vais leur exploser la tronche à tous les deux !

– Essaie toujours, je grogne, les poings crispés. On verra si tu as raison.

Aïdan se lève – toujours en train de se bidonner –, ouvre les stores de la baie vitrée de mon bureau, que je laisse toujours à moitié fermés, puis me fait signe de regarder. Ce que je fais, et…

D'abord, je me frotte plusieurs fois les paupières. Puis je regarde encore. Je colle mon nez au verre pour être certain que je ne me trompe pas. Mais c'est toujours là. En grand. Très, très grand. Suffisamment pour que personne ne le rate. Que ce soit un piéton dans la rue ou n'importe qui dans l'un des buildings aux alentours. En bref, tout Manhattan !

Putain de bordel de merde !

Je me retourne vers mes meilleurs amis. Ils ne rigolent plus. Enfin, presque plus. Ils me rejoignent, l'un à ma droite et l'autre à ma gauche. Nous pivotons vers le building. Pendant une microseconde, j'espère que le message lumineux aura disparu. Mais non, il est toujours là. Bien visible. Et je me le prends encore une fois en plein dans la tronche. Et pas de doute, il m'est destiné. Aucune erreur possible sur le destinataire… pas plus que sur l'expéditrice, même s'il n'est pas signé.

Cuvée spéciale Luke Preston
Appellation têtard contrôlée
Mis en bouteille le 27 septembre
À son apogée après 9 mois de maturation

– Dites-moi… que c'est… une blague de sa part ? je lâche dans un souffle. Une putain de blague !

C'est marrant, parce que, là, ils ne rigolent plus. Plus du tout. Soudain, eux aussi semblent avoir perdu l'usage de la parole.

– Quand j'ai découvert ça, j'ai aussitôt téléphoné à Angie…

Subitement, l'oxygène entre à nouveau dans mes poumons. Je respire un bon coup. Tous mes muscles, jusque-là tendus à l'extrême, se relâchent d'un seul coup. C'est une blague. Une saloperie de mauvaise blague, mais une blague ! Et qui a dû lui coûter une petite fortune.

– Et elle m'a confirmé que Justine est enceinte, continue Geoffrey. C'était la nuit du délibéré du procès d'Angie… tu as… enfin… vous avez oublié de vous protéger. Tu t'en souviens ?

– Oh… non ! La seule fois… où j'ai oublié… Putain !

Aïdan s'approche et me tend un verre de scotch, je l'avale d'une traite avant de le reposer sur le bureau. Puis avec un petit sourire, il me lance :

– Ma poule, quand on est assez con pour décapoter la bête, faut pas s'étonner d'avoir à acheter des Pampers…

CHAPITRE 10

Une histoire de madeleine... de prout

Nous sommes tranquillement, Angie et moi, en train de savourer une tasse de thé à la cannelle, accompagnée d'une part de tarte aux pommes, lorsqu'un remue-ménage éclate dans l'entrée. Deux minutes plus tard, un fou furieux déboule dans le salon – le fou furieux étant bien évidemment Luke – avec, sur ses talons, Geoffrey et Aïdan. Heureusement beaucoup plus calmes. Mais le second a tout de même un œil au beurre noir. Angie bondit du canapé et se précipite au-devant de Luke pour piler juste devant lui, et ainsi l'empêcher d'aller plus loin.

– Bonjour Luke. Tu devrais…

– Plus tard, Angie, lâche-t-il d'une voix froide en la saisissant par la taille, puis en la déposant dans les bras de Geoffrey : Tu t'en occupes ?

– OK.

Immobile, Luke me fixe de longues secondes sans faire le moindre pas. Dans ma vision périphérique, côté bar, j'aperçois Geoffrey qui tente de convaincre

Angie de rester tranquille – je lui souhaite bonne chance ! – et Aïdan qui me fait un petit signe : le pouce en l'air, avec un grand sourire. Je dépose ma tasse sur la table et plante mon regard dans celui de Luke.

Putain ! Il a vraiment l'air furax !

J'aimerais juste savoir si c'est à cause de la façon dont il a appris la nouvelle ou pour la nouvelle en elle-même. Bon, si ça se trouve, c'est peut-être les deux options. Il inspire un grand coup et fait un premier pas. J'en profite pour le détailler. Il a dû laisser son manteau dans l'entrée parce que, vu le temps qu'il fait dehors, ça m'étonnerait qu'il se balade juste en chemise. Ses cheveux trop longs, complètement décoiffés, et une ombre de barbe – style : J'ai juste oublié de me raser – lui donnent l'air encore plus sauvage. À chaque pas, les muscles de ses bras se devinent sous sa chemise. S'il postulait pour faire la couverture d'un livre de New Romance, il serait engagé direct ! Et haut la main encore, parce qu'avec une bouche aussi sensuelle que la sienne… Surtout quand on sait comment il est capable de s'en servir…

Stop ! Arrête tout de suite ! Il n'est pas venu pour une petite séance de sexe torride.

J'attrape ma tasse de thé et en avale une gorgée. Histoire de me donner contenance et de rompre le contact visuel. Au moins pour un instant. Quand ses chaussures entrent dans mon champ de vision, j'attends qu'il dise quelque chose. Je ne relève toujours pas le visage. En plus, vu sa taille, j'aurais le cou complètement dévissé. Ou alors, il faudrait que je me lève. Et comme je suis en chaussettes… et fatiguée, non, non, pas question que je bouge de ce canapé.

– Justine ! On était d'accord tous les deux. Du sexe et rien d'autre ! Alors, bordel, pourquoi je me retrouve papa ?

Ça y est, il a craqué !

– Un putain d'oubli, je lâche en levant finalement la tête. Tu es au courant maintenant.

– Et tout Manhattan avec moi ! Tu n'as pas pensé qu'il y avait peut-être une autre façon de me l'annoncer…

Il se fout de moi ou quoi ?

– Tu ne pouvais pas prendre ton téléphone, et simplement…

– C'est ce que j'ai fait, je le coupe d'une voix aussi froide que la sienne. Et plus d'une fois. Je t'ai même laissé des messages. Je suis aussi passée à ton bureau, mais ta secrétaire…

– Ne me prends pas pour un con ! m'interrompt-il à son tour en me dominant de toute sa hauteur. Je t'ai rappelée après, et là, tu n'as rien trouvé de plus intelligent à faire que de me mettre aux abonnés absents.

Je me lève brusquement.

– Elle est bien bonne, celle-là. Donc, je suis stupide quand je ne décroche pas, mais quand toi, tu le fais, c'est dans la norme, c'est ça ? Tu ne peux t'en prendre qu'à toi si j'ai dû employer ce moyen. Ne me mets pas ça sur le dos. Si tu avais été moins *con* et que tu avais décroché ce putain de téléphone la première fois, ou si tu avais pris la peine de me rappeler, je n'en serais pas arrivée à faire passer un message publicitaire sur un building !

Tremblante de rage, je me rassois sur le canapé et me sers un verre de jus d'oranges pressées, que je vide presque d'une traite. Georges se faufile dans la pièce pour déposer devant moi un généreux plat de cookies. J'en attrape un aussi sec. Puis un autre. Et le remercie entre deux bouchées.

Je jette un regard à Luke qui n'a pas bougé et continue de me scruter comme s'il se demandait de quelle façon il allait m'achever. J'ignore à quoi il pense précisément en cet instant, pourtant, vu son visage distant et ses traits crispés, je ne me fais pas d'illusions. Il aimerait sans doute m'envoyer direct en enfer sans billet retour. J'attrape un autre cookie en songeant qu'il vient tout juste d'apprendre la nouvelle. Je me souviens du choc que j'ai ressenti à ce moment-là. Je peux peut-être essayer de faire un effort. Arrondir un peu les angles ? J'inspire un bon coup et me lance :

– Écoute, Luke, on ne va pas se lancer la balle chacun notre tour pour savoir lequel de nous deux a raison ou tort. C'est trop tard, maintenant, pour faire autrement et…

– Est-ce que tu as réfléchi un minimum à l'impact que cela risquait d'avoir sur mes proches ?

Si j'essaie d'arrondir les angles, on ne peut pas dire qu'il fait de même de son côté.

– Non, bien sûr ! Tu ne t'es pas donné la peine d'y songer.

Putain, j'hallucine ! C'est ça qui le met en pétard ! Sa pétasse de Madeleine !

– Tu sais quoi, Luke ? Fais comme si tu n'étais au courant de rien ! Raconte ce que tu veux à tes proches. Dis-leur que c'était une très mauvaise plaisanterie, ou mieux, que c'était la vengeance d'une ex-petite amie rendue furax par une rupture. Je suis certaine que tout le monde te croira... les candidates ne manquent pas.

J'entends des rires étouffés du côté du bar.

– J'ignore pourquoi j'ai tenu à ce que tu le saches, parce que je n'ai franchement pas besoin de toi pour élever mon enfant. Pas plus que je n'en ai envie, d'ailleurs.

– Parce que tu crois que, maintenant que tu as lâché cette bombe, je peux faire comme s'il n'existait pas ?

– Ça ne devrait pas être si difficile que ça pour toi ! Tu as peut-être des mini-Luke qui se baladent un peu partout dans New York ou ailleurs, et dont tu n'as jamais entendu parler, qui sait ?

Là, j'y suis peut-être allée un peu fort... on dirait qu'il va exploser !

– Justine, tu n'as pas le droit de dire des choses pareilles, me sermonne Angie que je n'ai même pas vue se déplacer. En plus, ça ne te ressemble pas… pas du tout.

Elle a raison. Ce n'est pas moi. Je me laisse tomber sur le canapé, honteuse et horrifiée par les paroles que je viens de lui balancer rageusement à la figure. Je ne me reconnais plus. Et moi qui voulais arrondir les angles. Tu parles d'une réussite.

– Fous-toi bien ça dans le crâne, Justine, gronde soudain la voix tonitruante de Luke. Il n'y a aucun mini-moi qui se balade où que ce soit dans le monde ! Pour la simple et bonne raison que, depuis que je baise, la seule putain de fois où j'ai oublié de mettre un préservatif, c'était avec toi ! Je joue toujours cartes sur table. Dès le départ, j'annonce la couleur : du sexe, que du sexe et rien d'autre !

Je plonge mon regard dans le sien, et ce que j'y vois me donne froid dans le dos.

– Quant à affirmer que je ne me soucierai pas de mon enfant, c'est n'avoir aucune putain d'idée de qui je suis ! Et si j'avais eu mon mot à dire, mes parents ne l'auraient jamais appris suite au coup de téléphone d'une de leurs voisines qui voulait leur présenter ses félicitations. À ton avis, ils ont réagi comment ? Et les tiens, tu le leur as aussi annoncé comme ça ?

Oh mon Dieu ! Ses parents ! Comment ai-je pu ne pas y penser ? J'imagine la tête des miens – surtout mon père – dans le même cas de figure.

– Ta mère et ton père étaient ravis à l'idée de devenir grands-parents, précise Geoffrey d'une voix douce. Même s'ils auraient préféré une annonce plus traditionnelle.

Luke lâche un juron entre ses dents. J'aimerais lui présenter mes excuses, seulement je n'en trouve pas la force. Il irradie de colère contenue. Mieux vaut attendre qu'il soit un peu plus calme.

– C'est passé comme une lettre à la poste quand on leur a dit que la future maman était française, ajoute Aïdan en m'adressant un sourire. On sait tous que les Français sont un peu tordus.

– Et c'est pour ça que tu as cet œil au beurre noir ? lance Angie en lui jetant un coussin. Mon époux a voulu prendre la défense de sa femme et de sa meilleure amie.

Geoffrey éclate de rire avant de préciser :

– Non, c'est Luke qui lui a balancé son poing dans la tronche, après qu'Aïdan lui a dit : « Ma poule, quand on est assez con pour décapoter la bête, faut pas s'étonner d'avoir à acheter des Pampers… »

Je m'enfonce un peu plus dans le canapé. Angie vient me couvrir d'un plaid, et je la remercie d'un faible sourire tandis qu'ils continuent à bavarder. Discrètement, je jette un regard à Luke qui s'est accoudé au bar, un verre à la main. Lui aussi m'observe. Je me dis que c'est peut-être le moment de le rejoindre pour m'excuser. Pour essayer de discuter avec lui…

CHAPITRE 11

C'est moi qui décide. Point barre !

J'ai dû m'endormir, car lorsque j'ouvre les paupières, la nuit est tombée. J'entends des voix qui proviennent du petit salon qui jouxte celui dans lequel je me trouve. Celui où Geoffrey aime bien fumer un cigare, après le dîner. Zut ! Quelle heure peut-il bien être ? Un coup d'œil sur ma montre pour constater qu'il est... plus de vingt et une heures ! Et moi qui voulais m'excuser. D'une main, je repousse le plaid, puis je me lève afin de gagner le petit salon.

– Justine...

– Luke ! Je... je croyais que tu étais déjà parti...

Et j'aurais préféré que tu l'aies fait.

– Tu t'es endormie comme une masse, et Angie a voulu qu'on te laisse dormir.

– Mmm...

– Aïdan est parti depuis peu, mais je voulais attendre que tu sois réveillée...

Fais chier !

– Il faut qu'on discute !

Fais chier !

– Maintenant !

Fais chier ! *Fais chier ! Fais chier !*

– Tu ne préfères pas qu'on remette ça à demain… ou…

– Non !

Il pousse un soupir et se passe une main dans les cheveux. Sa chemise est en partie déboutonnée, et j'aperçois son torse – musclé et bronzé –, ce qui me fait dire que discuter – maintenant – me paraît une très mauvaise idée.

– Georges t'a préparé un plateau qui t'attend dans ta chambre, ainsi, nous serons tranquilles…

Comme je ne réponds toujours rien, il avance d'un pas. Je recule d'autant en songeant que la chambre est définitivement une très, très mauvaise idée.

– Bordel, Justine ! lâche-t-il d'un ton agacé. Il faut qu'on parle tous les deux… Surtout si tu souhaites garder cet enfant.

– Cette décision m'appartient, je riposte, agacée à mon tour. Puis, en essayant de prendre sur moi, j'ajoute plus posément : D'accord, on va parler. En tout cas, on peut toujours essayer…

Je fais demi-tour. Sans un mot, je regagne ma chambre, Luke sur les talons.

– Tu veux manger avant ?

– Non, je n'ai pas faim pour le moment.

Je m'installe sur mon lit, et c'est là que je me rends compte – horreur et désespoir ! – qu'il n'y a aucun siège pour Luke. Ce qui ne lui pose aucun problème puisqu'il prend place lui aussi sur mon matelas. Brusquement, ce lit pourtant king-size me semble trop petit pour nous deux. J'entends son souffle… un peu trop rapide.

– Justine, regarde-moi, dit-il d'une voix basse.

Alors, je le regarde. Et je le trouve trop proche de moi pour avoir une discussion. C'est complètement stupide de ma part, mais je ne peux empêcher mon corps de réagir à sa présence. S'il est un tant soit peu observateur, il va vite s'en rendre compte. Autant le lui dire afin de garder le contrôle. Je me lève brusquement et m'éloigne un peu. Il secoue la tête et fronce les sourcils, à l'évidence mécontent de mon attitude.

– Je n'ai pas l'intention de te mentir, Luke…

– Et je dois sans doute te remercier pour ça aussi ?

– S'il te plaît, ce n'est déjà pas facile, alors évite de m'interrompre, d'accord ?

Les bras croisés, je me mets à faire des allers-retours dans la pièce en cherchant une bonne façon de lui dire… que… lorsque je le vois, j'ai envie de lui arracher sa chemise ? De sentir ses mains, sa bouche, ses lèvres sur ma peau ? Que je veux du sexe, encore du sexe avec lui ?

– Je…

Non ! Non ! Si je lui dis ça, il risque de croire que j'ai fait exprès de tomber enceinte !

– Je… merde ! J'ai l'impression… je commence d'une voix étranglée. Je n'ai pas voulu te faire un bébé dans le dos. J'ai toujours voulu avoir des enfants, mais pas comme ça. Sauf qu'il a suffi d'une fois. Une seule putain de fois ! Quand certaines suivent des protocoles sans succès et désespèrent de tomber enceintes, moi, ça me tombe dessus alors que je n'ai rien demandé. Non, mais tu y crois ? Hein ?!

Je suis obligée de m'arrêter un instant pour reprendre mon souffle et, en larmes – parce qu'en plus, le robinet Niagara Falls s'est ouvert en grande pompe –, je poursuis :

– Avoir un bébé – et avec toi qui plus est ! – ne faisait pas partie de mes projets. Tu n'es pas du tout le… père que j'aurais souhaité pour mon enfant. Tu es même à l'opposé de celui que j'aurais choisi dans ce rôle. Et surtout, afin que les choses soient bien claires entre nous, l'idée de faire un enfant avec toi ne m'avait même pas effleurée…

Son attitude totalement impassible ne me laisse rien entrevoir de ce qu'il ressent en ce moment. Il paraît moins furieux qu'à son arrivée. Est-ce un effet secondaire de mes larmes ? Si me voir pleurer le rend muet et plus aimable, il faudra que je m'en souvienne.

– Je n'avais pas toute ma tête pendant le procès, et ma pilule est passée à la trappe… la capote aussi ! Toi ou moi, on s'en fout de savoir qui est le plus responsable. Nous deux, évidemment, car si l'un de nous avait eu les idées claires…

Un grognement et un froncement de sourcils de sa part me coupent un court instant. Agacée, je lui jette un regard noir avant de poursuivre d'une voix étranglée :

– Je n'ai jamais voulu te piéger, mais notre oubli, notre stupidité, appelle ça comme tu veux…

D'une main tremblante, j'essuie mon visage et tente de faire disparaître les traces de mon désespoir amer.

– Je suis peut-être en train de faire la plus grosse connerie de ma vie… Sans doute… ou pas. En fait, je l'ignore totalement. Comment pourrais-je le savoir, hein ? Si ça se trouve, je vais le regretter et m'en vouloir toute ma vie. Ou peut-être pas… mais maintenant qu'il est là… je veux le garder. Je n'envisage pas autre chose… je n'avorterai pas. Pas question ! Je ne te demande rien. Je ne sais même pas pourquoi je t'ai mis au courant. Je…

– Tais-toi, Justine !

Sa voix est ferme. Je me fige et n'essaie même plus de retenir mes larmes. Je suis fatiguée et trop confusepour poursuivre cette discussion. J'ai juste une énorme envie de me mettre au lit, de m'enfouir sous la couette et de dormir jusqu'au matin. Un soupir s'échappe de mes lèvres tandis que mon regard se pose sur le plateau que Georges a préparé à mon intention. Réflexion faite, avant de dormir, je vais sans doute grignoter un peu… ou beaucoup.

– Maintenant que les choses sont claires entre nous, je marmonne en me dirigeant vers la commode, tu peux partir et…

– Partir ? me coupe-t-il d'une voix froide. Tu penses que je vais simplement partir ? Après que tu m'as balancé ça ?

Je lâche un juron entre mes dents en pivotant vers lui.

– OK ! La façon dont je t'ai annoncé ma grossesse n'était sans doute pas la plus judicieuse. Mais on ne va pas en faire tout un plat non plus, je bougonne en croisant les bras. Et je suis désolée pour tes parents. Vraiment.

D'accord, Monsieur semble être à nouveau passé en mode furibond, ce qui me porte sur les nerfs.

– Tu devrais être satisfait et soulagé que je n'aie pas besoin de toi pour assumer mon bébé. Et plutôt deux fois qu'une ! On sait parfaitement tous les deux ce que tu penses des relations entre un homme et une femme. Du sexe et rien d'autre ! Un bébé n'a rien à faire dans ton équation. Et je le comprends tout à fait. Même si je ne travaille pas actuellement, je n'ai aucun souci financier, donc tu n'as aucune raison d'avoir des angoisses, si c'est ce qui te préoccupe. Tu ne risques pas de me voir t'intenter un procès pour te demander une pension alimentaire, et encore moins…

– Bordel ! Tu vas te taire maintenant !

Rectification : là, Monsieur est vraiment passé en mode furax.

CHAPITRE 12

LUKE

Du sexe, que du sexe, et rien d'autre !

C'était ma devise depuis des années, et *a priori*, elle était parfaite. Néanmoins, se retrouver avec un gamin sur les bras est une preuve vivante et accablante de son inefficacité, ou tout bien pesé, de ma connerie. Même un enfant de huit ans sait qu'on ne baise pas sans se couvrir. Jamais ! Alors, comment ai-je pu oublier le préservatif ? C'est quoi mon excuse, bordel ? Si je veux être honnête, elle est juste là, devant moi, mon excuse. Cette nana me fait perdre la tête. Tout simplement. Et on voit le résultat. Enfin, on le verra surtout dans moins de huit mois parce que, pour le moment, j'ai beau scruter son ventre, je ne constate aucun changement physique.

– Tu n'as pas la plus petite idée de l'homme que je suis. Tu ne connais rien de ma vie, de mon passé. Certaines y réfléchiraient à deux fois avant de garder cet enfant. J'ignore comment tu me perçois, mais au vu de tes propos, pas besoin de me faire un dessin…

L'expression de son visage me fait comprendre très précisément que je suis classé dans la catégorie des gros connards. Un statut que j'assume parfaitement.

– Mais tu ne peux pas te pointer ici en me balançant une nouvelle pareille et t'attendre à ce que je sois fou de joie…

– Tu as le sens de la mesure, me coupe-t-elle sur un petit ton ironique.

Je retiens un juron en songeant qu'elle me fait non seulement perdre la tête, mais qu'elle me la prend bien aussi.

– Je peux parier ma fortune que, dans la même situation, aucun homme n'aurait sauté au plafond, j'affirme en toute bonne foi et en levant l'index pour lui intimer de se taire, comme elle s'apprête à reprendre la parole. Pas un homme doté d'un minimum de bon sens n'accueillerait cette nouvelle avec plaisir. D'autant plus pour une histoire qui se résume à deux séances de baise. Ne me prends pas pour un con !

– Bientôt, tu vas me dire que tu n'en gardes même pas le souvenir, riposte-t-elle, furieuse. Ce qui serait tout à fait logique au vu du nombre – plus que conséquent – de femmes qui doivent défiler dans ton lit ! Qui sait, peut-être vas-tu même exiger un test ADN ?

– Le devrais-je ? je l'interroge, brusquement en rogne, alors qu'elle me lance dans le même temps un « pauvre crétin ! » bien senti, et je poursuis : Tu remarqueras que ce n'est pas moi qui ai mis ça sur le tapis. Je te pense assez honnête pour être certaine de ce que tu avances.

Bordel ! Qu'est-ce que j'en sais, après tout ? J'ignore tout d'elle, et vice versa. Pourtant, aussi étrange que cela paraisse, je suis persuadé qu'elle n'est pas le genre de femme à faire endosser la paternité d'un enfant à un autre homme.

– Tu es parfaitement en droit de me le demander, lâche-t-elle d'un ton un peu blasé. Et je ne t'en voudrais même pas. Toutefois, je peux t'assurer qu'il ne faut pas t'attendre à une agréable surprise, tu es bel et bien le père de ce bébé.

J'imagine qu'elle partage avec moi ce sentiment de totale perte de contrôle sur sa vie. Que, tout comme moi, cette nouvelle lui a fait l'effet d'un cataclysme ! La seule différence, c'est qu'elle a eu le temps de se faire à cette idée. Ce qui est encore loin d'être mon cas.

– J'ai beaucoup de mal à croire que je vais être père, je murmure en me passant une main nerveuse dans les cheveux. Je… je n'ai jamais voulu avoir d'enfants.

Je ne veux pas être cruel. Je m'efforce simplement d'être le plus honnête possible avec elle. Justine a beau prôner haut et fort qu'elle n'attend rien de moi, elle espère quelque chose que je suis totalement incapable de lui donner. Le problème aurait probablement été plus facile à résoudre si sa situation financière était difficile. Si elle avait dû travailler avec un salaire modeste, elle aurait envisagé la venue de cet enfant différemment. Peut-être aurait-elle pu accepter un avortement ? Ou peut-être pas. Mais j'aurais eu beaucoup plus de poids et d'arguments pour la convaincre. Alors que là, je n'ai pas mon mot à dire. Elle ne me laisse aucun choix. C'est à elle seule de décider. Et laisser à une tierce personne le pouvoir de donner à ma vie une direction que je ne lui aurais jamais fait prendre, ça me rend fou. Littéralement. Frustré et en colère, je pose un regard glacial sur elle avant de lancer :

– Je ne suis malheureusement pas en position de te dire ce que tu dois faire. Tu es la seule à pouvoir trancher pour toi et pour moi. Mais surtout la seule à pouvoir te prononcer sur mon avenir. Parce que si tu gardes cet enfant – même si, moi, je n'en veux pas ! – ne va pas imaginer une seule seconde que je vais pouvoir l'occulter de ma vie ! Essaie une minute de te mettre à ma place. Inverse un peu les rôles…

Je capte le tremblement de ses mains. Son souffle soudain plus rapide. Muette, elle se laisse choir sur le lit. Je me plante face à elle et, de toute ma hauteur, je continue avec hargne :

– Sans doute arriverais-tu très facilement à faire une croix sur ton enfant, puisque c'est ce que tu me proposes. Effectivement, en imaginant une solution pareille, ne rien me dire aurait été la meilleure option. Il aurait été préférable de me laisser dans l'ignorance.

Pour elle, je ne suis qu'un salaud qui enchaîne les aventures sans se poser de questions et qui ne souhaite aucune attache. Et elle a raison. Aucun doute là-dessus.

– Mais il y a une putain de différence entre baiser entre adultes consentants sans rien attendre de l'autre, et ne pas se soucier de son enfant. Si tu es incapable de faire cette distinction, ce n'est pas mon cas. Pas question pour moi de faire comme si cet enfant n'existait pas. Je ne pourrais pas ! Et je ne te parle même pas de mes parents !

Je marche de long en large dans la chambre en espérant me calmer un peu. Ce n'est pas tant le fait qu'elle me considère comme le dernier des salauds qui me fout en rogne. Je l'assume parfaitement. Mais qu'elle puisse me coller l'étiquette du sale mec tout juste bon à fuir devant ses responsabilités ? Là, franchement, ça me donne envie d'exploser.

– Tu aurais pu au moins me laisser le bénéfice du doute. Tout comme je l'ai fait, en te croyant sur parole quand tu m'as dit que j'étais le père de cet enfant…

Je ne peux m'empêcher d'apprécier son petit sursaut de gêne, tandis qu'elle s'excuse d'abord pour son jugement arbitraire, et ensuite – une fois encore – pour mes parents. Je lâche un profond soupir en songeant à eux. Il faut bien avouer qu'ils étaient loin de s'attendre à devenir grands-parents. Je pense même qu'ils en avaient pris leur parti et qu'ils étaient convaincus que la lignée des Preston s'éteindrait avec moi. Et jusqu'à aujourd'hui, j'en étais persuadé moi aussi. Je me laisse glisser contre le mur en sentant poindre un mal de tête carabiné, puis avec un petit rictus, je lâche :

– En tout cas, s'il y en a deux qui ont sauté de joie à la nouvelle, c'est bien mes parents.

– Mon père a eu un peu de mal au début, m'informe-t-elle avec un petit sourire. Mais pour finir, il était presque aussi ravi que ma mère.

Assis par terre, dos collé au mur, je l'observe en essayant de faire le tri dans le foutoir qui me tient habituellement lieu de cerveau. Cerveau totalement déconnecté à cet instant précis. À part pour m'envoyer en grosses lettres rouges clignotantes le mot PussyFer : chatte qui t'envoie direct en enfer ! Dommage que le signal arrive trop tard. J'ignore combien de temps je reste silencieux, totalement perdu dans le chaos de mes pensées et les yeux hagards. Sans doute un long moment, car lorsque j'émerge enfin de mon brouillard, Justine s'est endormie. Je me lève brusquement, le regard plus précis, la respiration un peu moins oppressée. Je remarque le plateau vide posé sur la table de chevet. D'une main, j'attrape la couette en boule sur le lit et en couvre Justine qui dort à poings fermés.

Mais ce n'est plus simplement Justine. Elle n'est plus uniquement cette femme dont la chute de reins me fait bander direct. Elle n'est plus exclusivement cette femme qui m'a obsédé pendant des mois.

Maintenant, elle est aussi la femme qui porte mon enfant.

Et même si je ne l'ai pas voulu, pas souhaité, pas désiré… un lien indéfectible nous lie à présent.

CHAPITRE 13

Petits plaisirs de la grossesse

– Tu te sens mieux ?

– Mmm…

La main d'Angie me frictionne tendrement le dos pendant que, la tête penchée au-dessus de la cuvette des toilettes, je me demande combien de temps encore va durer ce calvaire. Jusqu'à présent, hormis le fait que le docteur a bien confirmé que j'étais enceinte, je n'avais aucun des symptômes liés à mon état. Et je n'avais pas idée de la chance monstrueuse que cela représentait. Malheureusement, depuis deux jours, j'expérimente à mon corps défendant l'un des petits plaisirs de la grossesse : les nausées.

– Ça va passer, Juju. D'après Mister Google, ça ne dure que le temps du premier trimestre.

– Et Mister Google ne t'a pas donné un truc pour que ça passe ? je marmonne entre deux haut-le-cœur. Parce que, franchement, ça m'aiderait pas mal en ce moment.

J'ai la sensation d'expulser mes entrailles comme au lendemain d'une nuit trop chargée en mojitos.

Or, depuis que les deux trolls ont pris possession de mon corps, les seuls cocktails que je bois sont exclusivement un savant mix de fruits. D'ailleurs, de toute ma vie, je n'ai jamais autant ingurgité de fruits et de légumes. Georges et Angie se sont mis en tête de surveiller mon alimentation de très près pour que les petits trolls et moi soyons au top de notre forme. Si ça se trouve, je fais tout bonnement une overdose frugivore…

– Georges te prépare une recette spéciale anti-nausées, m'informe Angie lorsque je me redresse et file direct au lavabo pour me rincer la bouche. Avec du gingembre, ça a un effet calmant pour l'estomac et c'est très efficace contre les nausées et les vomissements.

Je fais la grimace en songeant que je n'aime pas particulièrement son goût épicé et âcre, mais bon, je ne vais pas faire la difficile.

– On ne s'en sert pas plutôt comme aphrodisiaque ?

– Tu as besoin d'un aphrodisiaque, Juju ?

– Absolument pas ! Avec ma libido en délire, il me faudrait davantage un truc pour supprimer tout désir sexuel…

Oui, parce qu'un de mes autres petits plaisirs actuels, c'est que mes hormones sont en pleine frénésie. Je rêve de journées et de nuits torrides. De sexe dément et totalement débridé… Le problème ? Mon vibromasseur, c'est bien, mais un mec – pas besoin d'aller chercher très loin pour savoir à qui je pense –, ce serait carrément mieux. Surtout lui !

– Après ma « cuvée spéciale Preston » placardée sur les buildings de Manhattan, tu penses qu'une annonce du style : « Petite culotte romantique en chaleur cherche crétin insensible pour s'épuiser sexuellement », ça serait efficace pour remédier à mon problème ?

Angie pouffe tandis que nous nous installons tranquillement dans la cuisine pour prendre notre petit déjeuner.

– Du coup, s'informe-t-elle en reprenant son sérieux, Luke et toi, vous avez pu discuter sérieusement ?

Je lâche un soupir. Quand il a débarqué après avoir appris l'heureuse nouvelle de sa future paternité, je ne peux pas dire que nous avons vraiment discuté. En tout cas, pas assez pour que les choses soient suffisamment explicites à mes yeux quant à ses intentions pour le bébé. Il faut dire aussi que je me suis endormie… ceci explique peut-être cela. À sa décharge, il m'a laissé un mot sur la table de chevet :

Je préfère ne pas te réveiller. Ce n'est que partie remise.

Je t'appelle pour qu'on mette les choses au point.

Luke

– À part pour m'apprendre que ses parents sont enchantés de devenir grands-parents, on ne peut pas dire que nous ayons beaucoup avancé. J'attends qu'il se manifeste, on verra bien.

– Pourquoi attendre ?

Je réfléchis quelques minutes avant de lui répondre. Mon regard se perd dans la rue. Dehors, le ciel est gris. Un peu comme mon humeur actuelle.

– Je me souviens du choc que j'ai eu quand j'ai appris ma grossesse. Il m'a fallu plusieurs jours avant de refaire surface, et parfois, j'ai encore du mal à réaliser que je vais bientôt être maman…

– Je comprends. Deux jours, c'est bien peu. Surtout quand on sait qu'il ne souhaitait pas avoir d'enfants, pour finir par apprendre qu'il a tiré le jackpot avec des jumeaux…

Soudain, j'ai la sensation désagréable d'être un misérable petit insecte scruté au microscope. Je bouge nerveusement sur mon tabouret. Avec un peu de chance – même si on ne peut pas dire qu'en ce moment, j'en ai des masses –,ça va le faire.

– Je n'y crois pas ! Tu ne lui as rien dit ? Justine ! Tu attends quoi, exactement ?

– Angeline a raison, ajoute Georges en déposant un verre d'oranges pressées devant moi. Le moment était bien choisi pour lui annoncer qu'il allait être papa de jumeaux. Il n'était plus à ça près. Et je suis d'avis qu'il aurait mieux valu y aller franco. Comme quand on retire un sparadrap. Il vaut mieux tirer d'un coup sec !

Je les regarde tour à tour en haussant les épaules puis, après avoir pris une longue gorgée, je lâche :

– Pas moi, Georges. Je prône la méthode douce : petit bout par petit bout. À doses homéopathiques, quoi !

Vu leur expression renfrognée, Angie et Georges ne partagent pas mon avis. Avec eux, ce serait plutôt : « File-moi le bazooka et vas-y ! Dégomme tout ! » Mais je n'ai pas l'âme d'une killeuse. J'ai horreur de faire souffrir les gens, si je peux l'éviter.

– Tu ne comptes tout de même pas attendre la naissance pour que Luke découvre qu'il est le père de jumeaux ?

Après tout, pourquoi pas ? Est-ce qu'il s'y connaît assez pour savoir qu'à notre époque, une simple échographie peut donner autant de renseignements ?

– Je t'arrête tout de suite ! Luke est peut-être un crétin, mais c'est un crétin intelligent, à la tête d'une entreprise qui vaut des millions de dollars, qui parle couramment plusieurs langues, qui…

– C'est bon ! Ne t'énerve pas, je la coupe. J'avais l'intention de le lui dire…

Devant son froncement de sourcils, je précise :

– Et j'en ai toujours l'intention, et avant la naissance, bien évidemment. Mais il ne m'en a pas laissé l'occasion, à vrai dire, et…

– Et quoi ? s'exclament Angie et Georges simultanément.

Me croiront-ils quand je leur annoncerai pourquoi je ne l'ai pas fait ? Franchement, même moi, j'ai du mal lorsque je m'autoanalyse, c'est dire ! Angie commence à perdre patience. Avant que je n'engloutisse un délicieux pancake – les nausées étant enfin passées aux oubliettes –, elle pousse le plat hors de ma portée et se fâche :

– C'est pour aujourd'hui ou pour demain ?

Je lâche un grognement et rapproche vivement le plat de pancakes.

– En fait, j'ai juste oublié de le lui dire, je marmonne, la bouche pleine.

J'ai le temps de finir tranquillement mon premier pancake – malheureusement pour moi, pas celui de commencer le deuxième –, avant qu'Angie et Georges ne sortent de leur état de surprise pour s'écrier dans un bel ensemble :

– Tu as oublié ?

Je hoche la tête sans répondre, le deuxième pancake ayant atteint sa cible.

– Comment peut-on oublier de dire un truc aussi important, Juju ?

Oui. Moi aussi, je me suis posé la question. Je me la pose encore… Ça me positionne dans quelle catégorie de mère ? Pas dans le top 3 ! C'est clair. Et brusquement, une idée horrible s'impose à moi.

– Je sais, c'est dingue, pourtant, c'est la vérité. J'ai oublié de le lui dire, mais si ça se trouve… ça prouve aussi que je suis le genre de mère capable d'oublier ses jumeaux dans un magasin !

Je fonds en larmes tandis qu'au même instant, une voix que je reconnais instantanément – celle du mari de ma meilleure amie – retentit dans la cuisine :

– Tu attends des… jumeaux ?! Bordel ! Deux pour le prix d'un ! J'en connais un qui va…

Il éclate de rire sans prendre la peine de terminer sa phrase.

En même temps, pas besoin de nous faire un dessin, non plus. À peine le premier choc passé, Luke va avoir droit au double effet Kiss Cool.

CHAPITRE 14

Cuisine et dépendance

Le silence de Luke n'aura duré que trois jours avant qu'il ne me téléphone pour m'inviter à dîner. Un dîner pour discuter du bébé.

Ma grande, c'est le moment idéal pour lui annoncer que ce n'est pas un bébé, en fait, mais deux ! Ne te dégonfle pas !

Ce n'est pas comme si je l'avais fait exprès, non plus. Et puis, si ça se trouve, les jumeaux viennent de son côté, car dans ma famille il n'y a jamais eu de grossesse gémellaire. Ou je fais partie du 1,25 % de la population féminine à faire du deux en un. Putain ! On peut dire que je cumule les galères. Juste un oubli, et *bam*, je tombe enceinte. Cerise sur le gâteau, j'en ai deux d'un seul coup.

– Nous y sommes, Mademoiselle, m'informe le chauffeur de taxi en se garant devant le restaurant où j'ai rendez-vous avec Luke. Bonne soirée.

Pas certaine qu'elle le soit, je songe avant de le remercier. *Et surtout, pas question de rentrer chez*

Angie sans lui avoir annoncé la nouvelle ! Ça va rouler comme sur des roulettes ! Allez, fonce !

Et, d'un pas rapide et assuré, je franchis la porte de La Dolce Vita, une petite *trattoria* située dans le quartier de Little Italy. La femme qui me conduit auprès de Luke est sans conteste d'origine italienne. Elle en a le physique, la chaleur dans son accueil et l'accent chantant dans la voix. De plus en plus nerveuse, je la suis entre les tables décorées de nappes à carreaux rouges et blancs. L'ambiance est simple et conviviale à la fois. À l'opposé du genre d'endroit select et branché où j'imaginais Luke. Nous traversons toute la salle avant qu'elle ne pousse un battant qui donne… dans les cuisines !

C'est un message subliminal, là ? Ça veut dire quoi ?

Il lui faut moins de deux secondes pour s'apercevoir de ma présence et se lever. J'oublie que je vais dîner en cuisine aussitôt qu'il s'approche de moi.

Mon Dieu ! Il est à tomber dans cet ensemble jean et chemise noirs ! On dirait un dangereux truand mafieux et terriblement sexy !

– Bonsoir Justine, murmure-t-il tout contre mon oreille en m'aidant à retirer mon manteau. Francesca nous a préparé ce petit coin plus intime…

Après un rapide coup d'œil, je suis obligée d'admettre que cette table pour deux agrémentée de bougies et de pétales de rose est très joliment décorée. Sans voisins pour surprendre notre conversation.

Stratégiquement placée dans un petit espace d'où aucune personne en cuisine ne peut nous observer.

– Où nous ne risquons pas d'être dérangés le moins du monde. J'espère que ça te convient ? Tu m'as dit que tu adorais la nourriture italienne.

Ma soudaine montée en température est incontestablement causée par les fours et plaques de cuisson. Et certainement pas en raison de ses mains encore posées sur mes épaules, et dont la chaleur transperce le tissu de ma robe. Je réprime un gémissement avant de répondre.

– C'est parfait…

Pour une discussion durant laquelle vous allez prendre des décisions, Justine ! Ce n'est pas un rendez-vous galant ! Mets-toi bien ça dans la tête, et tout ira bien !

– Il n'y a pas de carte, précise-t-il tandis que nous prenons place face à face. Les plats sont concoctés selon l'humeur du chef et son marché…

Il hésite, fronce les sourcils comme si un problème venait de surgir inopinément.

– Mais peut-être que, dans ton état, tu as des envies particulières ? Ou que certains aliments sont déconseillés pendant une… grossesse ? Merde ! Je n'y avais pas songé, mais je suis certain que le chef pourra te préparer…

– Tout va bien, je le coupe avec un sourire, amusée par son stress évident. Je n'ai pas d'envie particulière – en tout cas, pas pour le moment –, et je mange absolument de tout !

En frétillant d'impatience, j'inspire les effluves succulents qui parviennent jusqu'à mes narines.

– Et pour te rassurer, au vu des odeurs qui se dégagent de ces casseroles, je sens que je vais me régaler.

Le sourire qu'il me lance en retour me donne juste envie de me liquéfier sur ma chaise. Je me souviens avec précision de notre première rencontre. Angie, totalement affolée en découvrant Geoffrey dans le club où nous étions en train de boire un verre en galante compagnie, et tentant vainement de se cacher sous la table. Lui, attrapant par le col de la chemise le malheureux qui avait des vues sur Angie pour l'éjecter séance tenante, et de façon plutôt musclée. Le tout sous le regard blasé et amusé d'Aïdan, et celui de Luke, insolant, brûlant et affamé – avec une attente empreinte d'un désir extrême gravée au fond de ses prunelles –, braqué sur moi. Oui, la première fois que j'ai vu Luke, mon cerveau a eu un gros bug. Déconnexion totale de tous mes neurones. En revanche, mon corps – pas moi, pas ma tête, hein ? – a eu un coup de foudre sexuel énorme pour le sien. Ça existe un coup de foudre sexuel corporel ? Ça s'épuise en combien de temps ? Combien de séances de sexe démentes avant d'être vaccinée ?

– Justine ? Tu m'écoutes ?

– Pardon ?

Allô Justine, ici la Terre ! Secoue-toi, ma vieille ! Tu es là pour parler bébé. Tu sais, les deux trolls, les jumeaux quoi ! Oh mon Dieu ! Je les avais encore oubliés !

– Désolée, j'ai parfois l'esprit ailleurs, je lâche, subitement refroidie. Tu disais ?

J'avale une longue gorgée de thé glacé – si ça pouvait m'aider à retrouver mes esprits, ce serait bien ! –, tandis qu'il m'observe d'un air indéchiffrable.

– Et on peut savoir où était parti ton esprit ?

Dans une chambre. Avec toi, et nu de préférence !

– À Paris, je réponds à la place. J'ignore encore où je vais passer les fêtes, et comme Noël approche…

Pas certaine qu'il me croie. Nous restons tous les deux silencieux pendant que Francesca dépose devant nous une grande assiette d'*antipasti*, sur laquelle je me jette – sans aucune honte – immédiatement.

– *Che piacere vedere una dona che ama mangiare.*

– *È delizioso,* je réponds à Francesca qui, les mains sur les hanches, m'observe avec un sourire éclatant. *Semplicemente delizioso*[1].

Pendant que Luke papote avec Francesca, qui semble connaître sa famille depuis des années, je continue de piocher allègrement dans le plat. À défaut des plaisirs de la chair, je peux au moins m'offrir un orgasme culinaire.

– Quand tu as dit que tu mangeais de tout, c'était à prendre au sens littéral…

1.– Quel plaisir de voir une femme qui aime manger.
– C'est délicieux. Tout simplement délicieux.

Horrifiée, mais pas confuse pour autant tellement je me suis régalée, je réalise que j'ai englouti presque toute l'assiette d'*antipasti*.

– Mais je suis d'accord avec Francesca.

Il se saisit d'une tomate cerise farcie à la *ricotta*, puis se penche vers moi et la présente à ma bouche. Mon cœur s'emballe. Je me penche à mon tour et plonge mon regard dans le sien. J'ai un frisson involontaire. Mes lèvres s'ouvrent et j'avale la petite bille rouge. Ses doigts s'attardent sur ma peau. Juste là, à la commissure de mes lèvres, puis dans une caresse légère, descendent tout doucement sur ma nuque. Ma respiration se bloque. La sienne est soudain plus rapide. La table minuscule permet à nos visages de n'être qu'à quelques centimètres l'un de l'autre. Je suis si proche de lui que je distingue une cicatrice sur son arcade sourcilière. Si proche que je surprends le frémissement de ses lèvres. Je crois même lire du désir dans ses yeux. Beaucoup de désir. Je baisse les yeux, sa chemise entrouverte me laisse apercevoir sa peau. Et sous cette peau, des muscles fermes… des muscles durs, dont ma mémoire se souvient parfaitement. Je croise mes jambes. Dans un sens. Puis dans l'autre. Réprime un petit soupir lascif entre mes lèvres.

Oh mon Dieu ! La gourmandise me perdra.

– C'est un plaisir de te regarder manger, lâche-t-il d'une voix rauque. Un plaisir dont tu n'as même pas idée. À partir d'aujourd'hui, les tomates cerises auront une saveur toute particulière pour moi…

Il reprend sa place et avale une longue gorgée de vin rouge.

Qu'est-ce qui vient de se passer, là ?

CHAPITRE 15

LUKE

Qu'est-ce qui m'arrive ? C'est quoi mon problème ? Si je suis avec Justine ce soir, c'est pour mettre les choses au point à propos de mon enfant ! Rien de plus ! Si mon cerveau est en phase avec cette idée, mon sexe est en contradiction totale avec le concept, pourtant très clair : pas de baise ce soir avec Justine ! Ni aucun autre jour, d'ailleurs. Mais serré comme je le suis dans mon jean, j'ai peur que ce soit un peu – beaucoup, beaucoup plus – compliqué que ça. Seulement, la voir prendre autant de plaisir à déguster sa nourriture a déclenché une érection en moins de cinq secondes. Et maintenant, l'idée de sa bouche, de ses lèvres sur mon sexe m'obsède.

Bordel ! Faut que je me calme ! Pense plutôt à des couches sales, du vomi... oui, ça devrait aider.

– Pour être tout à fait honnête, j'ai encore du mal à réaliser que je vais bientôt être papa.

– Si ça peut te rassurer, j'ai moi aussi du mal à penser que je vais être maman dans quelques mois.

Cette voix ! J'ignore pourquoi sa voix, légèrement éraillée, a tendance à éveiller chez moi des scénarios érotiques. Elle serait capable de me faire bander juste en me lisant le bottin. Agacé et frustré, je pousse un juron silencieux pour me remettre les idées en place.

– J'ai pas mal réfléchi pendant ces trois jours, Justine. Notre dernière discussion n'a été agréable ni pour toi ni pour moi…

– Nous étions sous le choc, à fleur de peau, me coupe-t-elle avec un sourire timide. Je crois qu'il vaut mieux oublier tout ce qu'on s'est dit, et essayer de recommencer à partir de ce soir. Tu es d'accord ?

Si je pouvais tout recommencer, nul doute que je n'oublierais pas ce putain de préservatif !

– OK, pour un *replay* de notre dernière soirée, je réponds en souriant malgré moi. J'imagine que tu as déjà quelques projets pour le bébé…

D'abord, son visage reflète un petit air stupéfait.

– Tu m'as dit que tu voulais le garder, alors j'ai pensé que tu…

Qui laisse place ensuite à de la contrariété.

– Si je capte bien les expressions de ton visage, dis-je en réalisant brusquement qu'elle est aussi déboussolée que moi par cet enfant, tu n'as pas encore de projets bien définis, n'est-ce pas ?

Il lui faut plusieurs secondes avant de me répondre. Des secondes pendant lesquelles ses yeux deviennent plus brillants et son souffle plus rapide. Des secondes qui se changent en minutes, tandis qu'elle triture nerveusement ses doigts.

– D'accord, je lâche dans un souffle en saisissant ses mains entre les miennes. On va avoir un enfant tous les deux. Mais à part ce fait indiscutable, on peut aussi affirmer que ni toi ni moi n'avons la moindre idée de ce que nous allons faire…

D'un air complètement désespéré, les larmes au bord des yeux, elle hoche vigoureusement la tête pour confirmer.

– Bordel ! On est vraiment dans la merde, je lâche avant d'exploser de rire.

Pour la première fois depuis que j'ai appris la nouvelle, j'ai la sensation d'avoir repris ma vie en main. De contrôler quelque chose. Jusqu'à maintenant, Justine avait le contrôle absolu. Autant dire que j'étais en rage de ne plus avoir les pleins pouvoirs sur mon existence. Je me sentais piégé, comme si elle avait tout manigancé. Quelque part, j'étais furieux qu'une femme puisse m'utiliser sans que j'aie voix au chapitre, et qu'elle soit la seule à décider de garder ou non cet enfant. Jamais je ne m'étais senti aussi impuissant et démuni face à ce qu'une personne est capable d'imposer à une autre. Mais ce que j'ai d'abord pris pour de la ruse de sa part n'est en réalité qu'un énorme cataclysme qui la laisse aussi secouée que moi. Sans doute même plus, puisque c'est elle qui le porte.

Finalement, dans tout ce bordel, j'ai quand même la meilleure place.

– En résumé, nous sommes des quasi-inconnus l'un pour l'autre, qui se retrouvent…

Après une séance de sexe torride, mais ce n'est pas le moment idéal pour s'appesantir là-dessus.

– Futurs parents d'un bébé, à cause d'un oubli. Bon, maintenant, il ne reste plus qu'à remédier à cet état de fait.

– Tu…

– Attends ! je la coupe avec un sourire. Laisse-moi t'expliquer comment je vois les choses, et ensuite tu me diras ce que tu en penses.

J'attrape de nouveau ses mains. Mon regard plongé dans l'océan limpide du sien. Je me demande si mon fils aura la couleur de ses yeux. En tout cas, il sera brun, puisque nous le sommes tous les deux.

– Je ne suis pas le genre d'homme qui peut se contenter de voir son fils occasionnellement. Je veux faire partie de sa vie. Je veux passer du temps avec lui, le voir grandir, lui apprendre ce que mon père m'a enseigné. Je veux qu'il sache combien ma mère va le gâter, le pourrir…

Une pensée douloureuse me transperce en songeant qu'Emily n'aura jamais cette chance, et je suis obligé de m'interrompre un instant avant de pouvoir reprendre d'une voix plus ferme :

– J'ignore encore comment nous allons faire, mais que tu retournes à Paris pour les fêtes n'est peut-être pas la meilleure idée pour qu'on se découvre, toi et moi. J'ai besoin de mieux connaître la mère de mon enfant. Tout comme tu as besoin de me connaître. Il faut qu'on passe du temps ensemble. Mais pas seulement quelques heures grappillées ici et là…

Et pour ça, je ne vois qu'une solution. Une solution que jamais je n'aurais pensé proposer à une femme. Ses mains toujours dans les miennes, elle m'écoute attentivement. J'aimerais savoir ce qui se cache derrière son visage de madone aux lèvres pulpeuses et si outrageusement sexy. Sa bouche à elle seule devrait être interdite aux moins de dix-huit ans.

Focus, Luke ! Tu t'égares manifestement dans une zone à haut risque !

– Dans cet objectif, il faut que tu viennes t'installer chez moi, je lâche dans un souffle, soudain moite de sueur froide. Notre enfant ne peut pas naître de parents qui sont des étrangers l'un pour l'autre, et qui n'ont en commun que deux rounds de sexe torride. Il mérite mieux que ça !

– Pardon ?

Une chute de l'Empire State Building aurait eu le même effet. Je suis moi-même sous le choc des paroles que je viens de balancer sans y avoir réfléchi le moins du monde. Une première pour moi. Je resserre la prise de mes mains sur les siennes qui tentent de s'y soustraire. Son visage révèle un air de panique totale. Du genre krach boursier. De là à me sentir vexé, il n'y a pas loin. Je n'ai jamais fait une telle proposition à une femme, et pourtant nombreuses sont celles qui n'auraient pas demandé mieux. Bordel ! Elle pourrait au moins sembler un peu plus enthousiaste, quand même ! J'inspire profondément, avant de préciser, un peu en rogne :

– Je ne te fais pas une demande en mariage. Ce n'est pas mon style. Je te propose juste un genre de colocation, histoire qu'on se connaisse mieux, et avec un peu de chance, nous pourrons peut-être devenir des amis…

Des amis ? OK, même moi, j'ai du mal à me convaincre.

– Mon appartement est spacieux, et tu disposeras de ta propre chambre. Je promets de ne jamais interférer dans ta vie privée, et *idem* pour toi. On pourrait essayer, non ?

Elle reste toujours silencieuse. Je juge alors utile de préciser :

– Au moins jusqu'à la naissance, et ensuite, on avisera. Mais ces quelques mois de cohabitation pourraient être tout bénéfice pour nous, et par extension pour notre enfant. Je ne peux rien t'imposer. Je ne *veux* rien t'imposer. Et en définitive, tu seras la seule à choisir… mais ce bébé, c'est quand même aussi *mon* bébé…

Je lâche enfin ses mains pour reprendre position dans mon siège et lui laisser un peu d'espace. Je n'ai pas pour habitude de faire une proposition sans avoir au préalable examiné toutes les options et envisagé une solution de repli qui me convienne parfaitement. En clair, même si je perds, je gagne quand même. Étrangement, ce soir pourrait être une première, où j'expérimenterais l'unique échec de toute mon existence. J'en connais deux qui paieraient cher pour assister à une telle défaite.

D'un geste distrait, Justine essuie les miettes éparses sur la nappe, passe une main dans ses cheveux, puis joue quelques secondes avec sa fourchette. Je suis à deux doigts d'exploser quand, finalement, elle se décide à sortir de son mutisme.

– Si j'ai bien saisi, j'emménage chez toi – au moins jusqu'à la naissance – pour voir si nous pouvons devenir des amis, mais chacun fait ce qu'il veut de sa vie privée, sans interférer dans celle de l'autre, c'est bien ça ?

Pourquoi j'ai soudain la sensation désagréable que quelque chose cloche ?

– Oui… ça te pose un problème ?

Elle secoue négativement la tête avec un drôle de petit sourire, puis se perd dans la contemplation de son assiette. Je commence à perdre patience.

– Justine ?

Elle sursaute puis plonge un regard indécis dans le mien.

– Je pourrais accepter ta proposition, murmure-t-elle. Mais avant, j'ai quelque chose à te dire…

Aussitôt défile dans mon esprit tout ce qu'elle pourrait avoir à me révéler, mais j'écarte immédiatement chaque hypothèse, ne trouvant rien qui me semble insurmontable.

– C'est au sujet de ma grossesse, continue-t-elle, brusquement embarrassée, ce qui me file une sueur froide direct en songeant que le bébé a certainement un problème médical. Lorsque je suis allée passer ma première échographie…

Bordel ! Si elle s'arrête, c'est que c'est pire que ce que j'imagine déjà !

– Continue, Justine ! Tu me fais peur, là !

– Désolée, ce n'était pas mon intention. Bref, la gynécologue m'a appris que les bébés vont bien, parfaitement bien.

– Il est où, le problème, alors ?

– Tu ne m'as pas écoutée, Luke, rétorque-t-elle en fronçant les sourcils. J'ai dit : « *Les* bébés vont bien… »

Je prends plusieurs respirations. Putain, j'ai chaud tout à coup ! Mais vraiment chaud !

– Tu… tu en parles au pluriel… comme s'ils étaient plusieurs…

– Oui, c'est exact, Luke, répond-elle. On va avoir deux bébés… des jumeaux…

Putain de bordel de merde !

CHAPITRE 16
Pas de happy end

Allongée sur l'un des canapés du salon, j'expose à mes amis le cadeau que j'ai reçu aujourd'hui.

– C'est trop mignon, non ? C'est Aïdan qui m'a fait cette surprise lors de notre déjeuner.

Angie s'en saisit et lit à haute voix l'inscription sur le petit body.

– « J'ai un tonton cinglé et j'ai pas peur de m'en servir ! » Ça lui va tout à fait.

Geoffrey le lui prend des mains et l'examine avec un air perplexe.

– C'est minuscule, non ? nous fait-il remarquer tandis qu'Angie lui précise que c'est une taille naissance. Ne bougez pas, j'en ai pour une minute…

Il dépose le body sur la table basse et sort du salon pour revenir un instant plus tard avec un énorme paquet-cadeau rouge orné d'un ruban doré. Je passe de la position allongée à assise en deux secondes puis, sans la moindre patience, déchire le papier.

– On dirait une enfant le soir de Noël, s'amuse Geoffrey avec un sourire.

– Justine est comme ça, l'informe Angie. D'ailleurs, elle prend beaucoup plus de plaisir à recevoir et à ouvrir le paquet qu'à apprécier le cadeau lui-même.

Je jette un regard assassin à ma meilleure amie en éclatant de rire et ouvre la boîte pour en extraire deux adorables oursons aussi blancs que neige et d'une douceur incroyable. Sur le premier, une petite plaque dorée est gravée : « De la part de ma tatie ». Sur le second : « De la part de mon tonton ». Mes deux trolls ne sont pas encore nés que la liste est déjà longue pour obtenir le titre très convoité de parrain, marraine, tontons et tantines. Geoffrey et Angeline étant les seuls à savoir qu'il n'y a aucun besoin de se battre pour décrocher la palme.

– Merci. Ils sont trop chou, je lâche d'une voix éraillée. Vous êtes tellement adorables tous les deux…

Je renifle, sentant venir la catastrophe. J'ignore pourquoi, en ce moment, je passe du rire aux larmes en un quart de seconde. Et sans la moindre raison.

– Tu sais que je t'aime, Angie, et maintenant, je vous aime tous les deux, toi et Geoffrey…

– Oh, ma Juju, me coupe-t-elle en m'enlaçant, alors que j'éclate en sanglots. Nous aussi, on t'aime.

Tout est prétexte à me mettre sens dessus dessous en ce moment. Sarah en a fait l'expérience hier au téléphone. Il lui a suffi de m'annoncer qu'il était hors de question qu'elle ne soit pas la marraine du têtard – terme affectueux de sa part – pour que j'ouvre le robinet Niagara Falls – comme maintenant – et que j'en oublie – encore ! – de lui annoncer qu'il y avait deux têtards dans la pochette-surprise. Geoffrey, qui commence à être habitué à mes changements d'humeur, me tend une tasse de chocolat bien chaud dès que je suis calmée. Georges a déposé un plateau de petites douceurs, dans lequel je pioche allègrement en leur faisant un compte-rendu de ma soirée avec Luke. Geoffrey est ravi que son meilleur ami soit enfin au courant de sa double paternité et cherche déjà le meilleur moyen de le chambrer. J'entends même le rire d'Aïdan quand il lui annonce la nouvelle au téléphone. Oui, c'est clair, ces deux-là vont bien s'amuser aux dépens de Luke.

Finalement, après avoir failli tomber de sa chaise, être resté un bon moment sur pause en répétant en boucle « putain de bordel de merde », le choc d'avoir des jumeaux semble être bien passé. De toute façon, ce n'est pas comme s'il avait le choix et pouvait dire : « OK, j'ai pris perpétuité pour un troll, mais débrouille-toi avec le second ! »

– Je ne suis pas certaine que ce soit une bonne idée que tu ailles t'installer chez Luke.

Geoffrey s'est éloigné, son portable toujours collé à l'oreille. Je fais signe à Angie – debout et bras croisés, de l'autre côté de la table basse – de venir s'asseoir sur le canapé.

– Je pense même que c'est une très mauvaise idée, continue-t-elle à voix basse en prenant place près de moi. Tu devrais rester ici. Je te connais,

Justine, tu ne vas pas pouvoir t'empêcher d'espérer, de vouloir plus.

Autant Geoffrey a immédiatement adhéré à la proposition de Luke, autant Angie y est totalement réfractaire.

– Je ne suis pas stupide à ce point, Angie. De plus, il a été très clair, ce n'est pas une demande en mariage déguisée. C'est juste une cohabitation, rien de plus. Il souhaite être présent pour ses enfants, du coup, ça me semble plutôt une très bonne idée. On va avoir des bébés ! Ne serait-ce que pour eux, nous avons besoin de mieux nous connaître et, avec un peu de chance, on va apprendre à s'apprécier autrement que dans un lit.

Mon amie pousse un soupir en secouant la tête. Alors, je prends les devants, sachant d'avance ce qu'elle s'apprête à me dire.

– Je n'ai pas dit que ce serait facile pour moi. Il va continuer à vivre sa vie de célibataire, et je sais ce que ça veut dire, mais je t'assure que je n'attends rien de lui…

– OK, tu n'attends rien de lui, seulement tu espères quand même quelque chose de lui ! La Juju que je connais par cœur croit aux HE. Et Luke – même si je l'adore – n'est pas le genre de mec avec qui un happy end est envisageable. Je déteste te dire ça, mais il ne peut pas te rendre heureuse, ce n'est pas un homme pour toi. Il n'est pas du tout celui que tu crois…

– BARBIE ! Tu ne vas pas recommencer ?!

Je ne souhaite pas être la cause d'une dispute entre Angie et son mari. Or je sais que, lorsque Geoffrey utilise ce surnom, ce n'est pas bon signe. Ni elle ni moi n'avons remarqué qu'il était revenu vers nous. Il se tient debout face à nous, bras croisés – exactement comme Angie quelques minutes auparavant –, mais un air bourru sur le visage en plus.

– C'est ma meilleure amie ! Je recommencerai si je veux !

Oh merde ! Ça va mal finir !

– Angie, ton mari a raison…

– Ne t'en mêle pas, Juju !

Ben si, quand même, ça me regarde, non ?!

– Toi non plus, ne t'en mêle pas, beugle Geoffrey, pour le coup carrément furax. Tu serais bien avisée de suivre tes propres conseils.

Putain, j'hallucine ! Qui a appuyé sur le bouton Rewind pour me téléporter aux débuts de leur relation ?

– Sinon quoi ?! hurle-t-elle à son tour en pointant un index furieux sur lui. Tu vas faire quoi ? Hein ?

– Je te conseille de ne pas jouer à ce petit jeu avec moi…

Je me lève brusquement du canapé, inspire un grand coup et, gonflée à bloc, je crie :

– BOUCLEZ-LA !

J'ai dû envoyer du lourd, parce qu'ils se taisent instantanément tous les deux. Un miracle quand on connaît Angie. Je me laisse choir dans le canapé pour continuer d'une voix posée :

– Chacun de vous défend son meilleur ami, et c'est magnifique. Vraiment. Mais vous n'avez pas besoin de le faire…

Geoffrey s'assoit à son tour dans le canapé qui me fait face, alors qu'Angie reste debout. Je les observe à tour de rôle, des larmes dans les yeux.

– Je refuse que vous vous disputiez à cause de moi ou de Luke. Je ne le supporterais pas, j'aurais la désagréable impression d'avoir semé la zizanie dans votre couple. Franchement, c'est la dernière chose que je veux vous apporter par ma présence… sinon, autant partir tout de suite.

Les deux protestent aussitôt dans un bel ensemble, ce qui me tire un sourire, puis, m'adressant spécifiquement à Angie, j'enchaîne :

– Tu dois comprendre une bonne fois pour toutes que je n'espère aucun – mais vraiment aucun – HE avec Luke. Et je suis tout à fait capable de gérer l'histoire Madalena…

Je pivote alors vers Geoffrey :

– Et toutes les autres. Je suis assez réaliste pour savoir que la liste ne s'arrête pas à elle seule. Et juste entre nous, il peut baiser tous les soirs avec une nana différente, je m'en fous…

Bravo, Juju ! En avant pour la méthode Coué.

– Alors Geoffrey, inutile de flipper pour le cas où Angie m'informerait que la liste des conquêtes de Luke est encore plus longue que je ne le suppose déjà. Luke est un serial baiseur, mais il ne cache pas de cadavre dans son placard non plus…

J'attrape Angie par la main, et elle s'écroule à mes côtés.

– Eh, je plaisante ! dis-je en gloussant devant leurs têtes, puis je réalise soudain la portée de mes paroles et ajoute, confuse : Merde ! Désolée, le procès m'était complètement sorti de la tête.

Bravo, Justine ! Tu ne pouvais pas trouver mieux pour plomber l'ambiance.

– Donc, Monsieur et Madame Lancaster, plus de disputes à notre sujet ? D'accord ? Ça me rend trop triste, et ça me donne envie de pleurer…

Sachant que Geoffrey flippe totalement quand mon robinet Niagara Falls est en mode open, je tiens là un argument de choc. Les larmes sont une arme de destruction massive pour certains spécimens masculins. Angie éclate de rire. Geoffrey attrape sa femme pour la plaquer contre lui, puis m'informe – avec un sourire canaille – qu'il adore se disputer avec sa petite peste préférée pour ensuite se réconcilier avec elle.

– Pitié ! je leur lance en riant alors qu'ils échangent un baiser passionné. Allez au moins dans votre chambre !

CHAPITRE 17

Dans l'antre du loup

– Tu penses que tu te sentiras bien ici ?

Décidément, entre son invitation dans les cuisines de la *trattoria*, et maintenant la découverte de son appartement, Luke ne cesse de me surprendre. Chaque fois, je tombe à côté de ce que j'avais imaginé. Je jette encore un regard sur l'immense salon rectangulaire où nous nous trouvons après avoir fait le tour du propriétaire. Un parquet magnifique, d'une teinte presque noire – sans doute du wengé, à moins que ce ne soit de l'ébène –, couvre tous les sols pour créer une unité parfaite. Même chose pour les murs avec un gris anthracite à l'effet moiré et changeant selon l'endroit où l'on se tient et la lumière qui s'y reflète.

– Parfois, on trouve un mur de couleur très foncée dans le salon ou ailleurs, mais rares sont les personnes qui osent adopter cette couleur en totalité… c'est intense ! Certains pourraient se sentir submergés.

Sa main se pose au bas de mon dos pour m'inciter à m'asseoir dans un gigantesque canapé droit en tissu de couleur taupe aux lignes épurées.

– Mais pour répondre à ta question : oui, je pense que je me sentirai bien chez toi…

La décoratrice en moi ne peut qu'être en admiration devant cette ambiance si particulière et qui, bien que surprenante, lui va comme un gant. Pour être plus à l'aise, je retire mes chaussures et glisse mes pieds sous mes fesses tandis que Luke se dirige vers la cuisine, à l'extrémité de la pièce, mais totalement ouverte sur le salon.

Je pourrais faire ma nuit dans ce canapé tellement il est confortable.

– Tu as fait appel à un décorateur ?

Luke cesse son activité pour poser les yeux sur moi, et avec un petit sourire :

– À ton avis ?

Bien entendu, ses moyens financiers lui permettent d'engager le meilleur décorateur de la ville. J'avoue que son appartement m'a bluffée. J'imagine qu'il a dû donner quelques indications puis laisser carte blanche au designer qui, ensuite, lui aura fait plusieurs propositions parmi lesquelles il aura fait son choix, ce que je lui explique tandis qu'il revient avec un plateau chargé de victuailles, qu'il dépose sur la table basse devant nous. J'aurais adoré m'occuper d'un tel projet. D'ailleurs, je ne peux m'empêcher de chercher les modifications que je pourrais apporter – après tout, je vais passer plusieurs mois ici ! – pour donner une touche un peu plus féminine aux lieux. J'enlèverais ce puzzle accroché au mur, ou s'il y tient vraiment, je le ferais encadrer… oui, un cadre baroque pourrait en faire un objet avec beaucoup de cachet.

– J'ai eu besoin d'un architecte pour faire sauter des murs et être certain que le bâtiment ne s'écroule pas, mais je ne voulais pas de décorateur. J'avais une idée très précise de l'endroit où je souhaitais vivre…

Il retire sa veste de costume qu'il balance sur un fauteuil, remonte les manches de sa chemise sur ses bras et la sort de son pantalon.

Ne le regarde pas ! Concentre-toi sur les victuailles à ta portée, plutôt que sur son strip-tease !

– Ensuite, j'ai engagé des ouvriers pour les travaux de peinture, le parquet, la cuisine, et les salles de bains. J'ai tout suivi du début à la fin de façon à obtenir exactement ce que je désirais.

J'essaie de faire comme si je n'avais pas remarqué qu'il vient de s'asseoir à mes côtés et que sa cuisse est tout contre la mienne. À quoi bon avoir un canapé de quinze mètres – OK, j'exagère peut-être un peu –, si c'est pour se retrouver aussi serrés que des sardines en boîte ?

– En fait, tu veux toujours garder un contrôle absolu sur tout.

– Sur tout ce qui a de l'importance pour moi. À part mes parents, Geoffrey et Aïdan, je ne fais confiance à personne.

Ses paroles m'interpellent soudain en songeant à ce que cela pourrait signifier pour mes enfants. Un frisson glacial me transperce, et je me sens brusquement mal à l'aise. Tout en pivotant pour lui faire face, j'en profite pour créer de l'espace entre nous.

– Ton discours est loin d'être rassurant. Il est même carrément flippant pour tout dire.

– J'aime avoir le contrôle, et sauf envie particulière de ma part, je ne le cède à personne, lâche-t-il d'une voix rauque en me fixant. Pourquoi serait-ce inquiétant ou alarmant ?

Quand il me regarde ainsi, comme s'il était sur le point de me dévorer, impossible de ne pas me souvenir que, dans un lit, Luke aime dominer. Et que j'adore ça. Mais dans la vie de tous les jours ? Pas question ! Lui laisser le pouvoir de prendre toutes les décisions pour mes enfants ? Certainement pas ! Sans oublier son manque de confiance flagrant. Comment notre relation de parents pourrait-elle fonctionner s'il est incapable d'accorder sa confiance à la mère de ses enfants ?

– Que se passera-t-il le jour où nous serons diamétralement opposés pour une décision qui concerne mes enfants…

– Nos enfants, me coupe-t-il assez sèchement.

– C'est ce que je voulais dire…

– Mais ce n'est pas ce que tu as dit !

Respire, Justine ! Ça ne fait même pas deux heures que tu es là !

– OK ! Tu veux qu'on se prenne le chou pour une histoire d'adjectif possessif ?! C'est comme ça que ça se passera à chaque fois ? Tu vas me reprendre pour des broutilles sans aucune importance ?

Il lâche un juron entre ses dents serrées, attrape mes mains que je secoue dans tous les sens, les emprisonne dans les siennes pour les coincer entre ses genoux.

– Je n'ai pas envie qu'on se dispute, Justine. Pas le jour de ton arrivée, dit-il d'une voix grave et basse. Seulement, chaque fois que tu dis « mes enfants » au lieu de « nos enfants », je me sens exclu. Comme si tu m'écartais volontairement de leurs vies. Je ne dis pas que c'était intentionnel de ta part. C'est juste mon ressenti. Tu comprends ?

Je tente de me mettre à sa place quelques minutes. Difficile.

– C'est pour cette raison que je t'ai proposé d'emménager ici, continue-t-il face à mon silence. Il est nécessaire que je sache comment tu fonctionnes, que je te comprenne. *Idem* pour toi. J'apprendrai à faire des compromis avec toi…

– Vu ton discours sur le contrôle absolu, je l'interromps, il y a peu de chances que tu y parviennes.

Il a un petit rire triste.

– Je ne dis pas que ce sera facile, et j'imagine qu'on risque souvent de se prendre la tête tous les deux. Néanmoins, pour le bonheur et la sécurité de nos enfants, je suis capable de choses dont tu n'as même pas conscience.

Ses paroles me réconfortent, et me contrarient tout autant. Son souffle chaud sur ma peau me perturbe.

– Je n'ai jamais été aussi effrayée de toute ma vie, je murmure. J'ai toujours peur de prendre la mauvaise décision pour eux, pour moi, et du coup, pour toi aussi. Parfois, je me sens désespérément seule, avec l'impression que ma vie ne m'appartient plus, que tout va aller de travers.

– Tout comme moi, Justine. Tu n'es pas la seule à avoir peur. Moi aussi, j'ai la sensation de ne plus rien contrôler, et j'ai horreur de ça. Dis-toi que cette situation ne durera pas…

Soudain, ses mains se posent de chaque côté de mon visage, son pouce effleurant mes lèvres. Déstabilisée par son mouvement un peu trop brusque et son geste intime, je me retrouve avec les miennes sur ses cuisses, où elles viennent prendre appui. Je perçois si fort la chaleur de ses paumes sur mes joues que j'ai la sensation de brûler. Mes doigts se crispent sur ses muscles alors que mon souffle devient erratique. Je dois réunir toutes mes forces pour ne pas me pencher – de quelques centimètres à peine – et poser ma bouche sur la sienne. Ce qui serait une très mauvaise idée, mais ô combien délicieuse.

– On va créer notre propre modèle de famille, m'affirme-t-il d'un ton éraillé à me faire disjoncter. J'ignore encore comment elle sera, pourtant on trouvera. Je te le promets ! Et sache que je tiens toujours mes promesses. Tu es partante ?

– Oui…

– Parfait ! Tu as faim ?

Pardon ?!

En moins d'une seconde, il s'est éloigné de moi. Abasourdie, je le regarde disposer différentes choses dans une assiette. Avec un sourire, il me la tend, et heureusement, j'ai encore le réflexe de la saisir.

Tu n'as pas comme l'impression de t'être fait avoir, ma grande ? me chuchote une petite voix dans ma tête. *Et en beauté !*

CHAPITRE 18

LUKE

Ça fait bien une heure que ces deux sombres idiots – mes meilleurs amis, paraît-il – se paient ma tronche. Déjà ce matin, Aïdan n'a rien trouvé de mieux que de se pointer au bureau avec un paquet de couches et un baigneur en plastique.

– Pour t'entraîner quand ils seront là, m'a-t-il balancé, tout fier.

Geoffrey n'a pas fait mieux en m'offrant des boules Quies en prévision des difficiles nuits à venir. Sans oublier mes parents, qui me harcèlent chaque jour au téléphone pour rencontrer la mère de leur premier petit-fils, ou petite-fille. Quand ma mère apprendra que ce sont des jumeaux, il est clair qu'elle débarquera sans attendre son invitation.

– Allez, prends un verre, lance Geoffrey, soudain plus sérieux. J'ai l'impression que tu en as besoin. Tu m'as l'air à cran.

Aïdan se charge d'ouvrir une bouteille de scotch et de faire le service pour nous trois. D'une main, je desserre le nœud de ma cravate avant de l'enlever, et de l'autre, j'attrape le verre qu'il me tend.

– Ça fait une semaine que Justine est chez toi, commence Geoffrey en s'installant confortablement dans le fauteuil en cuir. Comment ça se passe entre vous ?

J'avale une gorgée d'alcool. Puis une autre.

– Si c'est tellement compliqué, elle peut revenir chez nous. Angie sera ravie.

– Non, ce n'est pas compliqué, je lâche dans un soupir. C'est… c'est…

Geoffrey et Aïdan se penchent soudain vers moi, coudes sur les genoux.

– Bordel ! Vous vous êtes vus ? On dirait deux concierges à l'affût du dernier ragot.

J'éclate de rire, et il ne leur faut qu'une poignée de secondes pour se joindre à moi. Quand nous sommes à nouveau plus calmes, Aïdan se lance :

– D'accord, ce n'est donc pas compliqué, alors c'est quoi, exactement ? Parce que tu dois quand même avouer que, depuis son installation, tu es vraiment sous pression.

– Je n'avais jamais vu une nana aussi bordélique ! Je vous assure, c'est un vrai cataclysme à elle toute seule.

– Pas évident, quand on sait que tu es limite obsessionnel question rangement, reconnaît Aïdan d'un air blasé.

– Je ne suis pas obsessionnel, j'aime juste que les choses soient à leur place. Et toujours la même, de préférence. Mais Justine… Bordel ! Je trouve ses fringues, ses chaussures, dispersées partout dans l'appart. L'autre jour, en ouvrant le réfrigérateur pour me prendre une bière, je me suis aperçu qu'elle en a colonisé tout un rayon pour y mettre des pots de crème. Heureusement qu'elle a sa salle de bains privative, parce que je n'ose pas imaginer le bordel qu'elle laisserait dans la mienne…

– Ce n'est pas insurmontable, me coupe Geoffrey avec un petit sourire, celui de l'homme marié qui sait de quoi je parle. Tu as bien une société qui s'occupe de ton ménage deux fois par semaine, non ? Demande-leur de passer tous les jours, et le problème sera réglé.

– Ouais… Elle a aussi la sale manie de se balader presque à poil dans l'appart. Pas plus tard qu'hier, elle prenait son petit déjeuner en petite tenue quand l'employé de la société est arrivé. Or il se trouve que la femme de ménage est un homme de ménage !

– C'est beau, la parité, s'esclaffe Aïdan. Mais qu'est-ce que ça peut bien te faire ? D'après ce que tu m'as laissé entendre, chacun fait ce qu'il veut sans aucune interférence dans la vie privée de l'autre, non ?

– Je n'ai pas envie que l'homme de ménage lorgne le cul ou les seins de la mère de mes enfants. Voilà tout !

– Prends une femme de ménage, riposte Geoffrey en haussant les épaules, tandis qu'Aïdan se bidonne. Ou dis simplement à Justine de faire attention à sa tenue, elle comprendra.

– Pas certain qu'elle comprenne, je bougonne en songeant qu'en plus, ça m'enlèverait un petit plaisir que je ne suis pas encore prêt à voir disparaître. Et puis, elle serait capable de me balancer que c'est la jalousie qui me fait parler…

– Et nous sommes bien d'accord que tu n'es pas jaloux, me coupe Aïdan. Mais alors, pas du tout !

Je pousse un juron en lui jetant un regard furax, tandis que Geoffrey me lance :

– OK ! OK ! Mais ces détails n'expliquent pas la perpétuelle mauvaise humeur que tu trimballes au bureau, ces derniers jours. Madalena… au fait, tu en es où avec elle ?

– Madalena sait parfaitement à quoi s'en tenir. J'ai toujours été très clair avec elle. Du sexe, que du sexe et rien d'autre ! Je n'ai aucune intention de rencontrer ses parents à l'occasion d'un repas – on sait très bien ce que ça veut dire – et encore moins l'envie que notre relation évolue en dehors d'un lit ! Si elle est incapable de se contenter de ça, ce n'est pas mon problème.

Aïdan plisse le nez et pousse un soupir, avant de rétorquer :

– Tu ne peux pas demander à tout le monde de compartimenter ses émotions et de ne jamais dépasser la limite qui, toi, t'arrange.

– Ne me fais pas chier avec ça ! Tu ne vaux pas mieux que moi dans ce registre…

– Détrompe-toi, riposte-t-il avec un petit sourire que j'ai la furieuse envie d'effacer d'un bon uppercut. J'ai l'art et la manière de consommer une rupture sans pleurs, crises de nerfs et couches-culottes. Il faudrait peut-être que je te donne des cours…

Je me lève brusquement, tandis que ces deux idiots se bidonnent – une fois encore –, pour fouiller chaque tiroir de mon bureau.

– Je croyais que tu avais arrêté, me lance Geoffrey en devinant mes intentions.

– Je le croyais moi aussi. Fais chier !

Je m'énerve en ne trouvant pas le moindre paquet, ni même une pauvre cigarette oubliée et miraculeusement coincée entre deux dossiers. Quand soudain, la main de Geoffrey se présente sous mes yeux, un cigarillo entre les doigts. J'attrape mon Zippo dans la poche de mon pantalon.

– Tu es peut-être juste en manque de nicotine, plaisante-t-il pendant que je tire une première bouffée, ou d'autre chose.

J'ai un petit sourire, car il n'a pas complètement tort. Pour la nicotine. Et aussi pour l'autre chose.

– Fais gaffe, Luke, ça peut monter à la tête.

– Le manque de nicotine ou l'autre chose ?

Il se marre.

– Je viens déjà de combler l'un des manques, dis-je. Je vais me charger de remédier au second tout aussi efficacement.

– J'espère pour toi que ce ne sera ni avec Justine ni avec Madalena, sinon ça finira par t'exploser – encore plus – à la tronche.

Je m'écroule dans mon fauteuil en songeant qu'il n'a pas vraiment tort, là encore. Pour Madalena, parce que cela ne ferait qu'alimenter ses espoirs de construire une relation sérieuse avec moi. Ce que je ne souhaite pas le moins du monde. Et j'espère avoir été assez clair cette fois. Quant à Justine… elle est désormais la mère de mes enfants. Juste la mère de mes enfants ! Espérer autre chose d'elle ne ferait qu'empirer une situation déjà bien assez problématique. Même si j'ai une putain d'envie d'autre chose.

– Je sais. Et je n'ai pas du tout envie que ça m'explose à la tronche, crois-moi !

– Tu as juste besoin d'une bonne séance de sexe, me lance Aïdan. C'était quand, la dernière ?

Pas besoin de chercher. Le jour où Justine a déposé ses valises à l'appartement. Pour la simple raison qu'après le boulot, je rentre chez moi et n'en bouge plus jusqu'au matin. Comment pourrions-nous apprendre à nous connaître si je passe toutes mes nuits ailleurs que chez moi ? Néanmoins, la voir déambuler en petite tenue quasiment chaque jour a des conséquences directes sur mon sexe. D'ailleurs, le résultat est le même quand elle est habillée. Je suis sur les nerfs après une semaine d'abstinence, je préfère ne pas imaginer dans quel état je serai dans deux, trois semaines…

Bordel ! Personne ne m'a demandé de devenir moine, non plus.

– Trop longtemps, je réponds. Beaucoup trop longtemps.

– On se fait une petite virée entre célibataires ? Puisque Geoffrey n'est plus dans la course maintenant.

Un regard sur celui qui est hors course me confirme qu'il n'échangerait pourtant sa place pour rien au monde. Tout comme je ne me vois pas à la sienne.

– Ça roule, ma poule.

C'est tout à fait ce dont j'ai besoin, une bonne soirée avec mon pote et du sexe. Du sexe et rien d'autre !

– Cette fois, n'oublie pas les préservatifs, me balance Geoffrey. Parce que si tu les fabriques chaque fois deux par deux, on aura vite fait de monter une équipe de base-ball.

CHAPITRE 19

Situation cohabitation ? Perturbée !

Note à moi-même :

1. éviter d'abandonner mes chaussures là où je les enlève (un peu partout) ;

2. *idem* pour mes fringues ;

3. *idem* pour mes sacs, foulards, bijoux, produits de maquillage, magazines, livres… ;

4. ne pas oublier mon portable dans le salon ou ailleurs (il serait capable d'y installer une application pour me tracer… vérifier s'il ne l'a pas déjà fait) ;

5. ne pas laisser la cuisine en état de zone sinistrée (mes parents ne se sont jamais plaints à ce sujet) ;

6. éviter de me retrouver en présence de l'homme de ménage (ou alors, prévoir la trousse à pharmacie) ;

6 bis. acheter une trousse à pharmacie ;

7. ne plus perdre mes clés (vérifier qu'un abonnement chez le serrurier n'est pas plus rentable au bout de la dixième fois, sachant que j'en suis déjà à… quatre… non… cinq) ;

8. ne plus jamais – JAMAIS – utiliser sa voiture (ou prévoir un défibrillateur pour Monsieur…). Mais quel pied de sentir vibrer les 700 chevaux du moteur V8 de sa F8 Tributo !

9. ne plus se servir de son cognac bidule truc – de plus de trente ans d'âge, pourquoi garder un truc aussi vieux ? – pour faire mes crêpes (qu'il a quand même englouties – plus de dix, donc délicieuses au demeurant – avant de manquer s'étouffer à l'annonce des ingrédients) ;

10. lui dire que ses Post-it de recommandations, placardés un peu partout, commencent sérieusement à me casser les pieds ;

11. faire tout mon possible pour mettre en pratique la liste de 1 à 9 (y penser est déjà un bon début, non ?).

Si je dois faire un bilan de ces quinze premiers jours, je dirais qu'il est mitigé. La première semaine a été presque parfaite. Presque. Luke et moi avons eu quelques discordances qui pourraient se résumer à un concept simple : comment faire cohabiter pacifiquement un *control freak/as du rangement* avec une *joyeuse bordélique/étourdie* ? La seconde semaine… difficile d'émettre un avis, étant donné que je n'ai quasiment pas vu Luke. Quand il ne rentre pas trop tard, il échange quelques phrases avec moi, file dans sa chambre pour en ressortir en tenue, *ce soir, c'est sexe* ! – et non, je ne suis pas jalouse ! – et ne rentrer que très tard dans la nuit, ou très tôt le matin. J'ai bien essayé de l'attendre une fois, mais je me suis endormie sur le canapé pour me réveiller dans mon lit. Pourquoi n'ai-je pas repris conscience au moment du transport salon/chambre, hein ?! Ce n'est pas moi qui pose la question, juste ma stupide libido frustrée de femme enceinte ! Bref, ce soir, j'ai décidé qu'il passerait la soirée avec moi. Seulement dans le but d'apprendre à mieux nous connaître, bien entendu. Je sais qu'il apprécie mes petits plats, et en plus, j'adore cuisiner. La déco et la cuisine sont mes deux passions. De plus, il a une cuisine qui ferait pâlir d'envie le chef de la Tour d'argent. J'ignore pourquoi il a autant investi dedans, d'ailleurs, vu qu'il m'a avoué n'avoir jamais utilisé que le micro-ondes. Rien à voir avec Geoffrey qui est un vrai cordon-bleu, et il vaut mieux, avec Angie…

Le claquement de la porte d'entrée m'extirpe de mes pensées en m'annonçant l'arrivée de Luke.

– Tu as invité quelqu'un ? m'interroge-t-il en retirant sa veste lorsqu'il avise les deux assiettes dressées sur la table. En tout cas, ça sent divinement bon…

Il se sert un verre de vin et tente déjà de prendre la poudre d'escampette.

– Bonsoir Luke…

Surtout, ne t'énerve pas, ma grande ! Zen ! Reste zen !

– Tant mieux ! Parce que j'ai passé tout l'après-midi sur cette recette…

D'accord, j'ai bouclé le repas en moins d'une heure, mais qui va le lui dire, hein ?

– … et je n'attendais plus que toi !

– Oh… merde ! Tout l'après-midi ?!

Il semble embarrassé et cherche probablement la meilleure façon de m'annoncer qu'il ne peut pas rester dîner… parce qu'il a l'intention de retrouver Madalena ou je ne sais quelle autre pétasse. Lors de l'un de nos trop rares échanges, j'ai pu apprendre que *Madeleine de prout* ne tient plus la première place sur le podium. J'avoue que cette petite info a diablement embelli ma journée.

– Évidemment, si tu as autre chose de prévu, je ne t'en tiendrai pas rigueur, je poursuis d'une voix éraillée en fouillant dans mon sac. Mais ce serait vraiment dommage de gâcher tout ça, juste parce que j'ai vu un peu large au niveau des proportions.

J'extirpe une carte de visite de ma besace – celle d'une boutique d'encadrement découverte dans le quartier, et qui fait un travail magnifique –, et j'ajoute sur un ton soudain plus enjoué :

– Du coup, je suis persuadée que Jared…

Heureusement qu'il m'a donné son prénom.

– … se fera un plaisir de venir partager ce repas avec moi. Tu veux que je t'en mette un peu de côté, au cas où tu aurais une petite faim en rentrant ?

– Qui est Jared ?

Un petit rictus nerveux s'affiche sur son visage.

– Ne t'inquiète pas, c'est quelqu'un de très bien. Ton appartement ne risque absolument rien, et puis de toute façon, il le connaît déjà, et…

– Comment ça, il le connaît déjà ?

Luke pose son verre un peu trop brusquement, et du liquide se répand sur la table qu'il essuie en grognant.

– Tout simplement parce qu'il y est déjà venu, je réponds avec un sourire alors que l'humeur de mon colocataire semble s'aggraver de seconde en seconde. Si je me souviens bien, il est venu ici trois ou quatre fois… Mmm… quatre ! Oui, c'est ça…

– Bordel ! Je n'y crois pas, me coupe-t-il en s'avançant vers moi à toute allure. Tu es complètement inconsciente ou quoi ? Qu'est-ce qui t'a pris de recevoir un connard que personne ne connaît ?

Non, mais j'hallucine !

– D'abord, ce n'est pas un connard ! je peste en reculant. Et puis tu le connais, toi aussi.

– Pardon ?

Plus je recule, plus il avance. Je finis coincée à l'autre bout de la pièce, le dos collé à la baie vitrée. Mes yeux juste à la hauteur de sa bouche. Je relève brusquement la tête pour éviter à ma libido – toujours frustrée – d'être perturbée par ses lèvres… beaucoup trop sensuelles.

– Qui est-ce ?

– Qu'est-ce que ça peut bien te faire ? je rétorque avec défi. Ce n'est pas contre nos règles, n'est-ce pas ? Aucune interférence dans nos vies privées, c'est bien ce que tu m'as dit ?

– Qui. Est. Ce ? répète-t-il d'une voix frémissante de colère.

Je l'observe quelques secondes, la mâchoire crispée. Ses yeux noirs brillent de rage et une veine bat fort contre sa tempe. Il est vraiment… furax ! Et dangereusement excitant également. Alors, je lâche dans un soupir :

– C'est l'homme de ménage…

– Je ne suis pas en train de jouer…

Sa voix est sourde et menaçante. Il inspire profondément. Moi aussi. Je sens mes muscles se tendre. Contractés par un désir irrépressible aussi soudain que malvenu. J'ai la bouche sèche. J'ignore pourquoi, mais le voir comme ça m'excite carrément, et pourtant, je ne suis pas masochiste. C'est juste que mon imagination débordante se fait déjà des films dans l'un desquels il m'emporte dans ses bras, me jette sur son lit et me prend sauvagement. S'il avait l'idée – là, maintenant – de glisser ses doigts dans ma culotte, il verrait à quel point je suis trempée. Excitée. Dans un autre, il soulève ma robe, déchire ma petite culotte – je me suis toujours demandé si c'était vraiment réalisable, cette histoire –, me plaque contre le mur – en l'occurrence la baie vitrée – pour me faire l'amour comme un fou… la baie vitrée est-elle assez résistante ? Ce serait trop con de finir la nuit aux urgences. Dans un autre encore…

– JUSTINE !

– C'était quoi la question, déjà ? je bafouille en sursautant, émergeant – difficilement – de mes scénarios interdits aux moins de dix-huit ans. J'ai oublié…

CHAPITRE 20

LUKE

Elle se fout de moi, là, ou quoi ?

– Tu as oublié ?! Tu as peut-être aussi oublié le corps qui se tient à moins de deux centimètres du tien…

Pour bien accentuer mes propos, et histoire de lui faire retrouver la mémoire plus rapidement, je me plaque contre elle. Le sexe dur, tendu contre son ventre.

– Moi, c'est Luke, je lâche, vert de rage. Tu me remets ? Ou tu me confonds avec Jared ? Dis-moi !

C'est plus fort que moi, je ne peux me retenir plus longtemps de la toucher, même si je sais que c'est une idée complètement suicidaire pour mon sexe. Mes mains agrippent sa taille. Je rêve de glisser mes doigts sous sa robe pour explorer sa peau.

– Je sais précisément qui se frotte contre moi en ce moment, Luke, murmure-t-elle d'une voix encore plus rauque que d'habitude. Mon corps a une très bonne mémoire, lui. Même en fermant les yeux, je pourrais deviner si c'est ton sexe ou celui d'Aïdan. Il y en a un plus massif que l'autre…

La simple idée qu'Aïdan ou un autre mec – comme ce Jared – puisse la toucher me déclenche un ulcère. Son petit rire sexy et son souffle chaud sur ma bouche m'électrisent, tandis que ses ongles s'enfoncent diaboliquement dans ma peau. J'oscille entre la rage et le désir. Combinaison dangereuse qui risque de m'entraîner sur un chemin glissant… mouillé… *si je glisse maintenant mes doigts dans sa petite culotte, vais-je la trouver toute mouillée pour moi ?* Bordel ! Elle me rend dingue !

– Qui est-ce ? Dis-moi !

Elle pousse un léger soupir, se tortille – faut qu'elle arrête parce que sinon, je ne réponds plus de rien – et pose ses paumes à plat sur mon torse pour tenter de me repousser. Agacé, je resserre encore ma prise.

– Tu ne m'as pas écoutée, Luke. Jared est l'un des employés de la société qui est chargée du ménage de ton appartement.

Je l'observe attentivement pendant quelques secondes et réalise qu'elle me dit la vérité.

– Combien de fois est-il venu ici en dehors de ce pour quoi je le paie ?

Elle fronce les sourcils et me répond sur un ton irrité :

– Jusqu'à présent, uniquement pour le ménage ! Mais la question n'est pas là…

Oh si ! Dès demain, je les appelle pour exiger un personnel exclusivement féminin. J'aurais dû le faire lorsque Geoffrey me l'a suggéré.

– Tu n'as aucun droit de regard sur ma vie sexuelle, continue-t-elle, les yeux brillants de rage contenue. C'est ce dont nous étions convenus, et je respecte cette règle. Alors, à moins que tu ne me dises que tu viens d'en changer subitement, ou que ce qui s'applique à toi ne s'applique pas à moi, je suis libre de m'envoyer en l'air avec qui bon me semble.

Allez, respire, Luke... Respire...

– Luke ? En plus, tu me l'avais promis !

Comment j'ai pu oublier ?

– Tu as raison, Justine. Et je tiens toujours mes promesses.

Hors de question de changer les règles ! Aucune interférence ! Impossible aussi qu'elle et moi... même si j'en ai une putain d'envie... plus de sexe avec elle ! Donc...

– Invite Jared si tu le souhaites, je lâche à contrecœur dans un souffle, tout en reculant d'un pas. De toute façon, j'ai prévu autre chose ce soir...

Elle se tient devant moi, belle à en mourir. Justine assume totalement son corps, ses désirs, ses envies. Je le sais, parce qu'elle n'a pas hésité à faire l'amour avec Aïdan et moi, le soir de notre première rencontre. Elle aime le sexe. Elle peut être sauvage et douce à la fois. Un mélange torride et super excitant. Pour tout dire, j'ai toujours envie de la baiser. Cependant, la pointe de ses tétons durcis, son souffle haletant et son corps qui – inconsciemment – se tend vers moi me confirment que je ne suis pas le seul à désirer une bonne séance de sexe. Brusquement, je me penche vers elle et, ma bouche tout contre son oreille, je grogne :

– Arrête de me baiser du regard ou je ne réponds plus de moi, chaton. Et je vais tellement te baiser que tu me supplieras d'arrêter.

– C'est peut-être toi qui me supplieras, murmure-t-elle en mordillant le lobe de mon oreille. Qui demanderas grâce…

Elle se décale légèrement. Un sourire aguicheur sur son visage levé vers le mien, puis se lèche les lèvres comme une gourmande. Mon sang se précipite directement dans ma queue.

Oh bordel ! Respire, Luke… respire.

– Toutefois, je préfère qu'on s'en tienne à nos règles, continue-t-elle d'une voix basse. Et j'aimerais beaucoup qu'on dîne tous les deux, passer un moment avec toi… je n'ai pas envie de rester seule, ce soir.

Le léger voile de tristesse qui traverse soudain son regard me fait un drôle d'effet. Elle est capable de m'anéantir sans même s'en apercevoir.

– D'accord, je capitule dans un soupir. Laisse-moi juste le temps de prendre une douche.

Glacée, la douche !

***

Je jette un coup d'œil sur ma montre et constate avec surprise qu'il est plus de minuit. Je n'ai pas vu le temps passer, et pourtant, ma soirée ne s'est pas déroulée du tout comme je l'avais prévu. Mon plan cul s'est brusquement transformé en soirée pyjama/canapé. Mais je ne peux m'empêcher d'esquisser un sourire involontaire en songeant, aussi étrange que ça puisse paraître, que j'ai apprécié ces quelques heures en compagnie de Justine. Même Madalena n'est jamais parvenue à me faire ainsi baisser ma garde. Pour être tout à fait honnête, je ne me souviens pas d'avoir passé d'aussi bons moments avec une femme, surtout sans qu'il soit question de sexe, à part en famille ou entre amis. Justine s'est endormie sur le canapé, la tête posée sur mes cuisses, en pleine discussion. Elle devait vraiment être crevée…

Est-ce que la grossesse la fatigue ? Merde ! Il faudra que je lui pose la question.

Elle semble dormir profondément. Je l'étudie en essayant de comprendre ce qui la rend différente des autres femmes, à part le fait – totalement invraisemblable quand on me connaît – d'être enceinte de mes œuvres, et d'être une bombe au lit. Quand elle est avec moi, elle m'accorde son attention pleine et entière. Elle ne tripote pas son téléphone – comme certaines qui ne peuvent le lâcher plus de cinq minutes –, attitude qui m'exaspère au plus haut point. Elle m'écoute réellement. Mon argent ne l'intéresse pas. Elle n'en manque pas, car même si je ne suis pas un expert en mode féminine, j'ai reconnu certaines griffes de luxe sur ses fringues et ses sacs. Elle est loyale avec ses amies. Pour preuve, dès qu'elle a appris l'arrestation d'Angie, elle a sauté dans le premier avion pour venir soutenir son amie jusqu'à la fin du procès. Et s'il y a bien une qualité que j'admire, et que je place au-dessus de tout, c'est la loyauté. Délicatement, pour ne pas la réveiller, je passe ma main sur ses cheveux. Je fais courir un doigt sur sa joue. Sa peau est douce, et j'adore ça.

– Qu'est-ce qu'on va faire tous les deux ? je l'interroge tout bas. J'ignore toujours où on va, toi et moi… et eux…

Puis je la prends doucement dans mes bras. Pour la deuxième fois en moins d'une semaine, je la porte jusque dans sa chambre et la dépose sur son lit. Ça va finir par devenir une habitude, mais j'avoue qu'elle me plaît bien. Je songe à lui retirer sa robe pour qu'elle soit plus à l'aise, mais si je commence, je sais pertinemment que je risque de déraper. Je vais m'allonger à ses côtés, la prendre dans mes bras… l'embrasser… la caresser…

Laisse-la dormir ! Respecte ta promesse ! C'est tout ce qu'elle te demande !

Je me contente donc de couvrir son corps avec la couette et de poser ma bouche sur la sienne. Juste un instant. Parce que c'est plus fort que moi. Ensuite je sors et referme doucement la porte derrière moi. Le goût de ses lèvres encore sur les miennes, les poings serrés et crispés, le corps frustré, je rejoins ma chambre en marmonnant :

– Une bonne douche glacée… et ça ne sera que la deuxième de la soirée !

CHAPITRE 21
Jeu des sept familles...

J'avais seize ans et j'étais en vacances avec mes parents, la première fois que j'ai découvert la boutique Christmas Cottage, et même en plein mois d'août, il y avait foule. New York a déjà entamé le décompte avant Noël avec ses vitrines aux décors féeriques et toute la ville qui scintille de mille feux. J'étais impatiente d'accorder l'appartement à cette atmosphère festive et si particulière. Alors, aujourd'hui, dimanche, à quelques semaines de Noël, j'ai décidé de faire un tour chez Christmas Cottage – ce qui n'était sans doute pas la meilleure des idées –, vu que Luke ne dispose d'aucun ornement décoratif pour se mettre dans l'ambiance. Hors de question que je passe les fêtes chez lui sans décorer les lieux. Et pour qu'il ne me fasse pas une attaque, j'ai tout choisi en parfaite harmonie avec les couleurs de son intérieur. Épuisée et malgré tout désireuse de me mettre à l'ouvrage, je sors du taxi et me précipite dans l'ascenseur, les bras encombrés de mes nombreux paquets.

– Enfin ! je m'exclame, à peine arrivée dans l'appartement, en laissant choir tous les sacs au sol et en balançant mes chaussures. Luke ? Tu es là ?

Pas de réponse. L'appartement est aussi vide que lorsque je suis partie trois heures auparavant. J'imagine qu'il doit passer la journée chez l'une de ses conquêtes. Qu'il y passera sans doute quelques heures ou même la nuit… Parfois, je m'interroge sur sa volonté farouche de ne pas s'engager. De fuir toute relation sérieuse. De ne désirer que du sexe. Son comportement est-il le résultat d'une histoire d'amour avec une fin tragique ? Éprouve-t-il toujours des sentiments pour cette femme ? Vit-elle à New York ? Peut-être même à quelques blocs de son appartement ? Ou fait-il uniquement partie de ces hommes qui enchaînent les conquêtes jusqu'à la fin de leur vie ? Un séducteur invétéré dont il ne faut surtout rien espérer ?

Arrête tout de suite, ma grande ! Il est libre de faire ce qu'il veut !

Je retiens une grimace en entrant dans ma chambre afin de troquer ma tenue, jean et pull en mohair, contre un legging et un tee-shirt.

Oh my God ! Ils sont à moi, ces seins ?

En pouffant comme une adolescente, je m'observe sous toutes les coutures dans le miroir en pied. Mon ventre commence à s'arrondir. Ravie, je passe ma main dessus.

Je crois que c'est le moment de penser à réactualiser ma garde-robe.

Reboostée, je file dans l'entrée, récupère les sacs et me lance dans l'opération : Christmas déco ! Une heure plus tard, je fais une pause devant un chocolat bien chaud. Affalée sur le canapé, j'admire mon travail.

– Ça commence à prendre tournure… Avec un peu plus de bougies, ce sera super ! Et il faudrait vraiment un sapin, peut-être que…

Un bruit de clé me stoppe dans mon monologue. Je me redresse brusquement en me demandant quelle va être la réaction de Luke. D'accord, il va être surpris, et puis…

– Bonjour ! Surtout, ne vous inquiétez pas !

Un homme – grand, aux cheveux blancs, mais qui les porte divinement bien – se dirige vers moi, la main tendue. Suivi de près par une femme brune – foulard noué sur la tête, façon Audrey Hepburn – au sourire éclatant. Je les classe direct dans la catégorie sexygénaires.

Je n'ai pas le temps de réaliser ce qui m'arrive qu'il enchaîne :

– Nous sommes les parents de Luke. Felicia et William Preston, et nous sommes enchantés de faire enfin votre connaissance…

Les sexygénaires sont donc les grands-parents ! Génial ! Mais pourquoi il ne m'a pas dit qu'ils devaient venir ? Et il est où, ce crétin ?

Encore sous le choc, je pose la tasse de chocolat sur la table basse et me lève du canapé.

Je vais le tuer !

– Je suis désolée. Je suis Justine, je les salue en retrouvant mes esprits et mon savoir-vivre. Je suis ravie de vous rencontrer, moi aussi…

Petite menteuse !

Courtoisement, je leur serre la main en songeant que ma tenue ne plaide pas en ma faveur, pour une première rencontre.

– Je n'étais pas au courant de votre visite, sinon j'aurais passé une autre tenue…

– Vous êtes ravissante, et nous voulions vous faire une surprise, me coupe la mère de Luke en me détaillant attentivement, alors que je songe que, question surprise, ils remportent la palme. Et nous en avions assez d'attendre que Luke se décide.

Elle jette un regard sur le salon, puis ajoute avec un grand sourire :

– J'aime énormément l'ambiance que vous avez créée. C'est magnifique ! Vous êtes très douée.

– Merci. Je suis décoratrice de formation. Noël est une période que j'adore, et il me serait impossible de rester dans un lieu qui ne refléterait pas toute cette magie.

– Vous y êtes parfaitement arrivée. Il ne manque plus que le chocolat chaud et les gâteaux traditionnels pour se croire dans un chalet de Copper Mountain.

– Justement ! J'ai du chocolat, et il ne me faudra que peu de temps pour préparer une fournée de petits gâteaux… Ils ne seront pas traditionnels, car je n'ai pas la recette, mais si ça vous dit, ce sera avec plaisir. J'adore cuisiner, et j'avoue que j'ai une petite faim.

Felicia éclate de rire, tandis que son mari répond :

– Ma chère enfant, c'est une question à ne jamais poser aux deux grands gourmands que nous sommes.

Soudain plus à l'aise, je file côté cuisine, d'où j'envoie discrètement un message à Luke :

Deux sexygénaires... dangereux ?
ont débarqué chez toi.
Ils prétendent être tes parents ?
J'hésite entre la batte de base-ball
pour m'en débarrasser.
Ou des gâteaux pour les empoisonner.
Si tu tiens à ces personnes,
ta présence est plus que requise !

***

Une heure plus tard, nous sommes tous les trois confortablement installés dans le canapé. Felicia s'est chargée de la préparation des biscuits traditionnels américains, tandis que, de mon côté, je m'occupais du glaçage, puis – comme nous ne disposions pas d'emporte-pièce – William s'est proposé pour la mise en forme des biscuits. Il a relevé cette épreuve délicate haut la main et sous nos applaudissements. Certains biscuits sont en forme d'étoiles, de sapins, de maisons, et même, de petits lutins. Tout cela en bavardant entre nous de tout et de rien. Les parents de Luke ont cette qualité rare de vous mettre très vite totalement à l'aise. J'ai l'impression de me retrouver avec des amis de longue date, alors que nous venons juste de nous rencontrer.

– Il est toujours là, lance soudain Felicia d'une voix éraillée en fixant le mur. C'est…

– Viens là, ma chérie, dit son mari en la prenant dans ses bras.

J'observe avec un peu plus d'attention l'objet accroché au mur tel un tableau. C'est un puzzle – un paysage fantastique – qui doit compter au moins mille pièces. J'ai quelquefois surpris le regard de Luke posé dessus. Un regard parfois douloureux, plein de rage ou heureux. Je n'ai jamais osé lui demander ce que ce puzzle représentait pour lui. Quelle était son histoire. Jusqu'à présent, je pensais qu'il était le seul concerné, mais vu la réaction de sa mère, il semblerait bien qu'il n'en soit rien. C'est peut-être l'occasion d'en savoir un peu plus. Malgré tout, j'hésite. J'ai peur de me montrer trop indiscrète. De faire remonter à la surface de mauvais souvenirs… ou peut-être des meilleurs, au vu du sourire sur le visage de William. Comment savoir ?

– Papa ! Maman ! s'exclame Luke en déboulant fort à propos dans le salon. Pourquoi vous ne m'avez pas prévenu de votre visite ?

Sa mère se lève brusquement pour prendre son fils dans ses bras. Toute trace de tristesse soudain envolée. Elle est même radieuse. Quant à son fils, il est sublime dans cette tenue décontractée, jean brut et pull à col roulé blanc, avec les cheveux en bataille… je préfère ne pas me demander pourquoi.

Ses prunelles sombres et malicieuses fixées sur moi, et avec ce petit sourire – trop sexy – au coin des lèvres.

– Nous avons préféré prendre les devants, répond son père après une accolade chaleureuse. J'ignore pourquoi tu faisais autant traîner les choses, Justine est vraiment charmante. Et nous étions impatients de rencontrer la mère de notre premier petit-fils…

– Ou petite-fille, le reprend sa femme dans un rire. Ton père est persuadé que c'est un garçon.

Luke me lance un regard interrogatif. Du genre : « Tu ne le leur as pas dit ? » D'un air blasé, je hausse les épaules en secouant la tête.

– Nous t'attendions pour vous féliciter tous les deux…

Elle hésite un moment, puis d'une voix émue et des larmes au bord des yeux, elle reprend :

– Tu n'as pas idée du bonheur que tu nous fais. C'est un cadeau du ciel…

Et là, elle fond en larmes, alors que son mari rayonnant ajoute :

– C'est la plus belle chose qui pouvait arriver à notre famille, mon fils. J'ai hâte de tenir mon petit-fils dans les bras…

– Et moi, ma petite-fille, le coupe une nouvelle fois sa femme, agacée. Mais l'un ou l'autre, je suis aussi impatiente que toi, mon chéri.

– À ce propos, j'interviens avec un sourire espiègle à l'adresse du futur papa. Luke a quelque chose d'important à vous annoncer.

À toi, la patate chaude, mon grand.

Il n'a pas le temps d'ouvrir la bouche que son père – aussi excité qu'un gamin – demande :

– Vous connaissez déjà le sexe de l'enfant ? C'est un garçon ? Je suis certain que c'est un petit gars.

– William ! Tu vas arrêter avec ça… Vas-y, mon chéri. On t'écoute.

– En fait, ce n'est pas *un* petit-fils, papa…

Tiens donc, lui aussi a déjà choisi le camp des mecs !

– Mais deux petits-fils. Ce sont des jumeaux !

Le silence règne, le temps que la nouvelle parvienne à leur cerveau. Puis ils s'exclament simultanément. Pour sa mère :

– Oh… un véritable miracle !

Son père :

– Deux petits-fils !

Felicia met une tape sur la tête de son mari puis, avant de fondre à nouveau en larmes, ajoute :

– Deux petites-filles… C'est merveilleux !

Luke et moi éclatons de rire.

CHAPITRE 22
La gourmandise me perdra

Lors du repas de Thanksgiving, nous avons eu beaucoup de mal à faire comprendre aux parents de Luke – toujours aussi adorables avec moi – que nous n'avions pas l'intention de passer devant Monsieur le maire. Felicia reste néanmoins persuadée qu'après la naissance des jumeaux, nous changerons d'avis. Comment lui dire que Luke et moi ne sommes pas en plein remake d'un conte de fées ? Je me vois tout aussi mal lui annoncer que les deux petits trolls dans mon ventre ne sont que le résultat d'un oubli. Un accident. En bref, que ni lui ni moi n'avons souhaité, désiré cette grossesse. À la question traditionnelle : « Comment vous êtes-vous rencontrés ? », j'ai hésité… Devais-je lui apprendre que son fils et moi nous sommes vus seulement cinq fois ? Dont une qui s'est terminée en plan à trois. Une autre lors d'un repas – en tout bien tout honneur – chez Geoffrey. Une autre fois – sans sexe – où il a fini menotté. Le jour du mariage, ensuite, où la disparition d'Angie nous a interrompus avant même d'avoir atteint le lit. Et la cinquième…

The last, but not least !

Luke a préféré une version plus édulcorée de notre rencontre qui aurait eu lieu alors que Geoffrey lui présentait sa fiancée, accompagnée ce jour-là d'une des demoiselles d'honneur, meilleure amie, moi. Autant dire que sa mère y a vu comme un signe du destin.

– Bordel ! Ce truc pèse une tonne…

Luke, pas franchement de bonne humeur, pénètre dans le salon. Ravie, j'applaudis.

– Tu as bien pris un épicéa, j'espère ?

– Oui, j'ai suivi toutes tes directives, bougonne-t-il alors que je lui indique l'endroit qui me semble parfait. Non seulement ses aiguilles sont piquantes, mais il en perd plein.

– C'est son seul défaut…

– Un gros défaut !

Je me place à côté de Luke.

– Tu ne trouves pas qu'il sent super bon ? Ça fait à peine cinq minutes que tu es là et son odeur de résine embaume déjà le salon. On se croirait en pleine forêt… Il est magnifique.

Ravie, je ne peux m'empêcher d'applaudir encore, puis je dépose un baiser léger sur la joue de mon colocataire.

– Merci Luke. Pour moi, un Noël sans déco, et surtout sans sapin, c'est trop triste et tout bonnement impossible ! Une véritable tradition dans ma famille.

– J'ai l'impression que tu n'aurais pas été plus heureuse si je t'avais offert un diamant.

J'ignore si son étonnement est la conséquence de mon baiser ou de mon attitude. Entre Luke et moi, c'est désormais une sorte d'accord tacite. Aucun contact physique. J'ai beau savoir qu'il n'est plus question de sexe entre nous, j'ai énormément de mal à ne pas avoir envie de le toucher, le caresser. Dire que je suis frustrée est un doux euphémisme. Difficile de rester de glace quand il porte ce jean qui lui fait un cul d'enfer et qu'il arbore ce petit sourire si sexy au coin des lèvres.

– Avec un diamant, ma réaction aurait été multipliée par mille, je plaisante, puis en levant la tête jusqu'à la cime du sapin, j'ajoute : Il est vraiment grand ! Je vais avoir besoin de beaucoup plus de décorations que prévu…

– J'espère que tu ne comptes pas m'y envoyer ? s'inquiète Luke avec un air horrifié jusqu'à ce que je secoue la tête pour le rassurer. Tant mieux !

J'éclate de rire devant son soulagement évident, avant de me diriger côté cuisine. Je prépare deux coupes et deux petites cuillères, puis ouvre le congélateur et…

– Y a plus de glace ? C'est pas possible !

Je darde mon regard – furieux – sur Luke qui vient de s'asseoir dans un fauteuil.

– Tu as fini, tout fini ? Tu aurais pu m'en laisser un peu. Franchement, tu… Bon… ce n'est pas grave, je vais aller en chercher.

– Ce n'est pas moi qui ai fini le pot, précise-t-il en haussant les sourcils. Je t'en prendrai demain…

– Non, non, non. Impossible d'attendre jusqu'à demain… j'ai trop envie d'un pot Barista Brownie Macchiato. Où sont mes chaussures ?

Je file dans ma chambre en récupérer une autre paire, puisque je ne trouve plus celle que je portais un peu plus tôt dans la journée. Quand je reviens Luke est déjà dans l'entrée, les clés à la main.

– Je peux tout à fait y aller seule.

– Pas question ! Dis-moi plutôt ce que tu veux et attends-moi bien sagement ici.

– Non, je viens avec toi, et ce n'est pas négociable. Je t'ai déjà bien assez ennuyé avec le sapin, et puis ça me fera une petite promenade.

– Tu ne préfères pas qu'on prenne la voiture ?

J'enfile mon manteau et mes gants.

– T'es sérieux ? L'épicerie est à moins de dix minutes de marche… à moins que tu veuilles me laisser conduire ?

Qui sait ? *Sur un malentendu* ?

Il m'attrape le bras et, entre deux éclats de rire, lâche :

– Dans tes rêves, chaton !

***

Une fois sortie de l'épicerie avec mon chargement tant convoité, je ne fais pas plus de deux mètres sur le trottoir avant de m'arrêter et d'ouvrir le sac pour en extirper l'un des pots. Tout en me mordillant impatiemment la lèvre, je retire le couvercle puis plonge avec délice la cuillère en plastique que j'ai eu la bonne idée d'ajouter aux cinq pots de glace. Avec un sourire, je la présente à Luke.

– Tu en veux ?

– Tu ne peux vraiment pas attendre ? répond-il avant de l'avaler malgré tout.

– Les bonnes choses n'attendent pas. Il faut savoir les saisir quand elles sont là, à portée de main… de bouche…

J'avale à mon tour une cuillère de crème glacée avant de la remplir à nouveau pour Luke. Ma main s'arrête à la hauteur de ses lèvres.

– Parce que si on attend trop, elles disparaissent, je murmure alors qu'il ouvre la bouche et que j'engloutis la cuillère à sa place. Tu vois, les bonnes choses n'attendent pas. Jamais.

Un sourire malicieux éclaire son visage tandis qu'il se saisit de la cuillère pour la briser et que je pousse un cri de frustration.

– Je n'en avais pris qu'une, je bougonne.

Il retire ses gants, plonge son index dans le pot et, une fois celui-ci bien recouvert de glace, me le présente. Il se penche plus près, son souffle est comme une caresse sur ma peau. Une caresse qui me laisse brûlante malgré la température glaciale de la nuit.

– Tu en veux ?

La raison me crie de reculer. Que c'est une très mauvaise idée. Mais comment ne pas succomber à la sensation exquise de son doigt recouvert de Brownie Macchiato dans ma bouche ? Nous nous fixons mutuellement. Je décide alors de faire de même avec mon index puis entrouvre les lèvres pour laisser son doigt glacé s'introduire dans ma bouche chaude. Le mien se glisse dans la sienne. Un grognement rauque s'échappe de ses lèvres. Ce petit jeu dure quelques minutes encore, nous laissant tous deux à bout de souffle. Nos yeux remplis du même désir. De la même fièvre. Pendant un instant, je pense qu'il va m'embrasser. Que sa langue va se glisser à la place de son doigt dans ma bouche. J'en ai tellement envie que je suis obligée de me mordre l'intérieur de la joue pour ne pas le supplier. L'implorer.

– Viens, lâche-t-il enfin en me prenant le bras. Je te ramène à la maison…

La gourmandise te perdra, ma grande !

En silence, nous reprenons le chemin du retour. Perdue dans mes pensées, je songe que j'ai échappé de peu à la catastrophe. Un baiser aurait entraîné un autre baiser… pas besoin d'être Einstein pour deviner la conclusion. Or si nous rajoutons le sexe à notre situation déjà compliquée, cela ne fera que l'empirer. Mais du sexe entre amis ? De temps en temps… sans complications ? Après tout, ce n'est pas comme si je risquais de tomber enceinte.

Soudain, un truc froid me tombe sur le nez, et je lève le visage.

– Il neige… je murmure, enchantée, alors que les flocons s'enchaînent, de plus en plus drus. J'aimerais tellement me réveiller demain et que tout soit recouvert de…

Je n'ai pas le loisir de finir ma phrase. Luke me soulève, pivote, et me dépose brusquement dans le renfoncement d'une porte. Tout ça en moins d'une demi-seconde.

– Tu vas m'écouter et faire exactement ce que je te dis, m'ordonne-t-il sur un ton qui n'attend aucune contestation de ma part. Dès que tu le peux, tu te mets à courir le plus vite possible jusqu'à l'appartement. Et tu ne t'occupes pas de moi. Le plus vite possible ! C'est compris ?

CHAPITRE 23

La nuit, tous les chats sont gris

– Justine ! C'est clair ?

Franchement ? Non !

– Oui, Luke. J'ai compris.

Aussi sec, il fait demi-tour et s'éloigne. Je le suis du regard et…

Oh non ! Non ! Non ! Non !

Une sueur glaciale remonte le long de ma colonne vertébrale. D'une main frénétique, j'essaie d'actionner la poignée de la porte dans mon dos. Bloquée. Affolée, je cherche mon portable dans la poche droite de mon manteau. Puis la gauche. J'ai envie de pleurer lorsque je réalise que je l'ai laissé à l'appartement. Luke également, j'imagine.

– Elle nous plaît bien, ta pute, mec. Je sens qu'on va bien s'éclater avec elle.

Une panique violente et incontrôlable s'empare alors brusquement de mon corps et de mon esprit. Ils sont deux. L'un aussi grand que Luke et l'autre plus petit, mais avec un couteau dans la main. Je fouille frénétiquement la rue du regard en espérant voir quelqu'un – un homme musclé, de préférence – en train de promener son chien. Ou victime d'une insomnie. Je comprends brusquement son : « Dès que tu peux, tu te mets à courir très vite. » Sauf que si je le fais, l'un des deux types se lancera à ma poursuite – en plus, piquer un sprint avec mes talons ne va pas être facile – tandis que l'autre se chargera de Luke. À moins qu'il n'en reste qu'un…

– Ça ne risque pas d'arriver ! Je vous conseille plutôt de dégager de mon chemin, bande de connards.

Ce n'est pas en train de se passer. Ce n'est pas en train de se passer. Ce n'est pas en train de se passer.

La peur me paralyse. Je suis pétrifiée. Je crois même que je ne respire plus.

– Va te faire enculer.

– Je ne préférerais pas, rétorque Luke à celui qui vient de l'insulter. Je ne me répéterai pas non plus. Dégagez de mon chemin !

Il a les jambes écartées, les bras le long du corps. La voix ferme et parfaitement maîtrisée. Il avance d'un pas vers eux. Je veux lui hurler de ne surtout pas approcher, de ne pas bouger. Avec un peu de chance, une voiture de police va se pointer. Mais ma gorge est paralysée, aucun mot ne sort de ma bouche. Pas même un son. Rien du tout. Le sang bourdonne si fort dans mes tympans qu'il occulte tous les bruits ambiants. Je sais que je regarde la rue, mais je ne vois que les gros flocons de plus en plus nombreux qui tombent sans discontinuer et s'écrasent au sol. Brusquement, le plus grand se jette sur Luke. Les mouvements de jambes et de bras de mon colocataire sont rapides, précis, et surtout puissants, si puissants que j'entends bientôt le bruit caractéristique d'un os qui se brise. Peut-être plusieurs. Le colosse s'écrase au sol, alors que l'attention de Luke est déjà concentrée sur celui qui tient le couteau. J'entends dans un brouillard confus sa voix qui me hurle de partir.

Courir. Courir vite jusqu'à l'appartement.

Mon esprit m'ordonne de le faire. Me hurle de me bouger le cul. De prendre mes jambes à mon cou. Mais mon corps est figé. Je suis tétanisée. C'est la première fois de toute mon existence que je me trouve dans une situation dangereuse. Mortelle. Et je n'ai pas le moindre instinct de survie. Pas la plus petite once de courage en moi pour amorcer un mouvement.

C'est le moment que ton héroïne badass intérieure se manifeste, ma grande ! Tu sais, celle que tu admires tant dans tes livres de romance ?!

– JUSTINE ! SAUVE-TOI !

C'est comme si j'étais en plein cauchemar et que je ne pouvais pas en sortir. Je dois pleurer, parce que je ne vois plus grand-chose entre les flocons de neige et mes larmes. En un mouvement tellement rapide que mon cerveau peine à l'analyser, Luke fait une prise et bloque le mec. J'ignore comment, le couteau se retrouve dans sa main. J'essaie de faire la mise au point dans ma vision. Le mec a une sale tronche. Du sang sur le visage. Luke appuie la lame du couteau sur sa gorge. Du sang coule le long de son cou. Ma frayeur redouble. Mon cœur palpite trop vite, trop fort… le temps se fige. Je sens que je vais vomir… ou m'évanouir.

– Tout ce que j'ai à faire, c'est te trancher la carotide, juste ici, assène Luke d'une voix vibrante de rage meurtrière. Et ça me prendra moins d'une seconde, connard ! Tu crèveras en moins d'une minute. Je ne vois pas une seule raison de laisser vivre une raclure comme toi…

J'entends un drôle de son, un peu comme le cri apeuré d'un enfant. Pendant une seconde, je crois qu'il provient de l'homme que Luke maintient. Et puis je réalise que c'est moi lorsque Luke plonge ses yeux d'un feu sombre et menaçant dans les miens remplis d'effroi. L'autre gars au sol émerge de son KO et en profite pour filer sans demander son reste. Laissant son acolyte dans une merde royale. Soudain, ma respiration s'emballe. Ce que je vois dans les yeux de Luke n'est que fureur sombre et destructrice. Je sais sans le moindre doute qu'il est prêt à tuer cet homme. Je le sens au fond de moi. Je ne le reconnais pas. Ce n'est pas l'homme avec qui je vis. Si je le croisais dans la rue maintenant, je n'aurais qu'une idée : le fuir !

– Luke…

Ma voix est à peine plus forte qu'un murmure. Je ne sais même pas s'il m'a entendue. Son souffle est erratique. Sa poitrine enfle et se dégonfle tandis qu'il continue de me fixer. Dans un effort surhumain, je tends la main vers lui. Je tremble de partout. Mes jambes flageolantes me supportent tout juste.

– Luke…

Les traits crispés, il pousse un juron entre ses dents serrées. Il tente visiblement de reprendre le contrôle de lui-même. Et peu à peu, sa respiration commence à s'apaiser. La lame descend lentement, très lentement.

– Dégage d'ici ! ordonne Luke en baissant finalement le couteau. Et ne croise plus jamais mon chemin…

Le mec ne perd pas une seconde pour s'enfuir. Luke fait quelques pas et jette le couteau dans une poubelle. Si je ne l'avais pas appelé, aurait-il été jusqu'au bout de son geste ? L'aurait-il juste blessé ou carrément tué ? L'idée me terrifie autant qu'elle m'apaise. Il aurait fait n'importe quoi pour me protéger. Combien d'hommes en seraient capables ? Réellement capables ? Soudain, c'est comme si un poids énorme m'écrasait. Impossible à supporter. Je m'effondre au sol, genoux serrés contre ma poitrine. Luke se précipite et s'accroupit face à moi.

– C'est fini, chaton. Tu ne risques plus rien… Là, là… tout va bien…

Sa voix est rauque. Tout doucement, comme pour ne pas m'effrayer, il approche sa main et caresse mes cheveux. Je hoche la tête. Son contact m'apaise et me réconforte.

– Ils sont partis. Tout va bien, chaton. C'est fini… Jamais je ne les aurais laissés te faire du mal. Ni à toi ni aux bébés.

Je hoche encore la tête.

– Tu… tu…

– Plus tard, chaton, murmure-t-il. On parlera plus tard.

Ses bras se glissent sous mes jambes tandis que je me blottis contre son torse. Je le laisse me porter jusqu'à l'appartement qui ne se trouve plus qu'à une rue. Luke reste aussi silencieux que moi. Je me sens en sécurité dans ses bras, et j'ai juste envie que ça ne s'arrête pas. Je veux garder la sensation de ses bras autour de moi. De sa force qui éloigne la peur que j'ai ressentie. Je suis épuisée. Je ne sens plus mes muscles. Mon corps est tout engourdi. Je ne souhaite qu'une chose, rester comme ça, dans la chaleur de son étreinte. Totalement protégée.

– Ne me laisse pas toute seule cette nuit, je murmure lorsque nous entrons dans l'appartement. S'il te plaît…

Des larmes coulent sur ma joue. Il m'étreint plus fort contre lui. Je crois sentir ses lèvres se promener sur mes cheveux, mais je n'ai pas la force de lever la tête pour vérifier. Je voudrais que la réalité de cet instant ne cesse jamais. Je voudrais que ce moment où je suis seule avec lui ne se réduise pas seulement à un instant.

Un instant trop bref…

CHAPITRE 24

LUKE

Je suis sur le fil du rasoir. Je sais qu'il s'en est fallu de très peu pour que je ne tranche pas la gorge de ce connard. J'ai déjà du sang sur les mains. Un peu plus n'aurait rien changé. J'ai franchi depuis trop longtemps la frontière entre le bien et le mal. Je n'en suis pas fier, pourtant, si je devais refaire la même chose qu'il y a des années, je n'hésiterais pas une seconde. Au prix d'un effort incroyable, je repousse les images du passé et de l'horreur.

– Ne me laisse pas toute seule, murmure-t-elle lorsque nous entrons dans l'appartement. S'il te plaît…

Sa voix ! C'est sa voix !

J'ignore comment et pourquoi, mais c'est avec sa voix qu'elle a réussi – sans même en avoir conscience – à m'atteindre. À faire refluer la monstrueuse vague de haine qui me submergeait. Sa voix a été comme un lien auquel j'ai pu m'accrocher pour m'extraire des ténèbres. Comme maintenant. Sa voix m'ouvre les portes d'un territoire sacré, qui pourtant m'est interdit. Je la dévore des yeux. J'inspire avec avidité chaque souffle fragile qui s'échappe de ses lèvres encore frémissantes de peur.

– Je ne te laisserai pas seule, chaton, je lui promets d'une voix basse et rauque. Parce que j'en ai autant besoin que toi…

Oh oui ! Un besoin irrépressible et inexplicable contre lequel je ne peux pas lutter. En tout cas, pas maintenant. D'un coup de pied, je referme la porte, puis je file direct dans ma chambre, Justine toujours dans mes bras. Je la dépose sur mon lit, lui retire son manteau et ses chaussures. Elle se laisse faire. Sans un mot. Je retire mon blouson et mes pompes. Je m'allonge ensuite à ses côtés et la laisse venir se blottir encore plus près. Jusqu'à ce que nous soyons parfaitement emboîtés l'un dans l'autre.

– Je ne pouvais rien faire, chuchote-t-elle comme si elle avait honte. Je le voulais… vraiment. Mais j'en étais incapable tellement j'étais en panique… Je ne veux plus jamais avoir peur comme ça… au point de ne pas pouvoir crier ni faire le moindre geste… plus jamais.

– C'est normal d'avoir peur dans une telle situation…

– Tu n'avais pas peur, toi, me coupe-t-elle d'une voix plus assurée, ce qui me ravit.

J'inspire profondément en la rapprochant encore plus.

– Détrompe-toi, chaton, je lâche dans un souffle en posant ma main sur son ventre. J'avais peur pour toi et pour eux…

Je n'ai jamais voulu de Justine dans ma vie – pas comme ça, en tout cas ! –, et encore moins de cette grossesse. Mais je ne laisserai personne leur faire du mal. Si je n'ai pas su protéger Emily, je ferai tout ce qui est en mon pouvoir pour que Justine soit toujours à l'abri.

– Je les aurais tués avant qu'ils puissent poser la main sur toi, j'affirme d'une voix basse. Si tu le souhaites, je t'apprendrai des techniques pour te protéger… et si nous avons des filles, je veux absolument qu'elles soient préparées en cas d'agression. Dans le monde actuel, toutes les femmes devraient prendre des cours de self-défense.

– Oui, tu as raison. Dès que ce sera possible, je veux prendre des cours et nos enfants aussi, que ce soient des filles… ou des garçons.

Je réprime un petit rire tandis que son corps se détend dans mes bras. Sa respiration s'apaise. Je la berce contre moi en attendant qu'elle s'endorme, ce qui ne devrait pas tarder. Mais elle me surprend en reprenant soudain :

– Luke ?

– Oui, chaton ?

– Merci… merci de nous avoir protégés tous les trois.

– Toi et eux, je vous protégerai toujours. Toujours.

***

Trois semaines plus tard

Je mets fin à la communication alors que Justine fronce les sourcils et pousse un soupir exaspéré. Pour éviter qu'elle ne fasse une crise en pleine salle d'attente, je précise :

– Je ne réponds plus à aucun appel jusqu'à ce que nous soyons sortis d'ici.

– Promis ?

Justine a vite compris que, pour moi, une promesse est sacrée.

– Tu abuses un peu, non ?

– Non, je ne trouve pas, riposte-t-elle en levant les yeux au plafond. Tu as été au téléphone pendant tout le trajet. Je sais que ton travail compte énormément pour toi. Mais fais un effort… juste le temps de la visite, Luke. Promis ?

Je suis parfaitement capable de mener de front plusieurs tâches avec la même concentration et en obtenant un résultat impressionnant. Je le fais tous les jours dans mon travail. Alors, répondre au téléphone, suivre la conversation de sa gynécologue et y participer si besoin, tout en lui tenant la main…

– Promis, je capitule néanmoins devant son regard océan, en glissant le portable dans la poche de ma veste. Tu es satisfaite ?

Elle ouvre la bouche pour me répondre alors qu'on nous annonce que c'est notre tour. Je la suis dans un couloir dont la dernière porte ouvre sur le cabinet du docteur Fisher. Je la salue tout en me présentant et en lui expliquant que je suis le papa.

– Vos enfants ont beaucoup de chance, Justine. Deux mamans et un papa…

– Pardon ?

– Je t'expliquerai, me souffle Justine, tandis que le docteur prend sa tension tout en lui posant un tas de questions. Plus tard…

Pendant qu'elles continuent d'échanger toutes les deux, je cherche l'explication logique des deux mamans et un papa. Au bout de plusieurs vibrations de mon portable, ma main me démange sérieusement. Justine explique au docteur que nous avons fait notre choix sur le lieu de l'accouchement. Pour être tout à fait honnête, c'est surtout Angie et Justine qui ont pris cette décision lors d'un dîner chez nos amis. Geoffrey semblait aussi paumé et effaré que moi lorsque nous avons entendu parler d'accouchement à domicile, dans l'eau, en salle nature… *c'est quoi, ce bordel ?* Heureusement, Justine a finalement jeté son dévolu sur la méthode traditionnelle. À savoir dans une clinique et avec des médecins compétents.

– Luke !

– Oui ! je m'exclame dans un sursaut. Tu disais ?

Le docteur Fisher étouffe un rire en me jetant un coup d'œil compatissant et me fait signe de me lever pendant qu'elle m'explique que je vais enfin pouvoir découvrir mes bébés à l'échographie.

Justine est déjà allongée. Son chemisier et son pull ont disparu, il ne lui reste que son soutien-gorge. Noir. Tout en dentelle. Je réprime un gémissement frustré en lorgnant sa poitrine. Une poitrine qui semble avoir pris une taille de plus. Et qui se trouve juste sous mon nez. J'ai une brusque envie de me pencher. De poser ma bouche sur la pointe de ses seins. De les titiller.

J'inspire un grand coup et regarde ailleurs.

Va falloir te calmer, mon vieux !

Fisher étale un truc visqueux sur l'abdomen de Justine. Pour la première fois, je remarque qu'il est plus rebondi. Beaucoup plus. J'attrape la main qu'elle me tend, les yeux fixés sur le petit rebond qui cache nos enfants.

– Si vous voulez les voir, c'est l'écran qu'il faut regarder, m'informe le docteur, amusée. Regardez… là…

Je tourne la tête et tente de distinguer ce qu'elle pointe du doigt. Je sursaute quand mon portable vibre une nouvelle fois. Justine l'a parfaitement entendu, elle aussi, car elle me lance un furieux :

– Luke !

– Je n'ai pas décroché, chaton. Je n'y suis pour rien s'ils ne peuvent pas se passer de moi au boulot.

Je dépose un baiser apaisant sur son front, puis fixe à nouveau mon regard attentif sur l'écran. J'aperçois alors deux…

– Merde ! On dirait qu'il leur manque des…

– Ne vous inquiétez pas ! me coupe aussitôt Fisher. C'est normal, à ce stade de la grossesse…

J'espère qu'elle est certaine de ce qu'elle avance.

– BORDEL ! je beugle soudain en sursautant.

– C'est le cœur de nos bébés, me rassure Justine, alors que Fisher ajoute :

– Désolée, le son a été réglé beaucoup trop fort.

C'est comme une cavalcade effrénée. Le souffle coupé, je sens tous mes muscles se tendre. Je ferme les yeux. Un bruit de cheval au galop. Vite. Vite. Encore plus vite. Je me concentre. J'arrive finalement à distinguer le bruit de l'un et de l'autre… deux petits cœurs… J'ouvre les yeux… je les entends toujours… mes deux petits cœurs. Je cherche le regard bleu océan de Justine, presque embué, et ne le quitte plus. J'ai du mal à respirer. À réfléchir. À penser. Je ne fais plus que ressentir. Dans tout mon corps. C'est tellement violent. Puissant. Intense. J'ai la sensation que mon cœur va exploser. C'est un tsunami dévastateur qui emporte tout sur son passage et me laisse sur le rivage. À bout de souffle. Sonné. Mais vivant. Tellement vivant.

Avec un seul mot sur les lèvres :

– Merci…

CHAPITRE 25

Quel est ton secret ?

Suite à l'agression, pour que Luke ne m'enferme pas dans l'appartement, j'ai eu droit comme cadeau – vivant – de Noël à mon garde du corps attitré. Et je reconnais que la poule mouillée que je suis se sent plus rassurée avec un balèze à ses côtés. Une véritable armoire à glace ! Dommage qu'il n'ait pas le physique de Kevin Costner parce que je me serais bien vue rejouer certaines scènes du film *Bodyguard*. Mon second cadeau était un bracelet orné de deux adorables *charms* représentant chacun un nourrisson. J'avoue que le robinet Niagara Falls s'est une nouvelle fois ouvert devant cette délicate attention. J'étais persuadée qu'il ne m'offrirait pas de présent… n'ayant pour ma part rien acheté pour lui.

Si je prends en compte les deux petits trolls, est-ce que ça compte ?

Je n'ai jamais aimé faire un cadeau à quelqu'un juste parce que c'est un moment précis de l'année. Genre son anniversaire ou autre. J'aime offrir quelque chose aux gens que j'aime quand j'ai trouvé ce qui leur plaira vraiment. Je sais que Luke a une passion pour les voitures sportives – vu qu'il possède l'une des dernières Ferrari et qu'il attend avec impatience de découvrir le dernier modèle de chez Bugatti. Mais j'ai trouvé ça un peu extrême comme cadeau, non ?! Et puis elle n'aurait jamais été livrée à temps. De plus, même si je suis très à l'aise financièrement, mon compte bancaire aurait pris une sacrée claque. Néanmoins, j'ai fini par trouver *le* cadeau qui sera parfait. J'ai remarqué à quel point son regard déborde d'émotions diverses chaque fois qu'il le pose sur le puzzle, et mon œil de décoratrice a repéré ce qu'il manquait pour le mettre en valeur : un bel encadrement ! Ce matin, je l'ai donc décroché du mur et j'ai proposé à Angie de m'accompagner pour le déposer dans cette boutique où l'artisan fait tout simplement des merveilles. Je lui ai déjà apporté une photo du salon afin qu'il sache précisément quel intérieur abrite cet objet qui a une énorme valeur sentimentale pour Luke. Il lui a fallu moins de vingt minutes pour me faire une proposition – après avoir rempli plusieurs feuilles de croquis – qui, au-delà d'embellir le puzzle, lui offrira un écrin en lui donnant une âme, et qui s'accordera en plus parfaitement au salon.

Bras dessus, bras dessous, Angie et moi – escortées par nos MIB respectifs – pénétrons chez elle. Comme ma meilleure amie a eu la brillante idée d'avertir Georges de notre arrivée, un plateau de mes gourmandises préférées nous attend dans son salon.

– Rien de mieux qu'un bon chocolat chaud après une journée de shopping, je lâche dans un soupir de pure satisfaction après avoir fini ma tasse. Qu'est-ce qu'il y a, Angie ?

– Rien du tout, riposte-t-elle. Pourquoi voudrais-tu qu'il y ait quelque chose ?

Je retire mes talons et m'installe plus confortablement dans le canapé.

– Tu as des soucis avec Geoffrey ?

– Pas du tout ! Tout va très bien avec lui.

Je l'observe attentivement. Angie et moi nous connaissons depuis la maternelle. Étant fille unique, je me suis parfois sentie seule, et je me suis accrochée à Angie et Tess. À la mort de Tess, j'ai cru perdre aussi Angie, mais après plus d'un an de mutisme et de douleur, elle est parvenue à sortir de son enfer. J'ai retrouvé ma meilleure amie, et elle est devenue comme une sœur pour moi. Elle s'est accrochée à moi comme je l'avais fait auparavant avec elles deux.

– Alors, si ce n'est pas avec Geoffrey, qu'est-ce qui ne tourne pas rond ? C'est ton père ? Tess ? Dis-moi, Angie. Tu sais que tu peux tout me dire. Ce n'est pas parce que je suis enceinte que j'ai besoin d'être ménagée. Tu sais que je suis là si tu as besoin de parler, de te confier.

– Papa et Tess vont aussi bien qu'ils le peuvent dans leur situation, m'informe-t-elle en évitant mon regard. Je t'assure que tout va bien et que tu te fais juste des idées…

– Ne me dis pas de conneries, je la coupe en haussant le ton. Depuis mon arrivée à New York, j'ai remarqué tes regards parfois embarrassés. Je n'ai rien dit jusqu'à présent, mais là, ça suffit ! Je ne partirai pas d'ici sans que tu m'aies dit ce qui te tracasse. Et tu me connais, je peux être bien pire qu'un pitbull parfois ! Je ne lâche rien !

Angie ne peut retenir un rire. Malgré tout, j'y décèle une pointe de tristesse. C'est pourquoi j'insiste encore. Et plus je m'obstine, plus sa gêne est évidente. Je suis persuadée qu'elle me cache quelque chose. Si ça ne concerne pas son père et Tess, ça ne peut qu'être en rapport avec Luke. Je ne suis pas idiote.

– On en a déjà parlé, Angie. Les aventures de Luke ne me posent aucun problème. Même si tu m'annonçais qu'il va se marier avec une de ses pétasses, ça ne me ferait ni chaud ni froid…

Bon, peut-être un peu quand même !

– Rien de tout ce que tu pourras me dire ne me choquera ! Alors, vas-y ! Balance ce qui te ronge, et qu'on en finisse.

Elle triture ses mains nerveusement, mais hésite toujours.

– Putain, Angie ! Je suis ta meilleure amie ! Je ne te cache rien. Je ne t'ai jamais menti… et je ne le ferai jamais. Si j'avais une information que tu devais connaître, je te la donnerais.

– Même si elle risque de me faire souffrir… ou pire encore ? Et surtout, continue-t-elle en prenant mes mains entre les siennes, même si j'ai promis à Geoffrey de ne rien dire ?

– Tu me fais flipper, là ! Complètement !

Un frisson glacial de crainte me saisit en constatant qu'elle est vraiment au plus mal à présent. Mon angoisse augmente d'autant. Et une idée terrifiante surgit brusquement dans mon esprit. D'une voix à peine audible, je balbutie :

– Mon Dieu ! Je suis clean… il m'a dit qu'il l'était aussi. Je lui ai fait totalement confiance et je n'ai pas fait faire de test…

– Non ! Non ! Luke n'est pas séropositif !

Mon corps tendu entre hantise et désespoir se relâche subitement.

– Alors, dis-moi ce qui peut bien être pire ? Je comprends que ta promesse envers Geoffrey t'en empêche, mais si ça me concerne, si ce que tu me caches est si important, tu ne crois pas que j'ai le droit de savoir…

Pour donner plus de poids à mes paroles, j'applique ses mains sur mon ventre – là où sont nichés mes deux trolls –,et j'ajoute :

– Je ne suis plus seule, maintenant. Angie, tu dois…

– D'accord ! Je vais tout te dire, lâche-t-elle sous la contrainte en me faisant signe de me lever. Mais d'abord, allons dans la salle de cinéma.

– Pourquoi avons-nous besoin d'y aller ? je l'interroge en la suivant malgré tout. On est très bien ici.

– Parce que la salle de cinéma est insonorisée, Juju. Une fois la porte fermée à clé, je suis certaine que ce que je te dirai ne risque pas d'être surpris par qui que ce soit.

Putain, j'hallucine !

– Justine, ce que je vais te dire, même Sarah ne le sait pas donc tu ne dois jamais lui en parler, d'accord ? Ni à elle ni à personne. Personne ! Absolument personne !

Je hoche la tête en prenant place dans l'un des fauteuils tandis qu'elle marche de long en large dans la salle.

– Geoffrey… va piquer une colère monstre quand il le saura.

– Je ne lui dirai rien, Angie. Je ne veux pas que tu aies des problèmes avec ton mari à cause de moi.

– Je sais bien, ma Juju, me rassure-t-elle avec un drôle de sourire. Mais je ne veux pas lui mentir. Il y a eu tellement de secrets et de mensonges entre lui et moi… tout ça, c'est fini ! De plus, lorsque tu seras au courant… j'ignore quelle sera ta réaction, mais peut-être que tu voudras en discuter avec Luke…

Elle hésite un long moment avant de poursuivre :

– Je préfère te dire tout de suite qu'il risque d'être fou de rage. Non, c'est même certain, il le sera !

Elle se précipite vers moi puis s'agenouille en serrant mes mains dans les siennes. De toutes ses forces.

– Il faut que tu me promettes que tu n'en parleras jamais – JAMAIS – à personne ! Que tu garderas ce secret jusqu'à ta mort. Qu'importe ce que je vais te dire, même si c'est horrible et que tu aurais préféré ne jamais rien savoir. Alors, réfléchis bien avant que je ne commence.

J'ignore ce qui peut la mettre dans un tel état. Ce qui l'angoisse au point de trembler de tout son corps et d'avoir des larmes au coin des yeux. Mais Angie est ma meilleure amie, et si je lui fais cette promesse, elle sait que je la tiendrai.

Luke est le père de mes enfants. Ce n'est plus seulement de la curiosité désormais… connaître son secret est devenu vital.

Alors, je promets !

CHAPITRE 26

Si j'avais su…

– Luke, Aïdan et Geoffrey sont plus que des meilleurs amis, plus que des frères… oui, bien au-delà encore. Ils n'ont aucun secret les uns pour les autres. Ils partagent tout…

Elle a un petit sourire avant de préciser :

– Enfin, presque tout !

J'ai moi aussi un sourire en comprenant parfaitement ce qu'elle sous-entend. Ces trois-là partageaient même les femmes, toutefois Geoffrey n'a jamais partagé Angie. Si Angie avait eu mon fantasme : faire l'amour avec deux hommes, et même si elle peut tout demander à son époux, c'est bien le seul souhait qu'il lui aurait catégoriquement refusé.

– Au départ, c'était le duo Geoffrey et Aïdan, ils se connaissent depuis beaucoup plus longtemps, puis Luke a fait son apparition, et le duo s'est transformé en trio. Un trio inséparable. Est-ce que Luke t'a parlé de sa famille ?

– Non, il est plutôt du genre avare en ce qui concerne son passé… et même son présent. Comme tu le sais, j'ai rencontré ses parents à l'appartement, et nous avons passé Thanksgiving avec eux. Néanmoins, je ne les ai vus que ces deux fois-là, alors je me voyais mal leur faire subir un interrogatoire… et vu la façon dont ils ont appris la nouvelle.

– Tu as déjà beaucoup de chance que le courant passe bien entre eux et toi. Donc, tu ne sais sans doute pas que Luke avait une sœur, sa cadette d'un an ?

Cette révélation me stupéfie.

– Je n'y crois pas ! je m'exclame en me levant brusquement du fauteuil. Je pensais que… Merde ! C'est pourtant le genre de détails qu'on devrait partager avec la mère de ses enfants, non ?

Je passe une main nerveuse dans mes cheveux. Lorsque nous passons du temps ensemble, je lui raconte des moments importants de mon existence. Je lui parle de mes parents. Il sait que j'ai un oncle et deux tantes. Et surtout, il sait que je suis fille unique. Il aurait pu profiter de cette discussion pour me dire qu'il avait une sœur… j'avais l'impression que nous étions plus proches, lui et moi. En l'occurrence, je me suis trompée. Quelque part, je me sens profondément blessée de constater qu'il ne me laisse toujours pas entrer dans son intimité. Je me demande si cela se produira un jour. Nous allons bientôt être parents – d'accord, notre « couple » est singulier –, alors j'espérais que nous arriverions à créer des liens forts entre nous, autres que nos deux trolls et cette attirance sexuelle irrésistible. Attirance irrésistible que je suis probablement la seule à ressentir.

– S'il ne l'a pas fait, c'est…

Elle me prend dans ses bras et me serre fort pendant de longues minutes, puis elle me force à me rasseoir avec elle dans le fauteuil.

– Elle s'est fait violer à l'âge de seize ans, me confie-t-elle d'une voix éraillée. Violée et battue par plusieurs hommes. Son calvaire a duré des heures. La police l'a retrouvée dans une impasse au petit matin.

– Oh mon Dieu ! C'est… horrible…

Impossible pour moi d'imaginer la torture que cela a dû être. Un tressaillement douloureux me secoue en songeant que cela aurait pu m'arriver si Luke ne m'avait pas accompagnée. Protégée.

– Emily n'a pas supporté le procès, et encore moins l'acquittement de ses agresseurs… Elle s'est effondrée… puis elle… s'est suicidée…

Angie est obligée de s'arrêter à cause de nos larmes. Les images de la nuit où Luke et moi nous sommes fait agresser défilent dans ma tête. La panique extrême que j'ai ressentie me submerge à nouveau. Pourtant, pas un seul des deux hommes n'a posé sa main, ni même un doigt sur moi… comment aurais-je pu survivre à ce que sa sœur a subi ?

Lorsqu'Angie s'est reprise, elle poursuit :

– Luke adorait sa sœur. Il était fou d'elle. Depuis qu'elle était en âge de marcher, elle le suivait partout. Ils étaient très proches. Même l'adolescence n'a pas brisé le lien qu'il avait avec elle. Du coup, leur trio était devenu un quatuor. Un quatuor inséparable et un peu particulier… C'est Geoffrey qui m'a raconté tout ça. Aïdan et lui étaient fous amoureux d'elle. Et elle était totalement amoureuse d'eux. Luke le savait et l'acceptait. Il ne souhaitait que son bonheur.

– Je comprends mieux le lien qui les unit tous les trois, je murmure alors qu'elle ne dit plus un mot et semble perdue dans ses pensées. J'imagine qu'ils n'ont pas supporté ce qui lui est arrivé.

– Tu n'as pas idée à quel point… L'horreur de ce qu'elle avait subi, plus le procès qui a été une torture supplémentaire pour elle, l'acquittement de ses violeurs, et pour finir, son suicide. Ils étaient dévastés. Complètement submergés par la rage et la haine.

– Qui ne l'aurait pas été ? Quand je pense que certains ont le culot de dire aux victimes qu'elles ne se sont pas assez défendues, qu'elles n'ont pas assez crié. Tu sais, j'étais si paniquée que je ne pouvais pas faire le moindre geste. J'étais incapable de hurler, je ne sais même pas comment j'arrivais encore à respirer… alors comment aurais-je pu dire non ? Si Luke n'avait pas été avec moi…

– Mais heureusement, il était là, me coupe-t-elle. Il t'a protégée. Geoffrey serait capable de tout pour me protéger. Il pourrait tuer pour moi. Quand j'ai été kidnappée, il ne s'est pas contenté d'attendre chez lui que les forces de l'ordre fassent leur travail. Il était présent, avec eux. Il a pris part à mon sauvetage, de même que Luke et Aïdan. Ils étaient là, avec lui… prêts à tout pour me sortir de là. Prêts à tuer, mais tout autant à mourir. De la part de Geoffrey, on peut le comprendre. Mais Aïdan et Luke ? Je te dis ça pour que tu comprennes à quel point ils sont liés tous les trois… et ce qu'ils sont capables de faire les uns pour les autres.

Elle se lève et se remet à marcher de long en large. Je réalise que ce qu'elle s'apprête à m'avouer sera lourd de conséquences. Pour moi. Et pour elle. Néanmoins, je sais aussi qu'il est trop tard pour reculer.

– Après le suicide d'Emily, ils étaient obsédés par une seule idée : la vengeance. La justice avait failli à son devoir en laissant les coupables impunis et libres. Alors, eux allaient s'en charger. La loi du Talion, en somme !

Soudain, mon cœur s'emballe quand je comprends où elle veut en venir.

– Je te passe les détails, je ne les connais pas tous. Pendant des mois, ils se sont entraînés aux sports de combat… ils ont appris toutes les techniques pour tuer ! Que ce soit avec leurs mains, un couteau, une arme…

Mes mains se crispent nerveusement. Ma respiration s'accélère brusquement.

– Ils les ont retrouvés et… et…

Oh mon Dieu !

Nous nous fixons mutuellement. Angie est debout, dos collé au mur, totalement figée et le visage crispé. Nous restons ainsi pendant… quelques secondes, minutes. Comme si le fait de ne pas le dire allait tout effacer.

Oh mon Dieu !

– Ils les ont tués…

Ce n'est pas une question parce que je le pressens obscurément, même si elle ne le confirme pas. Je le sais à cause du regard – glacial et implacable – de Luke, et de son attitude – déterminée et mortelle – lors de notre agression.

– Tout ce que je peux te dire, c'est que certains des coupables sont morts, murmure Angie, à l'agonie. Et que Geoffrey, Luke et Aïdan étaient tous les trois présents à ce moment-là. J'ignore qui a fait quoi exactement… un seul ? Deux ? Les trois ? Quelle importance ? Parce que si jamais on venait à accuser l'un des trois, tu peux être certaine que les deux autres ne le laisseraient pas tomber.

Elle se laisse glisser le long du mur alors qu'un gémissement s'échappe de mes lèvres. Elle est à bout de souffle. Comme si elle venait de piquer un sprint. Mais elle n'a pas le visage d'une athlète qui vient de remporter la victoire. Non, elle arbore celui de la défaite. De la débâcle.

– Tu comprends maintenant pourquoi je t'ai dit que tu aurais préféré ne rien savoir…

La gorge sèche, je me contente de hocher la tête. Compréhensive, elle me laisse le temps d'assimiler ce qu'elle vient de m'avouer. Ses révélations m'apportent une vision différente des aptitudes physiques de Luke que je croyais venir du sport. Sportif, mon cul ! Il s'est entraîné avec ses amis pendant des mois pour devenir un prédateur impitoyable… un tueur !

Putain, j'hallucine !

Vu comment il a maîtrisé les deux colosses qui nous ont attaqués, je suis certaine qu'il n'a pas mis un terme à son entraînement.

– Juju… S'il te plaît, dis-moi un truc… n'importe quoi, mais dis quelque chose.

– Je… je ne serais pas contre… un bon shot de tequila !

– T'as oublié que tu es enceinte, ma Juju.

Oh... c'est vrai, mes deux mini-trolls !

CHAPITRE 27

Pas d'hommes... pas d'emmerdes !

Quand je suis rentrée hier soir, Luke n'était pas encore là.

Tant mieux !

Quand je me suis levée ce matin, Luke n'était toujours pas là.

Encore une fois, tant mieux !

Il est plus de vingt heures, et il n'est toujours pas de retour. Il a donc décidé de passer tout le week-end avec je ne sais quelle pétasse… Geoffrey l'aurait-il déjà informé que je suis dans le secret des dieux ? Mais non, Angie m'aurait prévenue dans son dernier SMS.

Tant mieux ?

Je ne suis pas encore prête à en parler, mais il faudra bien que j'aie une conversation avec lui à ce sujet. Ne serait-ce que pour lui assurer qu'il ne risque rien. Aucun d'eux trois, d'ailleurs. J'y ai réfléchi toute la nuit et toute la journée. Je saurai garder leur secret. D'abord, je me vois mal envoyer le père de mes enfants en prison… et puis, j'ai fait une promesse. Est-ce que ça fait de moi une personne immorale ? OK, une complice, par contre, ça, c'est certain.

Probablement mon raisonnement serait-il différent si je n'avais pas failli être agressée… mais j'ai fait mon choix !

J'espère pour toi que tu ne le regretteras pas, ma grande !

Je finis mon plateau-repas et nettoie la cuisine. Au moins, il ne pourra pas dire que j'ai laissé un vrai bordel derrière moi ! J'en profite pour ranger mes chaussures… mes sacs… mon vernis à ongles – *je ne l'avais pas laissé dans la salle de bains, celui-là ?* –, un soutien-gorge – *qu'est-ce qu'il fout là, lui ?* –, les livres que j'ai achetés hier… et qui sont éparpillés un peu partout dans le salon et l'entrée. Enfin, je regarde ma montre : vingt-deux heures. Je prends ma tablette, que je viens de retrouver – merci, ô déesse du rangement ! –, m'enroule dans un plaid douillet et, une fois bien installée dans le canapé, j'ouvre Netflix. Rien de mieux, pour passer le temps, qu'une bonne série…

– BORDEL ! JUSTINE !

La voix tonitruante de Luke me fait sursauter, et ma tablette se retrouve par terre. Je me frotte vivement les yeux pour émerger du sommeil.

– Qu'est-ce que tu en as fait ? beugle-t-il tel un ours enragé qui sort de sa grotte. Tu l'as mis où ?

Je m'adosse et repousse le plaid en marmonnant :

– Pas la peine de me hurler dessus. Je suis enceinte, pas sourde…

– OÙ. EST. IL ?

J'espère que son appartement est insonorisé, ou les voisins vont appeler les flics pour tapage nocturne. S'il n'était pas aussi furieux – je me demande bien pourquoi, d'ailleurs –, je le trouverais trop sexy. Sa barbe de deux jours et ses cheveux décoiffés lui donnent un air d'animal sauvage. D'un geste nerveux, il balance son blouson en cuir au sol. Ce qui me permet d'admirer ses muscles tendus à bloc sous son tee-shirt noir. Sous le tissu, j'aperçois même ses tablettes de chocolat. Ma bouche s'assèche soudainement.

– Bordel ! Tu vas me répondre ?

– Si je savais de quoi tu parles, je le ferais volontiers, mais…

Sa main attrape fermement mon bras, me déclenchant tout plein de frissons. Puis, sans ménagement, il me conduit quelques mètres plus loin et me désigne le mur de l'index. Soulagée, je comprends enfin sa colère – franchement excessive ! – dont l'absence du puzzle est la cause.

– Ce n'est pas la peine de te mettre dans un état pareil. Je vais…

– Je t'ai posé une question simple, me coupe-t-il d'une voix furieuse, les traits crispés. J'attends juste que tu y répondes. Ni plus ni moins !

Il commence à me gonfler, là ! Et si je lui disais que je l'ai jeté à la poubelle ?

– 434 Donovan Street !

Il souffle et fronce les sourcils comme si ma réponse était incompréhensible, ce qui doit être le cas, puisqu'il ajoute aussitôt d'un ton mordant :

– Et ?!

Je me dégage d'un mouvement sec avant de répéter sur le même ton :

– 434 Donovan Street. C'est la réponse *simple* à ta question *simple*.

S'il veut jouer au con, pas de souci !

– Tu pourrais être plus explicite ?

Tout en poussant à mon tour un soupir et en levant exagérément les yeux au plafond, je précise d'une voix goguenarde :

– Il faudrait savoir ce que tu veux ! Tu souhaitais savoir où se trouve ton puzzle. Une réponse simple, ni plus ni moins…

– Et qu'est-ce qu'il fout au 434 Donovan Street ? me coupe-t-il, plus enragé que jamais. Je ne me rappelle pas t'avoir demandé de le déplacer, n'est-ce pas ?!

Et voilà ! Ça m'apprendra à vouloir faire plaisir à un gros crétin décérébré !

– Je ne t'ai pas engagé pour refaire la déco de mon appart' ! Encore moins pour prendre des initiatives en ce qui concerne ce qui s'y trouve déjà !

– Tu m'étonnes ! Tu veux tellement tout avoir sous contrôle que même déplacer un rouleau de PQ s'avère une entreprise à haut risque ! Tu passes ton temps à râler sur tout et n'importe quoi ! Il ne se passe pas un jour sans que tu ne me fasses une critique. Jamais un merci ! Jamais un mot gentil…

Je lève un index menaçant pour l'empêcher de parler tandis que je reprends ma respiration, avant de poursuivre :

– Tu m'as demandé, il n'y a pas si longtemps, de me mettre un peu à ta place, mais as-tu tenté une seule fois de te mettre à la mienne ? As-tu seulement imaginé ce que je ressens ? Tu n'es pas le seul pour qui l'arrivée de cette grossesse a été une véritable catastrophe. Qu'est-ce que tu crois ? Que j'avais toujours rêvé de faire un enfant avec un gros crétin comme toi ?

Plus moyen de m'arrêter. Je suis lancée maintenant. Tout ça parce que j'ai voulu lui faire plaisir. Non, mais quelle conne !

– Tu n'es pas le seul à faire des efforts. J'en fais énormément, chaque jour. Mes parents sont à des milliers de kilomètres… ils me manquent. Tout comme ma famille, mes amies…

J'essuie rageusement une larme qui tente d'ouvrir le passage aux autres.

– Je suis dans un pays que je connais très peu. Dans un appartement qui n'est pas le mien. Heureusement qu'Angie est là pour me soutenir. Ce n'est pas moi qui ai demandé à venir m'installer chez toi. C'est toi qui me l'as proposé. Et on se demande bien pourquoi, vu que tu n'es pas foutu de passer deux jours de suite avec moi sans prendre la fuite…

J'inspire profondément. Pourquoi suis-je aussi furieuse ? Est-ce juste une réaction à sa propre colère ? Ou parce que, au plus profond de moi, j'espérais quelque chose d'autre de sa part ? Angie avait-elle raison ? Peut-être, mais je n'ai aucune envie d'approfondir la question pour l'instant. Alors, je continue :

– Et la seule chose que tu trouves à faire en rentrant, c'est de me faire une crise parce que ce putain de puzzle n'est plus accroché à ton mur ? Me demander comment je vais ou comment s'est passé mon week-end ne t'est même pas venu à l'esprit ? Te renseigner sur ma santé ou celle de *mes* enfants, non plus ?

Je fais exprès de bien souligner le possessif, cette fois. Bien fait pour sa tronche !

– Non, tout ce qui compte pour toi, c'est ce putain de puzzle à la con !

Ma voix monte de plus en plus dans les aigus tandis qu'il reste aussi figé qu'une statue de marbre. Les bras le long du corps. Les poings crispés. Le souffle court et saccadé… mais putain, toujours aussi sexy !

– Tu veux savoir ce que j'en ai fait ? Ce qu'il fout au 434 Donovan Street ?

J'attrape un verre que je remplis d'eau avant d'en boire de grandes gorgées. Il me dévisage désormais comme si j'étais devenue folle. Il faut dire que c'est la première fois qu'il me voit dans un état aussi… aussi déchaîné. Peut-être est-ce juste dû à un mélange de désir et de frustration, du choc de l'agression et de la révélation toute récente de son secret, de ma grossesse, de ses pétasses et de Madalena, de son indifférence bienveillante, de mes espoirs insensés… bref, un cocktail un peu trop explosif.

– J'ai juste été assez conne pour vouloir te faire un cadeau – OK, un peu en retard – de Noël, et je me suis dit que faire encadrer ce puzzle auquel tu tiens manifestement énormément serait une bonne idée.

Je dépose mon verre sur le comptoir, sans doute un peu trop fort – beaucoup trop –, car il m'explose entre les doigts. Pourtant, je ne tiens aucun compte du sang ni de la douleur que je ressens à cet instant.

– Il sera de retour sur ton mur dans quelques jours. Si cela ne te convient pas, je m'engage à ce que tu le retrouves exactement dans le même état qu'auparavant.

J'attrape un torchon propre dans lequel j'enveloppe ma main. Puis, en lui faisant signe de l'autre de ne surtout pas bouger, j'ajoute :

– C'est bon ! Je vais me débrouiller toute seule. Je n'ai pas besoin de toi… fous-moi la paix !

Je lui tourne ensuite le dos et file en direction de ma chambre. Avant de quitter la pièce, je pivote sur moi-même et lâche tout de même :

– J'aimerais bien savoir comment s'appelle la salope qui t'a rendu aussi borné, et surtout aussi hermétique, aux sentiments et à l'amour.

Il pousse un juron. Reste silencieux si longtemps que je pense tout d'abord qu'il n'a pas l'intention de me répondre. Alors je hausse les épaules et tourne le dos pour regagner ma chambre.

– La salope s'appelait Emily, riposte-t-il d'une voix pleine de fureur au moment où la porte se ferme dans mon dos. Et c'était ma sœur.

CHAPITRE 28

LUKE

À ces mots, Justine se fige instantanément. Totalement immobile pendant plusieurs secondes. Je la regarde pivoter lentement pour me faire face. Je suis fou de rage. De douleur également. Je ne parle jamais d'Emily. Je n'ai pas prononcé son prénom à haute voix dans une discussion depuis des années. Comme si je n'en avais plus le droit.

– Satisfaite ? je l'interroge, les poings serrés en m'avançant au plus près. Ça change quoi pour toi de le savoir ? Tu crois que ça va t'aider ?

– Je suis désolée…

– Désolée de quoi ?

Je plonge dans ses yeux brillants qui tentent de me fuir. Tout comme son corps qui, lui aussi, bat en retraite.

– Désolée de quoi, bordel ?! Qu'est-ce que ça peut bien te foutre ?!

Je sais qu'elle n'est pas responsable de ma colère, même si elle en est l'élément déclencheur. Jamais elle n'aurait dû toucher à ce puzzle. Je préfère ne plus regarder l'emplacement où il devrait se trouver, car ma rage ne fera que croître.

– Désolée de tout ça, balbutie-t-elle d'une voix troublée. De ma malheureuse initiative pour le puzzle. Et encore plus désolée pour mes dernières paroles…

Il y a quelque chose d'étrange dans son attitude, qui me pousse à la scruter plus attentivement. Ses pupilles se dilatent et sa respiration s'accélère. Pourtant, je suis certain qu'aucun désir n'en est la cause cette fois. Ce n'est pas non plus à cause de la colère qui l'animait si fort auparavant. Non, sa colère a totalement et soudainement disparu. Chassée par autre chose, quelque chose qui ressemble à s'y méprendre à de la tristesse, mêlée de trouble et de gêne… comme si elle avait une conscience aiguë de mes ténèbres, de ma noirceur… Non ! Impossible ! Comment saurait-elle ? Bordel, je deviens parano ! J'inspire profondément et détends tous mes muscles. Je me souviens soudain qu'elle s'est blessée. Je me traite de tous les noms parce que j'en suis responsable.

– Viens avec moi, dis-je en la prenant par le bras. Il faut vérifier qu'il ne reste plus d'éclats de verre dans ta main et la désinfecter.

Son visage manifeste clairement sa désapprobation. Malgré tout, et comme je ne lui laisse pas le choix, elle me suit sans protester. Je lui ordonne de s'installer sur mon lit, le temps pour moi d'aller chercher ma trousse à pharmacie dans la salle de bains attenante. En silence, je m'agenouille devant elle et retire le torchon enroulé autour de sa paume meurtrie. J'attrape sa main et, armé d'une pince, entame la tâche délicate d'extraire chaque morceau de verre incrusté dans sa chair. Elle réprime de temps à autre un petit cri plaintif.

– Désolé… c'est presque fini. Ce n'est pas si grave… heureusement, je murmure en me saisissant du dernier fragment. Je suis vraiment désolé… si je ne t'avais pas mise en colère, ça ne serait pas arrivé… Il ne me reste plus qu'à désinfecter.

Ce que je fais en moins de quelques secondes, puis je pose une compresse maintenue par du sparadrap.

– Voilà, c'est terminé. Ça va ?

Comme elle reste silencieuse, je lève enfin les yeux vers elle, et son regard brillant de larmes me percute de plein fouet.

– Tu as mal ?

Incapable de me retenir, j'essuie ses larmes avec mon pouce, sa main blessée toujours posée dans la mienne. Mon regard se pose sur ses lèvres tremblantes, descend plus bas le long de son cou gracile, s'attarde un instant sur la rondeur de son épaule dévoilée par l'échancrure de son haut, puis remonte s'ancrer au sien. Impossible pour moi de rompre le lien visuel.

– Non… ça va, m'assure-t-elle d'une voix basse et rauque. Merci…

Nous restons ainsi, à nous scruter en silence. Je devrais lâcher sa main. La laisser regagner sa chambre. Oui, c'est ce qu'il faudrait ! Mais je n'arrive pas à me détourner de son regard océan. Ni de la chaleur et de la douceur de sa peau. J'ai la brusque envie de plonger mon nez dans ses cheveux pour m'enivrer de leur parfum. Alors, je m'approche encore plus près. Sa bouche laisse échapper un gémissement qui vient s'écraser dans un souffle sur mes lèvres. Un souffle trop léger et qui me laisse frustré. Elle est là, dans ma chambre. Assise sur mon lit. Et j'ai une putain d'envie de l'y allonger et de lui faire l'amour. Alors, je m'approche encore…

– Luke… lâche-t-elle dans un nouveau murmure.

Je pose ma bouche sur la sienne qui s'entrouvre, et j'avale sa protestation. Ma main sur sa nuque, j'appuie doucement. Elle résiste à peine. Je referme mon bras autour d'elle, et cette fois, elle s'y accroche. Mon cœur se met à battre beaucoup trop vite. Je dois me faire violence pour ne pas l'allonger brusquement sous moi. Je scelle un peu plus nos lèvres. Notre baiser s'enflamme. Mon corps la réclame. Quand soudain, elle plaque ses paumes sur mon torse et me repousse brutalement. Elle est à bout de souffle. Comme moi. Je suis au bord du précipice tant mon désir d'elle est puissant. Envahissant. Rien à voir avec ce que je ressens envers les autres femmes…

Bordel ! Qu'est-ce que tu es en train de me faire, Justine ?

– À quoi tu joues, Luke ?

– Je ne suis pas en train de jouer… C'est juste que tu me rends fou, et j'ai envie de toi à en crever…

– Du sexe et rien que sexe, murmure-t-elle, les mains toujours posées sur mon torse. Mais ça bouleverserait toutes tes règles…

Je lâche un soupir.

– Avec toi, il me semble qu'on ne fait que ça, non ?

Un petit sourire coquin éclaire son visage. Sa respiration s'accélère. Je sens qu'elle va craquer. Et bordel, comme j'en ai envie ! Mes doigts se glissent dans ses cheveux et j'en attrape une poignée pour la rapprocher de moi. Mes lèvres à quelques centimètres des siennes, je murmure :

– Tu en as autant envie que moi. Je le sais.

Dans ses yeux, je lis le même désir, la même fièvre,la même urgence.

– Tu en rêves autant que moi…

Sa bouche n'est plus qu'à un souffle de la mienne.

– Dis-moi que tu n'as pas envie de sentir ma bouche sur la tienne… mes lèvres sur ta peau… mes mains sur ton corps…

Oh oui, chaton, dis-moi que tu n'en as pas envie, et je te dirai que tu es la pire menteuse au monde !

– Ose me dire que ta culotte n'est pas trempée en ce moment même ! Ose me dire que tu n'es pas toute mouillée pour moi !

Sa bouche se pose sur la mienne. Tout doucement. Aussi légère qu'une plume. Le temps se fige. J'espère. J'attends. Le corps dur. Le souffle court. Le cœur en déroute.

– Et toi, ose me dire qu'une autre est capable de mettre ton sexe au garde-à-vous en moins de cinq secondes ! Qu'une autre te rend fou à en crever comme je le fais… Ose… ose me dire que ce n'est que du sexe et rien que du sexe…

Sa voix n'est qu'un bruissement ardent contre mes lèvres. Chacun de ses mots est une caresse enivrante, une décharge de plaisir supplémentaire destinée à me faire rendre les armes. Mon corps est prêt à céder.

Mon corps a déjà succombé…

– Du sexe et rien que du sexe, chaton ! Tu peux chambouler beaucoup de choses dans ma vie, mais… inutile d'espérer quoi que ce soit d'autre de ma part. Avec moi, il n'y aura pas de fin heureuse. Il n'y aura pas d'histoire d'amour avec des : et ils vécurent heureux jusqu'à la fin de leurs jours. Je ne suis pas ton putain de prince charmant…

Mon corps a succombé, mais pas ma raison ! Et ma raison l'emportera toujours.

– Je sais ! Tu es un putain de *vagabandeur*, me coupe-t-elle en reculant. Juste un BBS qui se laisse guider par son sexe et avec un putain de cadenas au cœur…

Elle me repousse et me jette un regard acéré alors qu'un sentiment étrange – peut-être celui de commettre la plus grosse erreur de ma vie ? – s'insinue en moi.

– Mais je garde ta proposition à l'esprit, Luke.

Elle se lève brusquement, fait quelques pas puis, la main sur la poignée de la porte et prête à quitter ma chambre, elle ajoute :

– Et quand j'aurai envie d'une bonne séance de sexe, pourquoi pas ? Néanmoins, pour le moment, mon vibromasseur fait tout aussi bien l'affaire. En plus, il a une fonction que j'adore ! Celle d'être à mon absolue disposition sans rien attendre de moi en retour.

CHAPITRE 29

Mise en garde et mode de garde

– Donc, si j'ai bien compris, tu habites avec Luke jusqu'à la naissance des deux têtards. Chacun étant libre de faire ce qu'il veut, avec en option du sexe et rien d'autre entre vous, si vous en avez envie. Mais après ? Qu'est-ce que tu comptes faire, Justine ? Tu vas rester aux States ? Dans son appart' ? Ou dans un autre, bien à toi ?

Un froncement de sourcils d'Angie met en garde Sarah qui, bien évidemment, n'en tient aucun compte et continue de plus belle :

– Vous avez aussi décidé du mode de garde des deux têtards, je présume ?

– Le mode de garde ? je l'interroge, abasourdie. Mais pourquoi veux-tu qu'il y ait un mode de garde…

– Non, mais j'hallucine ! me coupe-t-elle avec véhémence. Vous vous croyez au pays des Bisounours toutes les deux, ou quoi ? Bon, pour Angie, je comprends, elle subit encore les effets dévastateurs de sa lune de miel…

– Lune de miel qui commence à dater, riposte Angie en la foudroyant du regard. Et pour ta gouverne, sache qu'avec Geoffrey, chaque jour est une lune de miel et…

– C'est bon ! On a parfaitement compris. On sait que tu as remporté le super jackpot avec ton – connard arrogant – de mari, la coupe à son tour Sarah. Mais tu penses réellement que Juju va nous faire un coup de poker avec l'autre abruti ? Et qu'il va se retrouver au tapis, hein ?!

Angie, soudain embarrassée, évite mon regard tandis que je rétorque :

– T'es trop chiante, Sarah ! Ça fait quelques mois maintenant que j'ai quitté le pays des Bisounours.

Pour être plus précise, depuis que j'ai appris ma grossesse, mais bon, je ne vais pas le lui dire. Même si elle s'en doute sûrement.

– Génial ! s'exclame Sarah. Alors bienvenue dans la vraie vie, ma belle !

Si elle savait combien ça me démange de lui balancer la lampe de chevet qui est à mes côtés à travers de l'écran de l'ordi ! Heureusement pour elle – et malheureusement pour moi –, cette fonction n'est pas encore disponible.

– Bref, si tu m'expliquais ce que tu sous-entends avec cette histoire de mode de garde ? Nous ne sommes pas mariés, et ce sont mes enfants…

Oh mon Dieu ! que je n'aime pas l'expression de son visage en cet instant.

– Je n'y crois pas ! Ne me dis pas que tu n'y as même pas pensé, Juju ? Qu'aucune de vous deux n'y a songé ? Et Luke, tu crois qu'il n'y a pas réfléchi, de son côté ?

Angie et moi nous regardons comme deux idiotes. Oui, deux idiotes, parce qu'à voir la façon dont nous scrute Sarah, c'est forcément ainsi qu'elle nous voit en cet instant. Alors, plus qu'énervée, mais sur un ton aussi aimable que possible – très difficile à adopter, je l'avoue –, je lui balance, en chœur avec Angie :

– Quoi ? À quoi n'avons-nous pas pensé ?

Sarah hausse les sourcils – petit tic extrêmement pénible chez elle, preuve de notre incommensurable stupidité –, avant de nous lâcher sa bombe sur le ton de l'avocat face à un client totalement désespérant :

– T'es-tu posé une seule fois la question de savoir pourquoi Luke souhaitait que tu restes ici jusqu'à la naissance ? T'es-tu demandé une seule fois s'il n'avait pas l'intention – dès qu'il aura reconnu les deux têtards – d'en demander la garde exclusive ?

Pardon ?!

– Vu ta tête, et celle d'Angie, précise-t-elle alors que nous restons silencieuses, pas besoin de me répondre que ça ne vous est même pas venu à l'esprit. Pourtant, tu aurais dû y songer, Juju ! Il en a tout à fait le droit, et comme tu te trouves sur le territoire américain, et surtout, que tes enfants vont y naître…

Elle laisse sa phrase en suspens quelques secondes, avant de reprendre d'un ton plus doux :

– Les deux têtards seront des citoyens américains, ma Juju…

Je crois qu'Angie et moi réalisons simultanément les conséquences de mon insouciance… ou de mon incroyable crédulité… Ou connerie ? Luke serait-il capable de préméditer une chose pareille ? En a-t-il eu l'idée, l'envie ? Putain ! Je le connais si peu que je n'ai aucune idée de la réponse, en fait. Il ne veut que du sexe, et rien d'autre avec moi ! Toutefois, il tient déjà énormément à mes deux trolls. Il ferait tout pour eux. Et pour moi… m'a-t-il assuré, mais peut-être est-ce uniquement le temps de ma grossesse. Qu'en sera-t-il après l'accouchement ? Il ne veut pas de femme dans sa vie, cependant il m'a bien fait comprendre qu'il n'était pas homme à oublier *ses* enfants. Qu'il lui serait impossible d'occulter leur existence. Tout autant que faire partie de leurs vies lui est désormais primordial… Oui, mais moi, là-dedans ? Dans quelle case me range-t-il ? Celle de la mère porteuse ? Du coup d'un soir avec double bonus ? A-t-il déjà envisagé mon retour en France sans *mes* deux trolls ?

– Ils porteront son nom – à moins qu'il ne les reconnaisse pas –, mais d'après ce que tu m'as dit, j'en doute fortement. En tant que meilleure amie – avocate de surcroît –, je te conseille vivement de réfléchir à ce que tu veux, toi ! Tu sais que, si tu as besoin de moi, je suis là. Comme vous n'êtes pas mariés, je peux te concocter un contrat afin de vous protéger, toi et tes enfants…

– Putain, Sarah ! la coupe Angie en faisant un bond sur le lit où nous sommes installées. Tu crois vraiment que Juju a besoin de ça ? C'est franchement extrême, là…

Sarah retire ses lunettes et se frotte l'arête du nez, avant de répondre sur un ton blasé :

– Dans un autre cas de figure, du genre : Justine a rencontré un homme adorable qui souhaite faire sa vie et fonder une famille avec elle, ils sont amoureux et bla-bla-bla… évidemment qu'elle n'en aurait pas besoin… et encore. Néanmoins, en l'état actuel des choses, et vu le comportement de Luke, ça me semble la meilleure option à envisager pour assurer ses arrières et ceux des deux têtards. Veux-tu que je m'en occupe, Juju ?

Sarah a-t-elle raison ? Je lui demande de m'accorder un peu de temps pour réfléchir à tout ça avant de lui donner une réponse, puis je la laisse discuter avec Angie du bien-fondé de sa requête. Totalement perdue dans mes pensées, je lui fais un petit signe de la main au moment de mettre fin à la conversation téléphonique à laquelle je ne participe plus depuis déjà un bon moment.

– Juju !

– Désolée… je ne t'ai pas écoutée, je confesse, penaude, en émergeant brusquement. Tu disais ?

Je me relève en bâillant. Angie, toute frétillante d'excitation, m'explique son plan pour me remettre d'attaque et me changer les idées.

– C'est décidé, nous allons passer le week-end dans les Hamptons !

– Même en saison hivernale, ça ne risque pas d'être difficile de trouver un endroit pour dormir ? On sait toutes les deux que les villas de luxe sont la norme et non l'exception. Et les hôtels accessibles sans réservation sont actuellement fermés…

– Aucun souci de ce côté-là, me coupe-t-elle en bondissant hors du lit. Geoffrey y possède une petite bicoque. C'est l'occasion idéale pour la découvrir. Je m'occupe de tout ! Je vais nous concocter un week-end d'enfer ! Laisse-moi faire et on va passer deux jours au paradis. Juste toi et moi. Un week-end entre filles, comme au bon vieux temps. Alors, tu es partante ?

J'étouffe un rire avant de lui faire remarquer qu'elle a sans doute oublié un petit détail dans l'équation de ce « week-end comme au bon vieux temps et au paradis ».

– Mmm… et Geoffrey, tu en fais quoi ?

– Je m'occupe de Geoffrey, riposte-t-elle en cherchant je ne sais quoi sur Internet. J'ai juste besoin de ton accord… Alors ? Qu'est-ce que tu en dis ?

– J'en dis qu'entre un week-end au paradis et un week-end toute seule chez Luke… Il n'y a pas photo !

– Super ! On va s'éclater comme des folles !

CHAPITRE 30

LUKE

– Il était temps, me lance Geoffrey, dès mon arrivée au Blue Moon. J'ai bien cru que tu ne viendrais jamais.

Je m'installe confortablement dans un fauteuil en saisissant le verre de scotch qu'il me tend, puis je rétorque avec un sourire :

– Ça te va bien de me dire ça. Quand je pense que, depuis ton mariage, on ne t'a quasiment plus vu ici. Tu parles d'un lâcheur…

– Et sinon, comment se porte notre futur papa ? me coupe Aïdan, toujours le premier à foutre la merde. D'après ce que j'ai cru comprendre, Justine a eu besoin d'un week-end loin de toi pour recharger les batteries. Et Angie lui aurait préparé une petite retraite dont elle se souviendra longtemps, m'a-t-elle dit…

Geoffrey lâche un juron entre ses dents. Pas certain que ces deux jours loin de sa femme – qui plus est en la sachant partie entre célibataires – soient ce qu'il avait espéré pour son week-end.

– J'ai aussi entendu parler d'un masseur, continue Aïdan en reluquant une belle blonde qui lui fait de l'œil depuis un bon moment déjà, puis en s'adressant précisément à Geoffrey, il ajoute : Une commande spéciale de la part de ta femme pour Justine qui avait besoin de se détendre, et dont la libido est en surchauffe…

Il laisse éclater un rire avant de me balancer :

– Il paraîtrait aussi qu'elle commence à en avoir assez de son vibro et que certains – dont je préfère taire les noms, mais ils se reconnaîtront – ne sont pas à la hauteur…

Geoffrey se bidonne à présent, tandis que je lui lance un regard noir.

– Qui sait si ce qui n'est destiné – *a priori* – qu'à Justine ne sera pas aussi bien utile à Angie ? je le nargue alors avec un sourire mauvais. La lune de miel serait-elle déjà finie, ma poule ?

– Notre lune de miel sera encore à son apogée que tes enfants auront depuis bien longtemps terminé leur cursus universitaire, riposte-t-il avec un clin d'œil.

Il me fixe, soudain plus sérieux.

– Mais j'avoue que depuis que je sais que tu vas être papa… l'idée d'avoir un enfant avec Angie me tente beaucoup.

Je l'observe un moment avant de porter mon regard sur Aïdan.

Si Emily était toujours en vie, l'un de mes deux meilleurs amis serait sans doute papa… ou peut-être pas. Tous les deux fous amoureux de ma sœur et formant un couple à trois… Qu'aurait-elle choisi de faire ? Aurait-elle gardé l'enfant ? Et eux, comment auraient-ils réagi, vu leur relation très particulière ? Devrais-je leur confier ce que mes parents et moi avons appris à l'hôpital et dont personne n'est au courant… qu'au moment de son viol, Emily était enceinte de l'un d'eux ?

– Je serais ravi qu'Angie et toi nous fassiez des mini-Barbies, lance Aïdan avec un regard voilé. Tout comme je suis déjà enchanté d'être le tonton des deux tiens, Luke…

Il avale une longue gorgée de scotch et reste perdu dans ses pensées, alors Geoffrey insiste :

– Et donc ?

– Il y a longtemps déjà, j'ai choisi de ne pas avoir d'enfants, conclut-il à voix basse. Et aujourd'hui, rien n'a changé… et aucune femme ne changera jamais cela.

Il lâche un long soupir, qui ressemble étrangement à un cri de désespoir et de regrets enfouis au plus profond de lui. Je sais que s'il a fait ce choix, c'est à cause d'Emily. Si Geoffrey a pu à nouveau tomber fou amoureux, je doute beaucoup que cela se produise avec Aïdan. Et je mentirais si je disais ne pas apprécier que l'amour qu'il ressentait pour ma sœur demeure aussi fort, aussi ancré en lui…

malgré tout, j'aimerais que lui aussi connaisse le bonheur de Geoffrey.

– Même si ce n'était pas ce que tu avais prévu…, reprend-il en me donnant une accolade. La vie t'offre une chance d'être heureux, tout comme elle a offert ce cadeau à Geoffrey…

Mon moment d'hésitation à leur confier qu'Emily était enceinte disparaît devant la souffrance que je leur causerais, à Aïdan en particulier. Qu'est-ce que cela changerait à présent, de toute façon ?

Aïdan lève son verre.

– Alors, putain, je vous ordonne de profiter à fond du moindre moment de bonheur que cette chienne de vie vous offrira ! Parce que chacun de ces moments de bonheur, je le partage avec vous…

Il plante longuement son regard dans le mien, puis dans celui de Geoffrey. Je lève mon verre, Geoffrey également. Leurs yeux sont aussi humides que les miens. J'ai comme une boule coincée dans la gorge. Un déferlement de souvenirs heureux et douloureux me submerge en devinant ce qu'il s'apprête à scander.

– Si tu es heureux, commence-t-il, alors que Geoffrey et moi poursuivons d'une même voix avec lui : Je suis heureux ! Si tu es malheureux, je suis malheureux. L'argent, nos bonheurs, nos malheurs… nos crimes… ce qui est à toi est à moi. Je le protégerai même si je dois en crever…

Avec eux, j'ai partagé le meilleur et le pire. Nous sommes liés par l'amour que nous éprouvons les uns pour les autres, et par le sang sur nos mains. Si je devais disparaître prématurément, j'ai la certitude absolue que mes enfants seront toujours sous leur protection. Et surtout, qu'ils seront capables de tout, même de tuer pour les protéger.

– Trois qui ne font qu'un ! Toujours et jusqu'à notre mort !

Nous trinquons. Comme nous l'avons fait des années plus tôt.

***

Bienvenue à Montauk !

J'ignore comment, du bar du Blue Moon, je me suis retrouvé ici, dans les Hamptons, dans ce hameau de surfeurs à l'atmosphère baba cool et déconnectée de tout. Avec Geoffrey et Aïdan, nous avons l'habitude d'y passer de fréquents week-ends à surfer sur les vagues de Dicth Plains, mais en plein hiver… ? Qu'est-ce que je fous là ?!

Un regard sur mes deux potes me confirme qu'ils ne sont pas en meilleur état que moi, après notre nuit très arrosée au bar, et le peu d'heures de sommeil que nous avons au compteur. Duquel d'entre nous vient l'idée, d'ailleurs, d'aller rejoindre Justine et Angie ?

– J'ai besoin d'un bon café, bien serré, et d'un truc à bouffer, bougonne Aïdan en s'extirpant de la voiture. Dis-moi que Georges est venu avec ta femme.

Nous connaissons tous les trois les talents culinaires – désastreux ! – de Madame Lancaster.

– Il aurait bien aimé, mais Angie n'a pas voulu, nous informe Geoffrey avec un sourire en remontant le col de sa veste. Aucun homme n'était admis durant ce week-end entre filles.

– Aucun homme, sauf le masseur, rétorque Aïdan. Elle aurait pu faire une exception pour Georges, merde !

À combien de verres en étions-nous quand Geoffrey a décidé que, si sa femme souhaitait se faire masser, ce serait lui, et lui seul, qui poserait ses mains sur elle ? Certainement beaucoup trop pour moi, me suggère mon mal de crâne carabiné. Le masseur ! Voilà probablement la raison qui a motivé Geoffrey à ne plus boire d'alcool afin d'être sobre avant de prendre le volant, puis à se taper ces trois heures de route. Je jette à peine un coup d'œil à la vue magnifique face à la mer que nous offre la villa de mon ami.

– Tu n'avais qu'à rester à Brooklyn. Je comprends les raisons de Luke…

– Quoi ? je l'interroge en haussant les sourcils. Qu'est-ce que tu comprends ?!

La clé dans la serrure, il pivote vers moi avec un sourire goguenard.

– Nous prends pas pour des cons, Luke. Dès qu'Aïdan a mentionné qu'Angie avait réservé un masseur, tu as vu rouge…

– Mais pas du tout !

– Tu m'étonnes, s'esclaffe Aïdan en me poussant pour pénétrer dans l'entrée. Tu vois pourquoi je n'aurais manqué ça pour rien au monde ? Quitte à supporter la cuisine épouvantable de ton adorable épouse.

Geoffrey lui file une tape derrière la tête avant de lâcher dans un rire :

– Continue comme ça, et tu peux être certain que c'est toi qui finiras aux fourneaux, petit con !

– Je ne suis vraiment pas en état, là… Je suis tout juste bon à ça…

Et pour donner plus de poids à ses mots, il s'affale dans le canapé du salon en poussant un gémissement, tandis qu'un bruit de talons retentit et qu'une petite tornade blonde surgit brusquement pour se précipiter dans les bras de Geoffrey.

– C'était un week-end spécial filles !

– Je sais, ma puce, rétorque Geoffrey, tout sourire. Mais tu me manquais trop et…

– Où est Justine ? je l'interromps en jetant mon blouson sur une chaise, alors qu'elle me lance un regard qui ne me dit rien de bon, avant de me répondre : Elle est occupée en ce moment. Très occupée même, et elle ne sera pas disponible avant une bonne heure.

Je pousse un juron avant de faire demi-tour.

– Luke ! Reste ici ! Sa séance de massage vient à peine de commencer…

Je n'entends pas le reste de sa phrase, car j'ai déjà quitté le salon. Je grimpe l'escalier à toute allure pour me retrouver au premier étage, celui des chambres. J'ai passé tellement de temps dans cette maison que je la connais comme si c'était la mienne. J'évite donc la chambre de Geoffrey pour me diriger vers celles des invités. J'ouvre la première. Vide. La seconde. *Idem*. La troisième…

Elle est là. Allongée sur une table de massage. Presque nue. Mis à part une serviette blanche qui la couvre de la poitrine aux hanches… et un connard… avec ses mains… posées sur ses cuisses…

Je vais le massacrer !

CHAPITRE 31
Un massage sinon rien

Je n'avais pas réalisé à quel point j'étais tendue. À quel point mon corps était crispé. Jusqu'à maintenant. Angie avait raison, rien de tel qu'un bon massage pour se sentir mieux et évacuer le stress. Le choix de la musique, aux tonalités étranges et lointaines, est parfait. Tout autant que celui du bandeau qui couvre mes yeux et me plonge ainsi dans un monde où les sensations du toucher sont démultipliées. Dommage quand même que je ne puisse plus voir mon masseur – Neil –, dont le physique est à croquer. Un bruit dans la chambre vient soudain troubler ma béatitude.

– Ne bougez pas, Justine, souffle-t-il à mon oreille. Laissez-moi juste une petite minute.

– Aucun risque que je bouge, Neil. Surtout avec des mains aussi divines que les vôtres…

Il émet un drôle de grognement en guise de réponse, qui me fait hausser un sourcil, mais je reste bien sage sur ma table de massage. Quelques minutes plus tard, un petit courant d'air frais m'informe de son retour dans la pièce.

– J'ai cru que vous m'aviez oubliée, je murmure lorsque ses mains viennent effleurer mes cuisses. Je…

– Chhhhut…

– Oui, je sais, je parle trop. Promis, je me tais et je me contente de profiter, comme vous me l'avez conseillé…

J'ai un frisson involontaire quand il répète son ordre à mon oreille. Si je m'écoutais, je lui parlerais encore juste pour qu'il vienne coller ses lèvres sur ma peau. Mais je m'exécute et reste silencieuse. Ses mains se posent sur mes jambes dans une caresse légère. Puis, avec plus de pression, remontent lentement sur mes cuisses. Pour redescendre. Et remonter encore… à la limite de ma serviette. Plusieurs fois. Perdue dans mon brouillard de sensations divines, je m'entends lâcher malgré moi dans un gémissement :

– C'est trop bon…

Un son rauque et inaudible monte jusqu'à moi et me procure instantanément une myriade de petits frissons délicieux. À nouveau, ses mains se retrouvent à la limite de ma serviette et ne bougent plus. Mon souffle se bloque. Je n'ai qu'une envie : qu'elles se glissent dessous. Mon cœur s'emballe et rate un battement quand elles redescendent. Un petit cri s'échappe de ma bouche lorsqu'il remonte un peu plus ma serviette. À la limite de la décence. Je suis certaine qu'il voit mes mains se crisper sur le drap qui couvre la table de massage. J'aimerais retirer le bandeau de mes yeux pour voir son visage, et sans doute le devine-t-il, car au moment où je m'apprête à le faire, il m'en empêche de ce son rauque qui sort de sa gorge et m'excite terriblement. Mes doigts s'accrochent désespérément au drap tandis qu'il souffle le long de ma nuque, puis de mes épaules. Plusieurs fois.

– Encore ? chuchote-t-il si bas que j'ai du mal à l'entendre et à reconnaître sa voix.

Sa bouche se pose alors sur le renflement de ma poitrine et trace une ligne de petits baisers qui me laissent haletante. Totalement tremblante. Et prisonnière d'un désir trop longtemps refoulé. J'ignore pourquoi ce type me fait autant d'effet. Mais je suis bien obligée de constater que j'ai envie de lui répondre oui. Ce qui me laisse perplexe, car je n'ai plus eu envie d'un homme – autre que Luke – depuis la dernière fois où lui et moi avons fait l'amour. Ce serait peut-être une bonne façon de tirer un trait sur Luke ? De me le sortir définitivement de la tête ? De plus, Neil me plaît beaucoup… il est vraiment craquant… charmant…

Putain, j'hallucine ! Je suis vraiment en train de songer à ça ?! Avec... mon masseur ?

– Je… je…

Le reste de ma phrase reste coincé au fond de ma gorge quand sa bouche se pose sur la pointe de mon sein qu'il s'amuse à titiller à travers la fine serviette. Mordiller. Lécher. Puis, lorsqu'une de ses mains s'empare de mon autre sein pour le caresser, le malaxer jusqu'à me rendre folle de désir, j'oublie même ce à quoi j'étais en train de penser. Complètement et totalement incapable de résister au plaisir qu'il me procure. Quand ses grognements de plaisir s'ajoutent à mes gémissements, je rends les armes et lâche dans un souffle :

– Oui… encore…

Après tout, je suis libre, non ? Je ne suis engagée envers personne, donc à qui cela poserait-il problème ? Mes doigts accrochés au drap s'en détachent, et je cherche à tâtons ses épaules en songeant – amusée – qu'il a retiré sa blouse blanche de travail. D'une main ferme, il attrape mes poignets et bloque mes mains au-dessus de ma tête en m'ordonnant d'une voix basse et presque inaudible de ne surtout pas bouger. D'accord ! Monsieur est plutôt du genre dominant. Aucun souci, j'adore ça ! J'espère juste qu'il est aussi doué en la matière que…

Non ! Non, Justine ! Ce n'est franchement pas le moment de penser à Luke !

Dans un bruissement, j'entends ma serviette tomber au sol. Un grognement résonne dans la pièce au moment où je me retrouve en string de dentelle noire. Pendant un instant, je me sens brusquement mal à l'aise. S'il n'avait pas encore remarqué mon ventre – il faudrait être aveugle –,nul doute qu'il lui saute maintenant aux yeux.

– Je suis enceinte…

Comme il ne répond toujours pas, je gigote nerveusement puis je tente de retirer mon bandeau. Toutefois, il contrecarre aussitôt mon geste d'une main ferme.

– Ça commence à se voir assez, je continue dans un souffle. Peut-être que tu… je…

J'ignore totalement s'il est le genre d'hommes que le fait de voir une femme enceinte fait fuir… ou s'il fait partie de ceux qui apprécient… à moins qu'il ne songe encore que je ne suis qu'une garce sur le point de tromper le père de son enfant… son mari… Oh mon Dieu !

– Je ne suis pas mariée et je n'ai aucun compte à rendre au père, je débite d'une traite. Tout comme il est absolument libre de son côté…

Sa bouche et ses mains se posent avec délicatesse sur mon ventre. Je ressens la chaleur de ses paumes dans tout mon corps. Ses lèvres se contentent d'effleurer ma peau. Doucement. Et avec une telle tendresse que ma gorge se serre et que je réprime un petit sanglot. J'ignore s'il l'entend, mais il se met à murmurer tout contre mon ventre et, pendant un moment, je veux croire que ce n'est pas Neil… j'aimerais croire que cette bouche sur ma peau appartient à un autre. Que ces mains qui me caressent avec tant de dévotion et de désir sont celles d'un autre. Que tout ce plaisir qui me submerge, je le dois à un autre. Alors, je me laisse emporter par cette vague de désir illusoire, mais qui fait tant de bien à mon corps et à mon esprit. Je me persuade que cette bouche qui me dévore avec fièvre est celle d'un autre. Que ces mains qui me touchent avec une telle sensualité sont celles d'un autre… parce qu'il le fait si merveilleusement bien qu'il m'est impossible de ne pas y croire. Je ressens ce désir unique, insatiable et ardent, qu'un seul homme parvient à déclencher. Cette passion dévorante et brûlante à laquelle je ne peux m'empêcher de succomber lorsque cet homme me touche… comme en ce moment… Alors j'oublie totalement que c'est Neil. Je ne pense qu'à… lui. À celui que je veux de tout mon être, même si je sais que c'est impossible.

– Luke…

Son nom est à peine sorti de ma bouche que je le regrette aussitôt.

Bravo, Justine ! Tu mérites des claques ! Dis adieu au fabuleux orgasme en préparation !

Pendant un bref instant, j'espère que Neil n'aura rien entendu. Malheureusement, je comprends tout de suite que je n'ai pas cette chance, car ses mains se figent brusquement. D'un ton pitoyable, je lâche :

– Neil… je… suis désolée.

Mes mains retirent le bandeau maladroitement, et il faut quelques secondes à ma vue pour se réadapter à la clarté soudaine.

– Luke…

J'hallucine ou quoi ? Je me frotte plusieurs fois les paupières. Incrédule, je jette un regard dans la pièce et n'y trouve nulle trace de Neil. Descendant à la hâte de la table de massage, j'attrape d'une main furieuse la serviette qui gît au sol pour m'en couvrir aussitôt. Je bouillonne littéralement de rage. Comment a-t-il osé ?!

– Je vais te tuer ! je crache d'une voix vibrante de colère. Dégage de ma chambre !

CHAPITRE 32

Qui le premier croquera dans la pomme ?

– J'ai eu la même envie meurtrière en arrivant dans ta chambre, riposte Luke, surtout quand j'ai vu les mains de ce connard posées sur toi.

Je lui balancerais bien ma main dans la figure, mais je suis trop occupée à enfiler un peignoir. Un peu tard, le peignoir, quand on pense à ce qui vient de se passer. Malgré tout, mon regard fait le tour de la chambre, à la recherche d'un objet qui pourrait assommer ce crétin et effacer par la même occasion ce sourire arrogant de son visage.

– Finalement, j'ai jugé plus sage de le renvoyer d'où il venait et de prendre sa place, continue-t-il, le regard lourd de désir. Je ne crois pas que tu aies perdu au change…

J'attrape la lampe de chevet et l'envoie avec force dans sa direction. Elle finit sa course dans le mur avec un bruit étourdissant sans même l'avoir frôlé.

– Je dirais même que tu y as pris beaucoup de plaisir. Tu gémissais comme une adorable petite chatte en chaleur… et maintenant, tu es une petite chatte en colère diablement sexy…

– Sale con !

D'un bond de côté, il évite la seconde lampe qui se fracasse sur le sol. En poussant un juron, je me dirige alors vers la commode où trône un vase qui devrait faire l'affaire.

– C'est ça qui te met en colère, chaton ? Le plaisir indéniable que tu as ressenti quand mes mains te caressaient…

Le vase est prêt à partir, quand s'ouvre brusquement la porte de la chambre et que débarque la cavalerie.

– Si tu utilisais plutôt mes assiettes ? lance Geoffrey en se dirigeant vers moi alors qu'Angie ajoute :

– C'est un cadeau de mariage…

La main en l'air, j'hésite. Merde ! Si c'est un cadeau de mariage…

– De ma belle-sœur, précise-t-elle alors avec un clin d'œil.

Alors, là, pas de regrets ! Je balance le vase de toutes mes forces sur Luke… qui l'évite une fois encore. Fais chier !

– Angie ! s'exclame Geoffrey alors qu'Aïdan éclate de rire et que sa femme lui répond avec un air de petite friponne :

– T'inquiète, on lui dira qu'un invité l'a malencontreusement cassé. De toute façon, je ne l'aimais pas beaucoup…

Luke en a profité pour se rapprocher de moi et murmure à mon oreille :

– Ou ce qui te rend folle de rage, c'est d'avoir prononcé mon prénom alors que tu croyais être avec un autre homme…

Il a la bonne – ou mauvaise – idée de s'éloigner aussitôt, ce qui lui permet d'esquiver ma main rageuse qui fuse vers sa joue.

– Je t'assure que si tu ne quittes pas ma chambre dans la seconde, tu peux commander ton cercueil, pauvre crétin !

– Bon, avant d'en arriver à cette solution un peu radicale, annonce Aïdan en empoignant son ami, et parce qu'il fait trop froid dehors pour que je passe des heures à me geler en creusant une tombe histoire de planquer ton cadavre, je propose qu'on aille faire un tour chez Briermere Farms. J'aimerais vérifier que leurs tartes maison sont toujours aussi délicieuses.

Le regard lourd et brûlant de Luke se pose sur moi. J'ai un frisson involontaire au souvenir des sensations qu'il m'a procurées quelques instants auparavant. Je sais qu'il le devine. Tout comme nous savons pertinemment tous les deux que, si je n'avais pas prononcé son prénom et retiré mon bandeau…

Oui, tu sais parfaitement comment cela aurait fini, ma grande !

Je me demande alors ce qui me met le plus en colère. Qu'il ait pris la place de Neil sans que j'en aie conscience ? Que nous ne soyons pas allés plus loin ? Qu'il ait entendu son prénom sortir de ma bouche ? Ou qu'il soit le seul à savoir si bien jouer avec mon corps ? Je le fixe une dernière fois. Pendant un court instant, j'ai l'impression étrange d'apercevoir une tristesse amère au fond de ses yeux, avant de détourner les miens.

– Parfait ! Allez donc y faire un tour tous les trois et ne revenez pas avant deux bonnes heures.

Angie les pousse vers la porte tandis que, prise d'une envie subite, j'ajoute :

– N'oubliez pas de nous rapporter des tartes… avec de la chantilly. Beaucoup de chantilly surtout !

***

Angie a réussi, après plusieurs vaines tentatives, à allumer un feu de cheminée. Pas parce qu'il fait froid dans la maison, car le chauffage fonctionne parfaitement, mais juste pour le plaisir de nous installer devant les flammes et de les admirer. Il est à peine seize heures, pourtant il fait presque nuit, alors j'ai allumé une multitude de bougies. Dehors, un vent violent souffle avec rage, faisant claquer les persiennes sur les murs.

– Si j'étais courageuse, j'irais bloquer ces foutus volets, ronchonne Angie. Mais je n'ai franchement pas envie de mettre le nez à l'extérieur.

Je pouffe avant de lui lancer :

– Geoffrey va enfourcher son cheval blanc et se charger de cette basse besogne pour satisfaire sa douce épouse.

– Bien vu, ma Juju ! Geoffrey se charge toujours de tout…

– De quoi veux-tu que je m'occupe, ma puce ?

Les trois BBS viennent de débarquer dans le salon. L'eau à la bouche, je me précipite sur le carton de Briermere Farms qui doit contenir les tartes. Pendant qu'Angie explique notre petit problème d'intendance à son mari et que celui-ci l'informe qu'il vient juste de s'en charger, qu'Aïdan dépose assiettes à dessert et couverts sur la table basse, je m'attaque au paquet avec frénésie, pour marmonner après son ouverture, totalement dépitée :

– Vous avez oublié la chantilly… la chantilly, quoi !

Deux bombes de chantilly surgissent miraculeusement sous mes yeux et me tirent un gémissement d'extase.

– Tu as de la chance que Luke soit venu avec nous pour ta chantilly.

Tout en parlant, Aïdan bombarde ma part de tarte d'un gros nuage de crème fouettée, pour mon plus grand plaisir.

– J'espère qu'elle en vaut la peine, parce qu'on s'est tapé plus de cinq magasins avant d'en trouver ! Alors ? Quel est le verdict ?

J'avale une grosse bouchée… succulente… suivie d'une seconde… divine…

– Je pense que ça équivaut à un oui, les mecs, hein ? lance-t-il avec un petit rire en aspergeant mon nez de chantilly. Tu as dit que tu en voulais beaucoup, si je me souviens bien…

Sans me préoccuper le moins du monde de mon allure et de leurs éclats de rire à tous, je continue de déguster ma part de tarte avec le plus grand sérieux et quelques soupirs de pure satisfaction. Avant que j'entame la seconde, Luke y ajoute une bonne rasade de crème fouettée. Puis, en silence, il vient s'asseoir à mes côtés. Je me contente de l'ignorer royalement pendant ma longue – très longue – dégustation pâtissière, en espérant qu'il se lasse et finisse par aller s'installer loin, très loin de moi.

Soudain, ses doigts se posent sur mon menton et, d'une pression ferme, positionne mon visage face au sien. Devant ma persistance à garder les yeux fermés, il murmure mon prénom plusieurs fois.

– Regarde-moi, Justine, si tu ne veux pas que je t'embrasse, là, tout de suite…

Évidemment, j'ouvre les yeux. Qu'est-ce qu'il s'imagine ? Je n'ai aucune envie qu'il m'embrasse, là, tout de suite… ni même plus tard. Est-ce que je me mens ? C'est certain. Mais ai-je le choix, quand mon corps tout entier le désire si ardemment alors que ma raison m'implore de ne pas céder ? Pas vraiment. Pas quand il se trouve si proche de moi et que cette lueur de désir sauvage brûle dans ses yeux. D'un doigt, il retire un peu de chantilly de mon nez puis la porte à sa bouche avant de l'avaler.

Mes yeux ne quittent plus ses lèvres où gît une petite trace blanche de crème.

– J'ai une putain d'envie de recouvrir ton corps de chantilly, me dit-il d'une voix éraillée. Puis je prendrais tout mon temps pour te lécher…

J'ai la sensation de brûler de partout.

– Je passerais ma langue sur chaque parcelle de ta peau. Dis-moi que tu en as envie, toi aussi. Que tu en crèves d'envie autant que moi…

À quoi bon me mentir ? Lui mentir ? Il connaît déjà la réponse. Cette attraction physique excessive, impétueuse et passionnée entre nous, je l'ai sentie dès notre première rencontre. Mais au plus profond de mes entrailles, je sais que cette passion est dévastatrice.

– J'en crève d'envie, Luke…

Sa bouche se pose sur la mienne et avale mon gémissement. J'en frissonne de plaisir. De désir.

– Mais je préfère crever d'envie pour toi que d'y céder.

Je ne rate pas le maelström de sentiments – la surprise d'abord, la frustration ensuite, et puis la colère – qui passe dans son regard. Il attrape une poignée de mes cheveux et plaque son front contre le mien. Son souffle erratique soulève ses épaules. Mon cœur bat si fort qu'il est impossible qu'il ne l'entende pas lui aussi.

– Pourquoi ? Pourquoi tu nous fais ça, Justine ?

Jamais je n'ai entendu quelqu'un crier avec une telle intensité alors que le ton de sa voix n'est pas plus fort qu'un murmure. Mais son chuchotement a la force d'un hurlement.

Parce que je veux plus ! Beaucoup plus ! Tellement plus !

– Avec moi, c'est tout ou rien, Luke…

Je me dégage doucement et, sans un mot de plus, je file dans ma chambre. Ce n'est qu'une fois la porte refermée derrière moi que je reprends ma respiration. Je me félicite d'avoir eu la force de ne pas céder…

Aujourd'hui.

Mais demain, ou après-demain… ou dans une semaine ?

CHAPITRE 33
Pari tenu !

– Ethan… Jude… Nathan… Elliot…

Depuis que nous sommes partis de Montauk pour rentrer à New York – soit moins d'une heure –, Luke me sort tous les prénoms qui lui passent par la tête. C'est vrai que je n'avais pas encore songé au choix des prénoms de nos deux trolls jusqu'à présent. Nous avons réussi l'exploit de terminer la journée de dimanche sans nous disputer tous les deux. J'avoue qu'après le fiasco de la séance de massage, je n'y croyais pas trop. Mais les tartes et la chantilly ont finalement eu raison de ma colère… à moins que ce ne soit la gentillesse qu'il manifeste à mon égard depuis qu'il s'est pointé sans crier gare ?

– J'aime bien Ethan. Et toi ? Jude… Elliot…

Son attention étant focalisée sur la route, j'en profite pour l'observer. Il a l'air totalement détendu. Fait suffisamment rare pour être remarqué. La plupart du temps, il semble crispé, frustré… en tout cas, avec moi. Peut-être avait-il besoin de cette journée en compagnie de ses meilleurs amis ? De relâcher un peu la pression loin de New York ?

– Ce ne sont que des prénoms de garçon, je souligne, amusée. Et si c'étaient des filles ? Après tout, on a une chance sur deux…

– Je me fie à mon instinct, me coupe-t-il avec un sourire rayonnant. Et mon instinct m'assure que ce sont deux p'tits mecs !

J'éclate de rire.

– Ils seront bruns, comme nous, m'assure-t-il encore en posant sa main sur ma cuisse un court instant. Je me demande s'ils auront tes yeux ou les miens.

Je déglutis quand son regard croise brièvement le mien. Une vague de tendresse me submerge en réalisant qu'il imagine déjà à quoi vont ressembler nos bébés. Alors que, pour moi, tout est encore si vague. Si lointain. Peut-être parce que je n'ai aucune préférence concernant le sexe des bébés ? Sarah espère que ce sont des filles. Pas vraiment étonnant de sa part. Selon le jour ou son humeur, Angie penche un coup pour des garçons et l'autre pour des filles. Son mari a une nette préférence pour des garçons, tout le contraire de son ami Aïdan. Quant aux parents de Luke, pour son père, ce sont des petits-fils, pour sa mère, des petites-filles.

Bref, les paris sont ouverts !

– D'après la génétique, nous avons cinquante pour cent de chances qu'ils aient la couleur de tes iris ou la mienne…

Je m'interromps, l'image de deux minis-Luke s'imposant soudainement à moi… des cheveux bruns en bataille, des pupilles aussi sombres qu'une nuit sans lune et un sourire éclatant – trop craquant –, comme celui leur père en ce moment.

– Est-ce qu'on peut savoir à l'avance ?

– La couleur de leurs yeux ?

Il éclate de rire en secouant la tête, puis avec un clin d'œil, il précise :

– Non, je pensais plutôt au sexe des bébés.

– Oui, si on le souhaite, on pourra connaître leur sexe lors de la prochaine échographie… Tu en as envie ?

– Pas toi ?

Je réfléchis un long moment avant de lui répondre. J'aperçois le pont de Brooklyn qui se profile à l'horizon. Nous sommes presque arrivés.

– Je crois que je préférerais avoir la surprise, je lâche soudain. C'est même certain, je préfère ne rien savoir ! Mais je suis prête à parier ce que tu veux que, toi, c'est tout le contraire. Tu aimes trop tout anticiper et contrôler. Ce serait un supplice pour toi… J'ai raison ou pas ?

Un petit grognement s'échappe de sa bouche, avant qu'un sourire charmeur et énigmatique n'éclaire son visage.

– Tu es prête à parier tout ce que je veux que je serai incapable d'attendre jusqu'à la naissance ?

Sa voix rauque et le regard tout à coup brûlant qu'il pose sur moi allument une alarme dans ma tête.

– Oui…

– Eh bien, pari tenu ! s'exclame-t-il.

– Eh ! Tu ne m'as pas dit quel était l'enjeu ! Ce n'est pas comme ça que…

– Tu viens de me dire que tu étais prête à parier tout ce que je voulais. Tout ! Donc…

Il gare la voiture sur sa place de parking puis, avant que je n'en sorte, se penche vers moi et attrape mon visage d'une main. Sa bouche à quelques centimètres de la mienne, il murmure :

– Tu as raison, ce sera un calvaire pour moi d'attendre alors qu'on pourrait savoir à l'avance, mais tu m'as donné la meilleure des raisons au monde de supporter ce supplice, chaton.

– On devrait peut-être poser une limite…

– Aucune limite ! Mais ne t'inquiète pas, rien qui puisse être dangereux pour toi ou les bébés.

Brusquement, l'avertissement de Sarah surgit dans mon esprit, et un frisson glacial me transperce.

***

Angie tient absolument à organiser une *baby shower party*, alors que je viens à peine de boucler le premier trimestre de ma grossesse. J'ai beaucoup de mal à réaliser que la nouvelle année est déjà entamée et que j'accouche au mois de juin.

– Généralement, on organise ça au septième ou huitième mois, non ? Tu ne trouves pas que c'est un peu tôt ? En plus, toutes nos amies sont à l'étranger.

Je les vois mal prendre un billet d'avion juste pour quelques heures. Et de toute façon, à part Sarah, je me moque bien des autres…

– Justement ! Avec Sarah, je préfère m'y prendre à l'avance pour qu'elle ait le temps de s'organiser avec son boulot. Quant aux autres, je ne comptais pas les convier… et vu que tu n'en as pas envie non plus, le problème est réglé.

Elle m'adresse un clin d'œil et continue de virevolter dans le salon, sa tablette à la main, ne s'arrêtant que de temps en temps pour me montrer une photo de *baby shower* trouvée sur Pinterest.

– C'est Georges qui s'occupera de la partie buffet. Il y tient beaucoup !

– Moi et mon estomac aussi, je confirme avec un sourire. Mais tu crois vraiment que ce sera nécessaire, juste avec nous trois ?

Elle hausse les sourcils.

– D'abord, nous serons plus de trois, bougonne-t-elle. Ensuite, il est hors de question que mes nièces ou neveux n'aient pas une *baby shower party* qui décoiffe *!*

– OK ! OK ! je capitule, peu à peu gagnée par son effervescence. Et qui seront les autres invités ? À part Sarah – si son job lui en laisse le temps –, toi, Georges et moi ?

– Bon, normalement on n'invite que des filles, mais je ne vois aucune raison de suivre cette règle à la lettre. Alors, bien sûr, en tant que futur tonton, Geoffrey sera là…

J'étouffe un rire en imaginant sa tête.

– À ce sujet, il aimerait beaucoup que sa sœur soit présente.

Là, j'ai plutôt envie de faire la grimace. On ne peut pas dire que ma première rencontre avec Barbara se soit passée dans les meilleures conditions.

– Tu crois qu'elle se souvient encore que je l'ai ceinturée, que j'ai fouillé sans vergogne dans sa valise et que je lui ai piqué son téléphone ? Remarque, elle m'avait aussi pété un ongle… et ma manucure datait de moins de deux jours, c'est à prendre en compte.

– On peut toujours raconter à Geoffrey que tu ne souhaites pas l'inviter… pouffe Angie.

– Dis donc, je la coupe en sachant très bien où elle veut en venir, pourquoi devrait-on dire que *je* ne souhaite pas l'inviter ?

– Si c'est toi qui ne veux pas, Geoffrey ne pourra que s'incliner. Tandis que si c'est moi…

J'éclate de rire. Puis, quand je suis calmée et après avoir réfléchi, je dis :

– Ce ne serait pas très gentil de ma part alors que ton mari n'a pas hésité à me recevoir chez lui, tu ne trouves pas ?

Angie pousse un juron.

– Ouais… Donc, Barbara sera là… à moins que son invitation ne se perde en route ?

– Angie !

– De toute façon, tel que je connais Geoffrey, il l'avertira de vive voix…

– Surtout parce qu'il sait de quoi tu es capable, je la coupe, amusée. Et qu'il n'ignore pas non plus combien tu apprécies sa sœur.

– Bref, Aïdan sera là, lui aussi, poursuit-elle, toute guillerette. Il a dit qu'il ne raterait ça pour rien au monde. Comme je n'ai jamais rencontré les parents de Luke, c'est Geoffrey qui les a appelés, et ils seront ravis de participer à cette petite fête. Je sais que tu les apprécies beaucoup. Luke enfin, sera présent lui aussi…

J'ai beau être à des milliers de kilomètres de ma famille – même si nous nous téléphonons très régulièrement – et avoir peur de ce que me réserve l'avenir, avec Angie à mes côtés, je me sens plus forte. Je peux lui téléphoner à n'importe quelle heure du jour ou de la nuit, elle est toujours disponible pour écouter mes angoisses et me rassurer.

– Mes deux trolls ont une chance phénoménale d'avoir une tatie comme toi, je la remercie, la gorge serrée. Et moi, j'ai une chance phénoménale d'avoir une amie comme toi…

Évidemment, le robinet Niagara Falls en profite pour s'ouvrir, et nous finissons dans les bras l'une de l'autre.

Putain de libido en déroute !

CHAPITRE 34
Post-it & compagnie

J'arrache le Post-it de la porte d'entrée. Ce n'est que le quatrième depuis ce matin. Autant dire une petite moisson par rapport à hier, où j'en ai récolté dix ! La manie de Luke semble s'être aggravée au retour de notre week-end dans les Hamptons. La plupart sont remplis de prénoms – en majorité masculins – ou de consignes telles que : « N'oublie pas de boire de l'eau ! », « Tu as pensé à tes vitamines ? », « Tu as ton téléphone avec toi ? », « Ne mange pas trop de sucreries ! » Depuis que le docteur Fisher a dit que je devais surveiller mon poids, Luke est passé en mode coach nutritionniste. Impossible de lui faire comprendre que surveiller mon poids ne veut pas dire me mettre au régime et ne plus avoir le droit de manger des gâteaux… D'accord, j'avais peut-être une consommation *un peu* excessive de pâtisseries, mais quand même !

Bientôt, il va me laisser un Post-it pour me dire quand aller pisser !

– Mademoiselle Justine, il serait sans doute préférable que vous changiez de chaussures, m'informe le MIB qui m'attend sur le palier en désignant mes pieds. Les trottoirs sont glissants aujourd'hui, et…

Et quand ce ne sont pas les Post-it, ce sont les directives qu'il donne à mon garde du corps.

– Rappelez-vous que vous avez frôlé la chute, il y a peu, et dans votre état, la prudence est de mise.

Je le fusille du regard avant de regagner ma chambre, où j'échange mes talons contre une paire de bottes plates. *Voilà ! Mon garde-chiourme devrait être satisfait.*

Je suis tout juste de retour dans le hall quand la sonnerie attribuée à ma mère se fait entendre. Je retourne donc au salon pour prendre place dans le canapé… dans lequel je risque de m'endormir si je ne fais pas attention. En ce moment, j'ai l'impression d'être un nouveau membre de la famille des marmottes. Je passerais mon temps à dormir si je m'écoutais.

– Comment vas-tu, ma chérie ? Tu fais attention à toi, j'espère ? J'ignore le temps qu'il fait à New York, mais à Paris, nous avons un froid de Sibérie. Ce n'est pas le moment que tu attrapes un rhume…

Et ma mère, j'en parle, de ma mère ?

– Maman ! Ton bébé va avoir deux bébés, je la coupe en riant. J'ai passé l'âge de mettre une cagoule et…

– Tu as quand même failli te retrouver à l'hôpital à cause de cette manie de porter des chaussures avec plus de dix centimètres de talons, ma fille !

Mais comment est-elle au courant ?

– C'est Angie qui me l'a raconté. La pauvre, elle était complètement retournée…

Oh, la vilaine petite traîtresse !

– Je pense qu'il serait plus que judicieux, le temps de ta grossesse, de porter des chaussures plus pratiques, ma chérie. Si jamais il t'arrivait quelque chose… je…

– Il ne m'arrivera rien, maman, je la rassure en devinant, même si je ne les vois pas, les larmes qu'elle cherche à retenir. Et pour que tu sois parfaitement rassurée, sache que je suis même interdite de sortie si j'ose porter des talons.

– Interdite de sortie ?

Je lui explique alors les consignes et les nombreux – trop nombreux – Post-it de Luke à mon intention.

– Il semble très protecteur, et manifestement, ta santé lui tient à cœur. Comment cela se passe-t-il entre vous ?

Nous y voilà ! Mes parents ayant essayé de me joindre sur la ligne fixe d'Angie, j'ai été obligée – par la force des choses – de les informer de mon nouveau – et temporaire – lieu d'habitation. Évidemment, ma mère a aussitôt envisagé que cette cohabitation pour apprendre à mieux nous connaître avantla naissance de nos enfants se conclurait obligatoirement par un passage devant Monsieur le maire.

– Ça se passe bien, maman. Mais ne compte pas sur moi pour te faire un rapport détaillé, et surtout, ne commence pas à tirer des plans sur la comète. Je n'ai aucune intention de passer ma vie avec lui…

– Justine !

– Maman ! C'est mon choix ! Et je n'ai aucune envie qu'on se dispute, alors changeons de sujet, d'accord ? Sinon, je préfère te dire tout de suite que je vais écourter cette conversation… comme il y a deux jours.

– Très bien, ma chérie, parlons d'autre chose…

Et c'est ce que nous faisons pendant l'heure suivante. Elle me confirme qu'ils seront à New York pour la naissance des bébés. Ils ont enfin déniché un appartement à leur goût dans Manhattan et ont fait toutes les réservations nécessaires. Savoir qu'ils seront là me fait tellement plaisir que mon robinet Niagara Falls s'ouvre à nouveau. Le sien aussi. Pour éviter de perdre sa femme et sa fille par noyade, mon père met fin à la conversation. Non sans avoir versé sa petite larme également, mais en m'affirmant haut et fort que pour sa part, il est simplement victime d'une légère crise d'allergie.

***

Hier, durant une séance de shopping avec Angie, une femme m'a félicitée pour le bébé à venir. Tout heureuse, je n'ai pas pu m'empêcher de lui dire que j'attends des jumeaux. Mon corps s'arrondit de plus en plus. La mère de Luke m'assure, d'après la forme de mon ventre – pointu selon elle – que j'attends des garçons. Ce qui ravit Luke et son père. Franchement, je ne vois pas où elle trouve que mon ventre est pointu. S'il était arrondi – toujours d'après Felicia –, ce seraient des filles. Même en scrutant mon abdomen sous toutes les coutures, je ne vois rien de véritablement pointu ou arrondi.

Je suis à mon quatrième mois de grossesse, et j'ai beau expliquer à ma libido excessivement frustrée que je n'ai qu'un vibromasseur comme solution de repli, elle fait une fixette sur mon colocataire. Et si j'ai endossé – bien malgré moi – l'habit de religieuse, il est clair que Luke, lui, n'a pas revêtu celui de moine.

Tu sais qu'il n'attend qu'un signe de ta part. Pourquoi résister, alors que tu en meurs d'envie ?

J'avoue que, parfois, j'aimerais céder à cette petite voix perfide. Pourquoi je ne le fais pas ? Sans doute parce que Luke baisse de plus en plus sa garde avec moi. Je sais désormais qu'avant la mort de sa sœur, il était enthousiaste, rieur, qu'il adorait faire des blagues, et qu'il partageait la passion d'Emily pour les puzzles… Bien sûr, ça, ce n'est pas lui qui me l'a appris, mais sa mère, à demi-mot. Plus les jours passent, plus les barrières tombent… et j'aime l'homme que je découvre. Alors, j'ai peur qu'en rajoutant le sexe à notre situation déjà compliquée, cela ne fragilise les fondations de ce que nous sommes en train de construire. Mais qu'est-ce que nous construisons précisément ? Une famille ? Une relation parents particulière ? Une amitié loyale ? Un attachement, un lien indéfectible ?

Arrête de te prendre la tête et va plutôt te faire un bon chocolat chaud, ma grande !

Tout en préparant ma boisson chaude, j'observe la ville par la baie vitrée. Il est presque minuit. À cette heure-ci et surtout un samedi, si j'étais à Paris, je serais certainement en train de boire un verre dans un endroit agréable avec de la musique et des amies… peut-être aussi serais-je dans les bras d'un homme. Un bruit de clé dans la serrure m'extirpe de mes pensées trop moroses. J'ai un sourire en songeant que – fait exceptionnel pour un week-end ! – Luke rentre de bonne heure. Je vais pouvoir profiter de sa présence, ce qui me remontera le moral.

– Oh… je pensais que tu serais déjà au lit, s'étonne-t-il en me découvrant dans le salon. Tout va bien ?

Il me faut quelques secondes avant de réaliser sa gêne. Quelques secondes encore pour en comprendre la raison.

Tu m'étonnes que tu aurais préféré que je sois déjà au lit, pauvre crétin !

CHAPITRE 35

La meilleure place est dans tes bras

Pourquoi est-ce que je ressens une soudaine bouffée de rage ? Que j'ai envie de soulager en balançant ma casserole – encore pleine de chocolat chaud – à travers la pièce, et de préférence sur lui.

– Ça va, Justine ?

– Mmm…

– Moi, c'est Lucy…

La voilà, la raison de ma soudaine montée en température.

– Justine. Lucy, annonce Luke pour faire les présentations – dont il se serait bien passé, c'est clair ! –, et il ajoute : Une amie.

De qui parle-t-il ? De moi ? D'elle ? Quelle blague ! Il s'approche du comptoir de la cuisine, suivi par Miss Pétasse, perchée sur des talons de plus de dix centimètres, *elle* ! Je jette un regard frustré sur mes pieds… nus. Ce qui augmente ma rage proportionnellement à la différence de taille entre Miss Pétasse et moi. Du coup, je grimpe sur le tabouret haut le plus proche. Je sais, c'est stupide !

– Tu ne m'as pas répondu…

Ils sont tous les deux face à moi, seul le comptoir nous sépare. Elle est aussi grande que lui. Merci, les talons ! Ce qui veut quand même dire plus grande que moi. Si je n'étais pas de mauvaise foi, je dirais qu'elle est ce que la plupart des mecs appellent communément une sacrée bombe… et qu'elle a su mettre très avantageusement ses arguments en avant pour le souligner. Il ne faudra que quelques secondes à Luke pour lui retirer sa micro-robe. Si je n'avais pas été là, nul doute qu'ils seraient déjà dans sa chambre… en train de se déshabiller mutuellement…

– Justine !

Je sursaute et reporte mon attention sur mon colocataire. J'aperçois une trace de rouge à lèvres sur sa nuque. J'aimerais l'effacer pour y laisser ma trace, à moi. J'aimerais être celle qui va lui arracher sa chemise. Et surtout, j'aimerais qu'elle arrête de se coller à lui comme une sangsue, un sourire victorieux aux lèvres. Petit sourire que j'ai également envie de voir disparaître. Elle aussi d'ailleurs. J'ai brusquement envie de bousiller la soirée de cette pétasse. Une sorte de solidarité féminine à l'envers. Je connais les règles et je les ai librement acceptées, mais le voir, là, maintenant, avec une de ses conquêtes me perturbe plus que je ne l'aurais imaginé.

– Désolée, je ne sais pas ce que j'ai en ce moment, je m'excuse d'une petite voix. Vous voulez prendre un chocolat chaud avec moi ?

– Non merci ! s'exclame vivement Miss Pétasse.

Luke hésite. Le sourire victorieux perd de sa splendeur au fil des secondes qui s'écoulent sans qu'il réponde. Pour qu'il ne puisse rien me reprocher, avec un petit geste de la main en direction de sa chambre, j'ajoute :

– Non, vous avez clairement mieux à faire que boire un chocolat…

Comme il s'apprête à refuser de partir, j'insiste du regard, et il finit par capituler. Le sourire victorieux de Miss Pétasse est de retour alors qu'elle tangue sur ses dix centimètres de talons en direction de la chambre.

Je remplis paisiblement un mug de ma boisson préférée et file m'installer dans le canapé. Un sourire narquois sur les lèvres. Je ne donne pas dix minutes à Luke avant de débouler dans le salon.

À moins que tu ne le connaisses pas si bien que ça ou que Miss Pétasse te surpasse, ma grande !

Je réprime un cri de joie lorsqu'il débarque en respectant mon timing. En pantalon, et toujours vêtu de sa chemise – chouette ! –, totalement ouverte – merde ! – sur son torse.

– Un… problème… ? je l'interroge d'une voix éraillée, la faute à ses abdominaux bien trop visibles.

Il s'assoit et s'empare de ma main. Je me redresse un peu en m'efforçant de poser mon regard n'importe où… ailleurs.

– Non, aucun problème. Je voulais juste m'assurer que tu vas bien…

S'il est une qualité que j'apprécie énormément chez Luke, c'est bien ce côté hyper protecteur. Parfois poussé à l'extrême et qui peut être étouffant, c'est vrai ! Mais cet homme ne fait jamais dans la demi-mesure.

– Je vais bien, promis !

Son pouce ne cesse de tracer des petits cercles sur l'intérieur de mon poignet, là où la peau est la plus fine. La plus sensible. J'ignore s'il en est conscient. En revanche, ma libido frustrée et en surchauffe l'est totalement, elle. Beaucoup trop.

– Je ne sais pas pourquoi, mais j'ai du mal à te croire, insiste-t-il à voix basse. Si c'est à cause de Lucy…

– Lucy ?

Comme si c'était possible !

Il s'approche plus près encore. Je retiens un gémissement, sa chaleur m'enveloppe comme une douce couverture dans laquelle j'ai envie de m'enfouir. Comment résister à ses yeux sombres qui me fixent et me brûlent tout entière ?

– Sa présence ici ne doit pas t'empêcher de me dire si quelque chose ne va pas. Je… ne voulais pas te mettre dans une position inconfortable… mais j'étais persuadé que tu dormirais déjà…

Je sais que je ne devrais pas agir ainsi. Il est libre de baiser qui il veut, quand il veut et où il veut. Et d'autant plus chez lui. Pourtant, je ne supporte pas de savoir qu'il va poser ses mains sur elle. Et pas sur moi. Qu'il va l'embrasser, elle ! Et pas moi…

– Normalement, tu dors toujours à cette heure-là, et…

– Ooooh !

– Merde ! Qu'est-ce que tu as ?

Oh mon Dieu !

Stupéfaite, je pose mes mains sur mon ventre. C'est la première fois que je sens mes petits trolls en mouvement.

– C'est… c'est…

Mon robinet Niagara Falls s'ouvre, m'empêchant de parler. Luke commence à flipper, mais j'ai la gorge tellement serrée par l'émotion qu'aucun mot ne parvient à en sortir. Alors, j'attrape ses mains et les glisse sous mon tee-shirt pour les poser à l'endroit où j'ai perçu les premiers chocs.

– Tu as mal ? Justine ! Réponds-moi… tu veux que…

Et là, il les sent lui aussi. Dans son regard, je lis qu'il partage mon émerveillement.

– C'est… oh, chaton ! C'est…

Sa voix a la couleur du bonheur. Il se baisse, frôle de sa bouche mon abdomen rebondi, et pour la première fois, je l'entends leur parler. Mes doigts glissent dans ses cheveux pendant qu'il leur murmure des mots tendres contre ma peau. Ses mains suivent les petits mouvements qui lui répondent. Il leur dit qu'il est heureux comme il ne l'a jamais été… qu'il est impatient de les tenir dans ses bras… et il continue ainsi comme s'il voulait ne jamais s'arrêter. Comme s'il voulait ne jamais les quitter…

– Tu pourrais m'expliquer ce qui se passe ici ?

La voix stridente de Miss Pétasse – je l'avais complètement oubliée, celle-là ! – nous extrait brutalement de notre bulle. Les mains sur les hanches, jambes écartées et juchée sur ses dix centimètres de talons, elle nous observe d'un sale œil. À sa place, je serais probablement aussi furax. Il faut dire que le tableau peut prêter à confusion… Moi, affalée dans le canapé, en shorty et tee-shirt remonté jusqu'aux seins. Luke, sa bouche et ses mains plaquées sur mon ventre. Quand il se redresse, un petit gémissement s'échappe de mes lèvres, car j'ai envie de le retenir. De le garder encore un peu avec moi.

Lucy dégage tant de colère que, lorsqu'elle avance droit sur nous, je m'enfonce dans les coussins, pas certaine d'apprécier sa réaction. Luke se lève.

– Je pourrais t'expliquer, en effet…

Il l'attrape par le bras et lui fait faire demi-tour.

– Mais qu'est-ce que tu fais ?

– Je te raccompagne jusqu'à la porte, l'informe-t-il en allumant son portable.

Puis il donne son adresse à son interlocuteur et précise à Miss Pétasse, abasourdie :

– Un taxi sera là dans moins de cinq minutes. Ça te laisse le temps de récupérer tes affaires. Viens…

Je les vois disparaître en direction de sa chambre. À leur retour, quelques minutes plus tard, je n'ai toujours pas bougé. Mon chocolat est froid. J'entends la porte d'entrée qui claque. Puis je sens les bras de Luke m'enlacer et me soulever du canapé.

– Je suis désolée…

OK, pas vraiment.

Il ne dit rien, alors j'ajoute :

– J'ai foutu ta soirée en l'air…

En même temps, je ne vois pas pourquoi je serais la seule à me serrer la ceinture.

Toujours rien.

– Tu… m'en veux ? Beaucoup ?

Soudain, je réalise qu'il ne m'a pas portée jusqu'à ma chambre, mais dans la sienne. Délicatement, il me pose sur le lit, avant de passer sa main sur ma joue.

– Dors avec moi, ce soir. J'ai besoin de te tenir dans mes bras…

Dormir... juste dormir ?

Comme je ne réponds pas, il ajoute :

– Je tiendrai ma promesse, chaton. Je veux juste être là, avec toi dans mes bras et mes mains sur ton ventre…

Et si tu l'oubliais, cette promesse ?

Alors, je m'allonge. Lui aussi. Mon dos contre son torse. Ses bras m'enlacent, ses paumes se posent sur mon ventre…

Et j'ai l'impression d'être enfin là où je dois être.

CHAPITRE 36

LUKE

Non, mais quel con !

J'ai proposé cette cohabitation à Justine, et depuis, en plus d'envahir mon appart, elle a envahi mon esprit. Si j'arrive à me tenir tranquille toute la nuit avec elle – à moitié nue – dans mon lit et dans mes bras, ce sera un miracle. Soudain, toutes les conneries que j'ai accumulées ces derniers mois me percutent de plein fouet. Le pire, dans tout ce merdier ? C'est que je ne peux plus baiser une seule femme désormais, sans que celle que je tiens en cet instant tout contre moi ne vienne s'incruster dans mes pensées. J'aime les plans à trois, mais pas de ce genre ! Et quand on voit le fiasco de ma soirée, on peut dire que je suis mal barré. Elle n'avait pourtant pas si mal débuté. Enfin… c'est du moins ce que j'ai voulu me forcer à croire, car si je dois être totalement honnête, je savais déjà avant même de rentrer que la brune spectaculaire que je ramenais – Lucy de son prénom – ne ferait jamais le poids face à la femme qui est paisiblement blottie entre mes bras. Alors, pourquoi me suis-je entêté ? Pourquoi, après quelques verres et un semblant de conversation, lui ai-je proposé de venir chez moi ? Parce que je suis un salaud de queutard, voilà tout ! Je grimace en songeant à la façon cavalière dont j'ai éconduit Lucy tout à l'heure. J'en ai une autre au souvenir de ma dernière séance de baise où, là encore, Justine s'est infiltrée. Ce n'était pas que ma compagne d'un soir manquait d'intérêt. Bordel, ses atouts étaient même très convaincants ! Mais, quand sa bouche se posait sur la mienne, je ne désirais que celle de Justine. Lorsque j'embrassais ses seins, c'est ceux de Justine que je voulais. L'autre n'était qu'un corps mis à ma disposition afin de satisfaire mes besoins égoïstes. Une pâle copie de celle qui, dès que je pose les yeux sur elle, me donne envie de la baiser jusqu'à l'épuisement.

Oh bordel ! Je suis dans une merde royale !

– Luke…

Chaque fois qu'elle prononce mon prénom de cette manière, il sonne dans sa bouche comme un appel au sexe.

– Si ce sont des filles, il y a deux prénoms que j'aime beaucoup, et qui ont une signification très importante pour moi…

Ses paroles me font redescendre brutalement sur terre. Mes mains se pressent plus fort sur son ventre. *Des filles ?* Je m'imagine deux petites versions de

Justine mettant à sac l'appartement avec leurs jouets éparpillés aux quatre coins du salon, du chocolat sur les doigts… sur les murs… et pour la seconde fois, cette sensation étrange se diffuse dans ma poitrine. Comme tout à l'heure, lorsque j'ai senti leurs mouvements sous mes doigts.

– Lesquels ?

Elle hésite. Le frottement nerveux de ses jambes sous les draps et nos respirations emplissent le silence de la chambre. J'insiste pour qu'elle me réponde. Et enfin, elle se décide et lâche dans un chuchotement :

– Tess…

La sœur jumelle de la femme de Geoffrey. Justine m'a confié nombre de leurs souvenirs d'enfance à toutes les trois… avant l'accident de Tess.

– Et… Emily…

Mon souffle se bloque. Un point douloureux comprime ma poitrine. Fort. Si fort que je pense ne pas survivre à la prochaine minute. Je la sens pivoter vers moi. Ses mains se déplacent sur mon visage. Ses lèvres bougent. Des mots. Des phrases en sortent, pourtant je n'entends rien. À part ce bourdonnement sourd qui cogne dans mes tympans. Ma sœur… le prénom de ma petite sœur n'a pas franchi la barrière de ma bouche depuis son enterrement. Excepté le jour de la disparition de notre puzzle. Même avec Geoffrey et Aïdan, je ne prononce jamais son prénom. Mes parents ont compris depuis longtemps que ces quelques lettres étaient taboues. Pourquoi ? Parce que l'oubli est le seul moyen à ma disposition pour rester sur les rails. Pour ne pas disjoncter. Pour éviter de tout fracasser. De tout saccager… comme ils l'ont saccagée, elle. Totalement détruite. Anéantie… au point de ne plus avoir la force – même avec moi à ses côtés – de continuer à vivre. Ou même à survivre. Et de choisir d'en finir. Je ne lui en veux pas. Non ! C'est à moi seul que j'en veux…

– Luke ? Luke !

La rage explose en moi. En moins d'une seconde, je coince ses poignets dans une main et me retrouve au-dessus d'elle. La sueur perle sur mon front. Je cligne des yeux. Sa voix, désespérée, continue de scander mon prénom. Elle accroît aussi ma fureur et mon désir. Elle m'électrise. Mes yeux tombent sur son décolleté et je me sens durcir. L'adrénaline coule dans mes muscles. Je suis plein de colère et de désir mêlés. Il faut que je sorte d'ici avant de déraper. Tout devient trop intense. Trop fort.

– Arrête de bouger… je suis à deux doigts de te baiser ou de fracasser le premier con que je croiserai dehors…

Je serre les dents. J'inspire profondément lorsqu'elle passe sa langue sur ses lèvres.

– Baise-moi, alors…

Ses pupilles se dilatent. Je me fige.

– Baise-moi fort, Luke !

Mes entrailles se tordent. J'ai du mal à respirer.

– J'ai une putain d'envie de le faire…

Pour ne pas disjoncter complètement. Sauf si je sors d'ici immédiatement… pour frapper. Encore et encore, jusqu'à l'épuisement. *Bordel de merde !* À cette heure-ci, le club de sport doit être fermé… mais je trouverai bien un connard ayant envie de me foutre sur la gueule.

– Moi, j'en crève d'envie, murmure-t-elle en frôlant mes lèvres des siennes. Et toi, tu crèves de désir pour moi… Oublions les règles pour cette nuit…

Ma queue durcit dans mon pantalon. Je sais que je suis en train de faire une connerie, pourtant tout semble si évident quand elle l'énonce ainsi. Alors, sans plus réfléchir, j'attrape son visage à pleines mains. Les siennes tirent sur mes cheveux et nos bouches se pressent l'une contre l'autre. Brutalement. Je me déshabille frénétiquement. Elle également. Mes doigts glissent sur son corps, ses seins, ses cuisses… Je voudrais être partout à la fois pour mieux la sentir, la goûter plus encore. La posséder.

– Dis-moi ce que tu veux, je grogne à son oreille.

– Je veux que tu me baises à me rendre folle… jusqu'à tout oublier, sauf toi…

Tout m'excite en elle. Sa voix, son corps, les cris qui sortent d'entre ses lèvres. Ses ongles qui s'enfoncent dans ma peau. J'ai envie qu'elle y laisse sa marque. Je veux qu'elle me marque.

– Plus fort, je lâche dans un souffle. Encore…

Je suis dans un état second. Nos corps sont comme possédés. Son odeur et ses gémissements embrouillent mon cerveau. Des mots incohérents sortent de ma bouche. Je la prends fort. Elle m'implore de la prendre plus fort encore. Je deviens fou. Plus rien n'existe autour de moi. Tout disparaît.

À part elle… nous… et c'est comme une musique où aucune fausse note ne brise l'harmonie de nos corps qui font l'amour…

Lorsque nous revenons à nous, la chambre est plongée dans l'obscurité. À peine un rai de lumière filtre sous la porte. Nos corps sont enlacés et en sueur. Je ferme les yeux, elle caresse mon torse de la main. Tout est différent, et pourtant, rien ne semble avoir changé. Mes pensées sont incohérentes.

– J'avais une sœur, elle est morte l'année de ses seize ans… Elle… elle s'appelait Emily.

Je lui raconte chaque souvenir heureux avec ma sœur, ces petites choses insignifiantes, mais dont on se rappelle plus tard avec nostalgie, ces petits riens qui remplissent une vie, un cœur… pendant des heures.

Je ne lui explique pas comment ma sœur est morte. Ni pourquoi.

Ça, elle n'a pas besoin de le savoir.

Jamais !

CHAPITRE 37

Des rêves en or

Encore quatre mois avant la naissance de mes mini-trolls… tout ça me semble si lointain et si proche à la fois. Je brûle d'impatience, et pourtant, j'aimerais aussi avoir le pouvoir de ralentir le temps. Nous n'avons plus enfreint les règles depuis la fameuse nuit, et même si je le regrette, j'apprécie tous les autres moments partagés avec Luke. J'aime quand il pose ses mains sur mon ventre pour leur parler, chaque matin avant de filer au boulot. Quand il me téléphone à l'improviste dans la journée pour une nouvelle suggestion de prénoms. Le soir, quand il dépose ses écouteurs sur mon abdomen pour leur faire écouter un morceau de musique qu'il apprécie tout particulièrement. Le temps simplement passé ensemble autour d'un repas, nos promenades main dans la main dans Central Park, ses massages – trooooop bons ! – quand je me plains d'avoir mal aux pieds ou au dos – ce qui m'arrive souvent, je l'avoue, mais comment résister ? J'aime l'amour qu'il voue déjà à nos deux petits trolls. Pourtant, cet amour – qui s'accroît au fil des jours – est également la cause de mes plus profonds tourments. J'aimerais le sonder et l'interroger. Seulement, je ne sais comment m'y prendre.

Quand ils seront nés, il est évident qu'il sera incapable de les laisser repartir en France avec moi. Et j'ignore encore si j'ai envie de m'installer définitivement à New York. Ce serait la solution la plus commode – ou la plus lâche ? –, bien sûr, pour éviter une discussion orageuse.

C'est sans doute pour cette raison que j'ai fini par accepter le contrat de Sarah, afin de me protéger. Mieux vaut prévenir que guérir. Il ne me reste plus qu'à en parler avec lui et à obtenir sa signature… Le problème ? J'ai peur que certaines des clauses ne soient pas du tout à son goût et que cela ne déclenche les hostilités entre nous. Ce que je ne souhaite pas le moins du monde.

C'est étrange comme on peut vite s'installer dans un train-train quotidien heureux et avoir peur qu'un petit rien vienne tout foutre en l'air…

La sonnerie de l'appart' retentit et m'extirpe de mes sombres pensées. Je laisse échapper un soupir en me dirigeant vers l'entrée. Intriguée, je m'interroge sur l'identité de celui qui a osé affronter les bourrasques de pluie glaciale et de neige mêlées qui se déchaînent depuis ce matin pour venir me déranger jusqu'ici.

– Madame Justine Frebourg ? s'enquiert le jeune homme – frigorifié – qui se tient sur le pas de la porte. J'ai une livraison pour vous. Vous devez signer là.

Le carton énorme à ses côtés me laisse quelques secondes sans voix.

Qu'est-ce que c'est que ce truc ?! Et qui a bien pu me l'envoyer ?

Un raclement de gorge du livreur me tire de ma stupeur, et je m'empresse d'apposer ma signature sur sa tablette. Je le laisse ensuite tirer avec difficulté le paquet jusqu'au salon.

– Voulez-vous que je me charge de l'ouvrir pour vous ? Vous pourrez ainsi vérifier qu'il n'y a pas de casse, et j'en profiterai pour vous débarrasser des cartons…

– Oui, merci beaucoup.

Tout excitée, je me dirige vers la cuisine et fouille dans les tiroirs à la recherche d'un instrument pouvant lui être utile, car l'emballage semble particulièrement épais. Comme je ne trouve rien, je lui tends un couteau en céramique. Il s'attaque avec ardeur au paquet – hyper bien emballé –, pendant que je trépigne d'impatience.

– Vous savez ce que c'est ?

– Aucune idée, Madame, me répond-il, une fois sa tâche menée à bien.

Putain, j'hallucine complètement !

Je reste stupéfaite en découvrant ce qui se trouve à l'intérieur.

Oh mon Dieu !

Je surfais il y a peu de temps sur Internet à la recherche de deux couffins. Lorsque j'étais tombée sur ceux qui se trouvent devant moi en ce moment, je me souviens parfaitement de ma réaction…

– On dirait des sculptures féeriques, avais-je murmuré, totalement sous le charme et en admiration devant l'inspiration et le talent des artisans. Ce ne sont plus de simples couffins, mais de véritables œuvres d'art… C'est fou.

– Les produits Suommo remplissent toutes les normes et comblent les souhaits des parents les plus exigeants, avait lu Luke, plus concentré sur la sécurité que sur la beauté inédite et le raffinement de l'objet, puis il avait ajouté, avec un sourire malicieux : Et nous sommes des parents très exigeants, n'est-ce pas, chaton ?

J'avais pouffé avant de répondre :

– Or dix-huit carats, soie, cachemire… c'est clair qu'avec ça, on peut être des parents très exigeants.

– Je trouve que le design est inspiré par la Bugatti Chiron, avait-il alors constaté, les yeux brillants, tel un petit garçon. Ce qui rend l'objet d'autant plus magnifique.

J'avais explosé de rire.

– Mais pas du tout ! On dirait plutôt un petit nuage posé sur un pied en forme de corolle…

Là, c'est lui qui avait éclaté de rire.

– Madame, j'ai aussi une carte pour vous.

Je la prends, puis le raccompagne jusqu'à l'entrée.

– Tenez, c'est pour vous, je conclus en lui donnant un pourboire. Bonne journée…

Son « merci beaucoup, et bonne journée à vous aussi » se perd dans le claquement de la porte qui se referme derrière lui. Fébrile, j'ouvre l'enveloppe et lis la carte :

Pour abriter les rêves dorés de bébés déjà adorés

Et à leur future maman en or.

Luke

PS : Franchement, je t'assure que c'est tout à fait la ligne de la Bugatti Chiron. ;)

***

Deux semaines plus tard

Depuis plus d'une heure, nous jouons au jeu de la vérité, et si l'un de nous refuse de répondre en toute sincérité à l'une des questions, il se trouve alors dans l'obligation d'accomplir une action imposée par l'autre. Voilà pourquoi je suis actuellement en train de me trémousser sous le regard rieur de Luke en plein centre du salon. À la fin de la chanson, mon colocataire m'attire dans ses bras dans une étreinte chaleureuse. Nous restons ainsi serrés l'un contre l'autre, longtemps après qu'une nouvelle mélodie a démarré. Finalement, Luke s'écarte comme à regret et me dévisage, moqueur.

– On continue ou tu préfères arrêter les frais, chaton ?

– Dis plutôt que c'est toi qui aimerais arrêter les frais, je pouffe en songeant à ma dernière action qui lui a tiré des cris horrifiés. Au moins, maintenant, tu comprends l'un des calvaires liés aux devoirs du sexe féminin.

N'ayant pas voulu répondre à ma question : « Pourquoi as-tu fait le choix de ne jamais avoir d'enfants ? », Luke a fini avec les jambes épilées.

– J'avoue que j'ai un peu peur, riposte-t-il avec un clin d'œil. Qui sait si, la prochaine fois, tu ne vas pas décider de me teindre les cheveux ? Et le fait d'être enceinte te donne un avantage certain sur moi.

– Pas toujours, je lâche dans un souffle. Et puis, j'ai affaire à un joueur redoutable. Tu arrives à gagner même lorsque tu perds…

Un frisson de désir pur traverse mon corps au souvenir du baiser que nous avons échangé quelques minutes auparavant, lorsque je me suis retrouvée à sa place et n'ai pas voulu répondre. Il le devine aussitôt et son souffle se fait soudain plus court. Sa mâchoire se crispe. J'ai la chair de poule et gémis d'une voix étranglée. Il pose son front contre le mien, puis grogne tout bas :

– C'était le cas, jusqu'à ce que je te rencontre. Avec toi, je suis perdant quoi que je fasse… et malgré tout, aussi étrange que ça paraisse, ça me rend… heureux. Je sais que cette situation est difficile pour nous deux. Je sais que tu ne m'aurais jamais choisi pour être le père de tes enfants, pourtant, aujourd'hui, je sais aussi que, sans eux, je serais passé à côté de quelque chose d'essentiel… Évidemment, j'aurais fait ma vie. Comme je l'avais décidé. Et elle m'aurait paru parfaite… sauf que maintenant, je sais que ça aurait été un mensonge… une putain de façade…

J'ignore pourquoi, mais quelque chose dans sa voix, un soupçon de fragilité ou sa façon de chuchoter la fin de sa phrase, m'assure de sa sincérité. Profondément émue, je passe une main tremblante sur sa joue. Je ne me suis jamais sentie aussi touchée. Ce n'est ni une déclaration d'amour, ni même un timide je t'aime, c'est peut-être juste le signe que nous avons une chance de construire quelque chose qui nous rendra heureux tous les deux…

En tout cas, c'est ce que je veux croire de toutes mes forces.

CHAPITRE 38

Les giboulées de mars

Tu es à l'appartement ?

Je suis en train de boire un thé avec Angie quand je reçois ce message de Luke.

Oui, tea party avec Angie.

– Qu'est-ce qui te fait sourire comme ça, Juju ?

– Comme quoi ?

Mon amie me dévisage de ses grands yeux bleus tandis que je repose ma tasse.

– Comme un chat sur le point de croquer une petite souris.

Je lui montre le SMS de Luke en lui expliquant qu'il a sûrement une surprise pour les mini-trolls et qu'il est trop impatient pour attendre jusqu'à ce soir.

– C'est juste une impression, ou Monsieur Indépendance passe de plus en plus de temps avec toi ?

Un sourire ravi sur les lèvres, je m'enfonce avec délice dans le canapé.

– Ce n’est pas seulement une impression…

Angie secoue la tête, faisant voltiger ses boucles blondes, et un air soucieux s’affiche sur ses traits. Incapable de contenir un ton agacé, je lui balance :

– Dis donc, cache ta joie ! Elle fait peur à voir, là.

Mon amie pousse un long soupir. Ses yeux voilés se posent sur mon abdomen rebondi. Impossible de ne pas me céder une place dans les transports en commun, à présent, ou de me laisser faire la queue dans une file d’attente. Moi qui râlais parce que mon ventre n’était pas assez gros, il y a peu. Six mois de grossesse, et j’ai désormais du mal à voir mes pieds quand je suis debout.

– Arrête, Juju, tu sais bien que ce n’est pas ça !

– Qu’est-ce que c’est, alors ?

– Avez-vous encore enfreint les règles ?

Évidemment, Angie est au courant de notre coup de canif. Normal, puisque je ne cache rien à ma meilleure amie et que je ne pouvais pas garder ça pour moi seule. J’avais besoin d’avoir son opinion sur notre dérapage. Peut-être également avais-je l’espoir qu’Angie me dirait que je n’étais pas loin de l’avoir, mon HE ? Ce genre de conversation entre filles où notre meilleure amie nous assure – après analyse experte des moindres détails, genre : épluchage de textos, gestes, paroles, regards… – que le mec de nos rêves – célibataire endurci et réfractaire à tout engagement – est en train de succomber à notre charme irrésistible…

ce qui nous remonte le moral en flèche. Même si ce n'est que pour quelques heures. Parce qu'on sait très bien que tout ça n'est destiné qu'à nous réconforter. Seulement, Angie est partisane du : « Ne compte pas sur moi pour te dire ce que tu as envie d'entendre et te donner de faux espoirs ! » Et c'est ce que j'apprécie énormément chez elle, mais parfois, ça peut faire du bien aussi d'y croire pendant un moment… juste le temps de faire passer la pilule, et de trouver la force de faire une croix sur nos rêves de petite fille.

– Non, ça ne s'est plus reproduit et ça ne se reproduira plus, t'inquiète ! Je ne suis pas maso…

Répète-le, encore et encore, ma grande, et qui sait, tu y croiras peut-être ?

– Tant mieux ! approuve-t-elle d'une voix rassurée. Puis, d'un ton plus doux : Je te connais et je n'ai pas oublié ton discours lorsque j'ai signé le contrat avec Geoffrey.

Je hausse les sourcils, et devant mon incompréhension, elle précise :

– Je te mettais déjà en garde contre Luke à cette époque, et tu m'as avoué que tu ne pouvais t'empêcher d'espérer un peu. Ensuite, je t'ai demandé si tu serais capable de lui consacrer une année tout en connaissant à l'avance la date de votre rupture. Tu te souviens de ta réponse ?

J'ai un sourire mélancolique en y songeant soudain.

– Tu m'as dit que tu accepterais sans hésiter, poursuit-elle sans me laisser le temps de répondre. Et même, lorsque je t'ai demandé si ça ne serait pas pire après, tu as ajouté que tu utiliserais chaque journée pour lui devenir indispensable, et qu'il ne rêve ensuite que de prolonger le bail…

C'est bien vrai ! Et je le pensais vraiment à ce moment-là.

– D'une façon bien étrange et que tu n'avais pas prévue, continue-t-elle avec un tendre sourire, tu te retrouves dans cette situation… alors, telle que je te connais – et je ne te connais que trop bien –, ne viens pas me faire croire que tu aurais soudain jeté à la poubelle ton incommensurable optimisme ! C'est ce que j'adore en toi, ma Juju. Cette confiance absolue dans l'avenir. Cette faculté que tu as de ne voir que le bon côté de la vie, et des gens. À y croire envers et contre tout.

– Je n'ai pas changé, je lui confirme. La différence, c'est qu'aujourd'hui, les seuls avec qui j'ai signé un bail à vie, ce sont mes deux mini-trolls…

Je pose une main sur mon ventre, avant de poursuivre d'une voix hésitante, parce que c'est plus fort que moi, et que je ne sais pas mentir à ma meilleure amie :

– Mais j'avoue que je continue d'espérer, malgré tout. C'est plus fort que moi, et j'aimerais que Luke finisse par m'aimer comme Geoffrey t'aime.

– Je sais, murmure-t-elle en posant ses mains sur la mienne. C'est justement ça qui me fait si peur et…

Un bruit de clé dans la serrure l'interrompt. Je me redresse et tourne mon visage vers celui qui ne devrait pas tarder à pénétrer dans le salon. Une excitation de petite fille me gagne en prévision de la surprise qui l'a fait rentrer plus tôt du travail. J'ai d'abord un grand sourire en apercevant Luke… qui s'efface lentement en découvrant son visage… blanc de rage. Il a l'air vraiment furax ! Sur l'échelle de Richter, je dirais que sa colère est de magnitude 5 : pouvant causer des dommages à des édifices mal conçus…

– Qu'est-ce que tu as encore fait ? s'inquiète tout bas Angie. Il a l'air de vouloir bouffer du lion…

– Mais rien du tout, je murmure en retour.

OK… il y a peut-être – c'est même certain – un peu – beaucoup ? – plus de désordre qu'avant, mais pas non plus de quoi en faire tout un drame.

– C'EST QUOI, CE BORDEL ?! rugit-il en me balançant une liasse de feuilles dactylographiées qui s'éparpillent autour de moi et sur le sol.

– Essaie de rester calme, lui conseille Geoffrey en posant une main sur son épaule. Ce serait mieux…

– PARCE QUE TOI, TU ARRIVERAIS À RESTER CALME, HEIN ?!

Là, c'est clair, sa fureur a atteint la magnitude 7 : pouvant provoquer des dommages sévères, tous les édifices sont touchés… pas étonnant que ses deux potes – aux traits tirés – soient eux aussi présents. Angie s'empresse de ramasser les feuilles. Silencieuse, j'observe Luke et tente de comprendre ce qui a pu déclencher sa colère. Enfin, colère… l'euphémisme du siècle. Du coin de l'œil, j'aperçois mon amie qui classe les pages et en commence la lecture.

– Tu vas me répondre ?

Je jette un regard à ma meilleure amie dont le visage semble perdre toutes ses couleurs au fur et à mesure de sa lecture. Un frisson glacial me transperce. J'ignore pourquoi, mais soudain, je me sens mal. Vraiment mal. Elle lâche quelques jurons entre ses dents serrées puis, d'un geste plein d'amertume, me tend les feuillets, m'intimant de les lire. Ses yeux sont remplis de larmes, et je l'entends alors me demander : « Pourquoi, Juju ? Pourquoi ? »

– Mais pourquoi quoi, à la fin ? je riposte, excédée, en attrapant les feuilles.

Luke est toujours planté devant moi. Ses poings sont fermés. Sa mâchoire, crispée. Quant à ses yeux… Jamais, je ne l'ai vu me regarder avec une telle… haine… déception… tristesse, tout ça à la fois. Un étau comprime brusquement ma poitrine. Je détourne mon regard du sien, baisse mon visage et commence à lire.

Et je me décompose au fil des mots, des phrases qui s'enchaînent. Ma respiration s'accélère. Mon cœur s'emballe. Si je n'étais pas assise dans le canapé, je m'effondrerais. Littéralement.

Oh mon Dieu ! Pourquoi... tu as fait ça ?

J'ai envie de crier. De hurler. De pleurer.

Je lâche les feuilles… elles tombent en virevoltant sur le sol, sans un bruit. Dans le salon règne à présent un silence étrange. Tous les regards sont fixés sur moi… et je les vois à peine à travers le brouillard de mes larmes.

Putain, pourquoi tu m'as fait ça ?!

CHAPITRE 39

Magnitude 9 : séisme dévastateur sur des centaines de kilomètres

– Tu ne lui avais encore rien dit ? Pourquoi ?

Je pivote vers Angie qui vient de comprendre qu'effectivement, je n'avais encore rien dit à Luke. J'avais l'intention de le faire, mais je me laissais – je nous laissais – encore un peu de temps. Car je n'ignorais pas que la discussion serait pénible. Inconsciemment aussi, j'espérais que son attitude m'indiquerait enfin que cette discussion n'avait plus lieu d'être… toujours mon éternel optimisme. Je n'avais pas prévu que Sarah viendrait mettre son grain de sel, et surtout, me court-circuiterait.

Putain, Sarah ! Pourquoi ?

Dans la mesure où tu lui as assuré – promis ! – que ce serait fait dans la semaine… et que cela fait plus de quinze jours, maintenant ! Tu ne peux t'en prendre qu'à toi-même, ma grande !

– Je n'en sais rien, je marmonne. Ou plutôt si, et toi aussi, tu sais très bien pourquoi j'attendais…

Un petit sourire triste éclaire ses yeux en comprenant mes paroles. Elle ouvre la bouche, mais n'a pas le loisir de prononcer le moindre mot, car Luke et Geoffrey lancent simultanément d'un ton furieux :

– Putain, j'y crois pas ! Tout le monde était au parfum, sauf moi !

– Barbie ? Ne me dis pas que tu étais au courant ?

D'accord, on va avoir droit à un séisme multiplié par deux. Je jette un pauvre regard à Aïdan, assis sur l'un des tabourets de la cuisine, un verre à la main. Quand ses yeux croisent les miens, il lève son verre et m'adresse un sourire bienveillant. Sur les trois, il y en a au moins un qui a su rester stoïque. Tant mieux.

– Normal que je sois au courant, Justine est ma meilleure amie…

– Et moi, je suis ton mari, bordel !

– Mais Luke est ton meilleur ami…

– Et alors ?! s'exclament les deux concernés en la fusillant du regard.

Elle se lève brusquement et vient se planter face à eux, un index menaçant en l'air. Pour un peu, elle me donnerait envie de rire. Si petite, si sûre d'elle, face à ces deux mecs à la carrure impressionnante et qui la dépassent de plus de trente centimètres.

– Et alors ? fulmine-t-elle tandis qu'Aïdan pouffe dans son coin. Et alors ?!

C'est plus fort que moi. Un excès de stress ou je ne sais quoi. Je m'entends chantonner, bien malgré moi :

– Et alors… Zorro est arrivé…

– Juju, ce n'est pas le moment, là ! me lance-t-elle tandis que Luke pousse un juron en dardant sur moi son regard noir de fureur. Il y avait conflit d'intérêts, voilà ! De plus, je n'étais pas certaine qu'elle suivrait les recommandations de Sarah.

– Toujours à fourrer son joli petit nez là où il ne faut pas, celle-là, balance Aïdan en direction de ses potes. Elle a vraiment le chic pour…

– FAIS PAS CHIER, AÏDAN ! rugissent ses amis, ce qui a pour effet de le faire se bidonner davantage.

Geoffrey attrape Angie par le bras et se dirige avec elle vers le comptoir, où ils prennent place également sur les tabourets encore disponibles. Luke continue de me fixer comme s'il hésitait encore sur la meilleure manière de mettre fin à mes jours. Et bien sûr, là encore, c'est plus fort que moi, je lâche :

– Attends au moins leur naissance.

– Pardon ?

On progresse. Cette fois, il n'a pas hurlé comme un enragé.

– Pour choisir la meilleure façon de me zigouiller.

– BORDEL DE MERDE !

Rectification. L'homme de Néandertal est de retour. Des éclats de rire résonnent dans l'appartement. *Aïdan et Angie*. Je surprends aussi un petit sourire malicieux sur les lèvres de Geoffrey. J'ignore ce qui met le plus en rage Luke dans le contrat rédigé par Sarah. Il est un peu tard maintenant pour me demander si sa réaction aurait été différente s'il en avait appris l'existence et les termes de ma bouche. Probablement moins excessive. Mais ce qui compte réellement, à présent, c'est de savoir s'il va être d'accord pour y apposer sa signature… bien que je sache déjà quelle est la réponse.

– Tu crois que le moment est bien choisi pour faire de l'humour ?

Un soupir m'échappe. Je me lève du canapé et viens me planter face à lui. Je réalise qu'il m'en veut à mort. Obtenir son pardon en ce moment est carrément inenvisageable. Je ne cherche même pas à savoir s'il sera mieux disposé dans quelques heures ou jours.

– Il l'est… si ça nous permet d'avoir une discussion sans que tu me hurles dessus. Si ça peut aussi t'aider à te détendre un peu…

– Tu crois que me faire envoyer ce putain de contrat par mail était le meilleur moyen d'y parvenir ? me coupe-t-il rageusement. Tu te fous de moi ou quoi ?

Il s'éloigne de moi. Comme si le simple fait d'être à mes côtés était soudain devenu insupportable. Je me rends brusquement compte que je l'ai déçu à un point que je n'imaginais même pas. Je fais un autre pas dans sa direction.

– Je n'ai jamais cherché à te blesser, Luke.

– Tu n'aurais pourtant pas pu mieux y parvenir si tu avais cherché à le faire, riposte-t-il. Putain ! Quand je pense…

Il pivote brutalement, attrape son blouson de cuir sur un fauteuil, puis se tourne vers moi.

– Je regrette vraiment que la mère de mes enfants soit lâche au point de se planquer derrière son avocate…

J'ai la sensation de recevoir un coup de poing en plein ventre.

– Qu'elle n'ait pas assez de courage pour simplement venir me parler…

Là, c'est un coup de pied.

– Qu'elle persiste à ne voir qu'un salaud dans le père de ses enfants…

Puis un coup violent au cœur.

– Malgré les confidences que je lui ai faites et que je n'avais encore jamais faites à aucune autre femme… aucune !

Mes larmes débordent et coulent en silence sur mes joues. Même si je ne la vois pas, je sens Angie qui m'enlace. J'entends Geoffrey et Aïdan qui tentent de le faire taire.

– Putain ! Oui, je le regrette !

Il s'avance brusquement vers moi, me dévisage froidement puis, sur un ton qui m'anéantit, mais pourtant moins que ses mots :

– La question est de savoir si je le regrette au point d'engager un avocat, moi aussi ! Pour me protéger et protéger *mes* enfants ! Parce que ce sont aussi *mes* enfants, bordel ! Je pensais que notre relation avait évolué et je te faisais confiance. Au point de croire que chaque décision que nous prendrions pour nos enfants serait prise d'un commun accord, et sans léser l'un ou l'autre… ce qui n'est pas le cas avec ton putain de contrat, car j'ai juste le privilège d'être encore leur géniteur, mais à qui on enlève quasiment tous les droits !

Cette fois, il se détourne définitivement de moi. Aïdan sur ses talons. J'entends la porte qui claque. Ma respiration saccadée. Les murmures d'Angie à mon oreille. La voix grave et rassurante de Geoffrey. Je les entends. Mais je ne comprends rien.

Plus rien.

– Tu vas venir dormir à la maison, ce soir…

Rien du tout.

– J'ai rassemblé quelques affaires… viens. Prends le sac, Geoffrey…

Dans la voiture, je me laisse bercer par le bruit des roues. Arrivée chez eux, je laisse leurs voix me ballotter tendrement. Georges me consoler affectueusement avec un repas dont je ne sens même pas le goût. Puis je me laisse conduire jusqu'à la chambre qui était la mienne il y a encore quelques mois.

– Ça va aller, ma Juju, murmure Angie en me berçant avec douceur. Ça va aller… il était juste fou de rage, mais ça va lui passer. Et jamais, il… il ne… fera rien contre toi… je t'assure. Ça va aller…

Elle ne cesse de me le répéter. J'ignore laquelle de nous deux elle cherche le plus à convaincre. D'une voix ensommeillée, je marmonne :

– Tu as avalé une pleine bouteille d'optimisme ou tu espères me persuader par la torture ?

Elle pouffe et, tout en s'allongeant à mes côtés, finit par me répondre :

– Ça pourrait marcher, tu crois ?

Sa question est plus sérieuse qu'il n'y paraît. Je devine ce qu'elle n'ose exprimer ouvertement. Me reste-t-il encore une once d'optimisme après le tsunami Luke ? Alors, je réfléchis longuement et j'essaie de lui répondre en toute honnêteté. Ce qui n'est pas aisé au vu du chaos qui règne dans mon esprit.

– Je l'ignore réellement… j'espère juste que nous n'en arriverons pas à nous déchirer pour les enfants. Je ne veux pas lui retirer le bonheur de passer du temps avec eux, mais j'ai besoin d'être certaine que lui non plus ne cherchera pas à me mettre sur la touche… je ne le supporterais pas.

– Tout comme Luke, et il est bien là, le problème, conclut-elle en soupirant.

CHAPITRE 40

En avril, ne te découvre pas d'un fil

Sur les conseils de Geoffrey, je suis restée une semaine chez eux. Histoire de laisser le temps à Luke de se calmer et pour ne pas envenimer les choses. Au bout de deux jours, j'ai voulu lui téléphoner. Je n'ai pas osé. Je lui ai juste envoyé un SMS où je lui disais combien j'étais désolée pour ce contrat. Il n'a pas répondu. Le troisième jour, Geoffrey est rentré avec un œil au beurre noir et la lèvre fendue. Angie, totalement affolée, a cru qu'il s'était fait agresser. Elle voulait appeler la police et le conduire à l'hôpital. Geoffrey s'y est opposé en lui expliquant que ses petits bobos ne méritaient pas un déplacement aux urgences. Et encore moins un appel au poste, vu que son agresseur n'était autre que Luke, avec qui il avait simplement partagé une séance de krav-maga. C'est ainsi que j'ai appris que cela leur arrivait très souvent à tous les trois, et que c'était une façon pour eux de se détendre. Geoffrey m'a informée d'un air un peu gêné qu'il arrivait aussi à Luke de participer à des combats clandestins beaucoup plus violents. J'ai alors compris pourquoi Aïdan et lui avaient décidé d'offrir cette séance de détente un peu particulière à leur ami. Beaucoup moins dangereuse qu'un combat. J'ai aussitôt envoyé un SMS à Luke en lui demandant s'il désirait toujours ma présence chez lui. Je n'ai aucune envie qu'il se retrouve à l'hôpital à cause de moi, ou pire. Une heure plus tard, je recevais sa réponse.

Pourquoi ? T'ai-je jamais dit
que tu n'étais plus la bienvenue ?
Mais demande quand même
à ton avocate...
toujours de bon conseil.

J'avoue que l'envie de lui balancer un message aussi crétin que le sien m'a titillée un instant. Mais, sur la sage recommandation d'Angie, je lui ai juste indiqué la date de mon retour. Je ne suis pas rancunière et je suis de nature à pardonner facilement aux personnes qui me sont chères... ce qui ne semble pas être le cas de Luke.

***

Depuis une semaine que je suis rentrée, c'est à peine si Luke m'a adressé la parole. Si ce n'est pour prendre des nouvelles de mon état – donc de ses enfants –, s'enquérir d'une éventuelle visite chez le médecin pour qu'il puisse y assister également.

Franchement, si j'avais su, je serais restée chez ma meilleure amie.

– Tu as besoin que je te rapporte quelque chose ?

Ou encore – comme maintenant – la question à mille dollars qu'il me pose tous les matins, juste avant de quitter l'appartement pour aller bosser.

– Oui, plusieurs choses en fait. Tu as de quoi noter ?

Visiblement agacé par ma réponse – inhabituelle –, il revient vers moi.

– Ce n'est pas nécessaire, j'ai une très bonne mémoire.

– Tu es sûr ? Car la liste est assez longue.

– C'est bon, Justine ! Je n'ai pas toute la matinée devant moi.

Je finis mon orange pressée avant de lui répondre, ce qui l'énerve encore plus.

– Faisons vite, alors ! Je ne voudrais pas être tenue pour responsable d'une crise économique mondiale…

– JUSTINE !

Je lève les yeux au ciel et retiens – de justesse – le juron prêt à sortir de ma bouche. Il se passe une main dans les cheveux, avec pour résultat de se décoiffer davantage, et pour effet de mettre en déroute ma libido insatisfaite. Un gémissement reste coincé au fond de ma gorge.

Comment peut-il être aussi sexy, même en colère ?!

– Donc, pour commencer la journée sous les meilleurs auspices, j'aimerais bien que tu me trouves une grande quantité de…

Je laisse ma phrase en suspens quelques secondes, le temps de l'observer. Je ne lis aucun désir dans ses yeux. Malgré tout, j'ai chaud tout à coup. Alors, j'ouvre un peu mon peignoir. Son regard descend jusqu'à ma poitrine. Ma température augmente encore quand il y reste un long moment avant de remonter, puis de plonger dans mes yeux. Ce que j'y découvre me coupe le souffle et me laisse toute frémissante.

– Une grande quantité de gentillesse, je reprends d'une voix éraillée. Si tu passes au rayon humour, n'oublie pas d'en prendre un bon stock également. En revanche, tu peux laisser en magasin le paquet « Cromagnonattitude ». Mais n'hésite pas à reprendre celui que tu utilisais, il y a deux semaines… c'est celui que je préfère… et il me manque.

J'aperçois un léger frémissement sur ses lèvres.

– J'avais peur, Luke, je murmure en jouant nerveusement avec mon verre. C'est pour ça que je n'arrivais pas à t'en parler… J'avais peur, parce que j'ai déjà vu à quel point tu es attaché aux bébés alors qu'ils ne sont même pas encore nés. Je n'ai aucune idée de ce que tu comptes faire après leur naissance… Je vis à Paris, à des milliers de kilomètres de New York. Ma vie est en France, et la tienne, ici…

– Je peux comprendre que tu aies eu peur, souffle-t-il dans un soupir. En revanche, ce que j'ai beaucoup de mal à accepter… ce sont toutes les clauses qui figurent sur ce contrat. Des clauses telles que : c'est à toi seule de choisir le lieu de résidence de mes enfants… Oh, bien évidemment, dans ta grande bonté, tu me laisses un droit de visite ! Je renonce à demander un droit de garde partagée ou exclusive… Bordel, Justine ! Est-ce que tu peux seulement imaginer ce que j'ai ressenti quand j'ai lu ce putain de contrat ? Il ne me laisse aucun choix ! Il te donne tous les droits ! Que tu sois la seule à prendre les décisions qui concernent ta vie, je le comprends parfaitement, mais quand ces décisions ont une influence directe sur la mienne, il me semble que j'ai moi aussi le droit d'y prendre part. Et pas juste de me retrouver pieds et poings liés…

Il saisit un verre, le remplit d'eau et le boit d'une traite. Nous restons un long moment à nous observer. Son téléphone sonne et nous fait sursauter. Il jette un regard sur l'écran, mais ne décroche pas. Dans mon cœur, je sens comme un frémissement. Quelque chose qui me donne encore envie d'y croire, d'espérer.

– Je dois y aller. Je suis déjà en retard et j'ai un rendez-vous…

Il attrape son manteau, l'enfile, me lance un dernier regard avant de tourner les talons et de quitter la pièce.

– C'est un progrès, non ? j'interroge mes mini-trolls. Au moins, nous avons réussi à parler…

Deux semaines plus tard

Le hall de l'aéroport est bondé. Heureusement, nos MIB forment une barrière de protection rapprochée et évitent ainsi que nous ne soyons bousculées sans le moindre ménagement par les voyageurs en arrivée, ou ceux qui les attendent. Ça fait plusieurs mois que nous n'avons pas revu Sarah. Depuis le procès, en fait. Et Angie est aussi excitée que moi à l'idée de la retrouver.

– J'espère qu'elle n'a pas raté son avion.

– Aucun risque avec notre Sarah. Et si c'était le cas, nous aurions déjà reçu un message pour nous éviter de l'attendre inutilement.

– C'est vrai, tu as raison, Juju.

En raison de l'amour orageux que se vouent Luke et Sarah, il a été convenu que Sarah dormirait chez Angie, et moi aussi, afin de profiter au maximum de son séjour trop court. Mais la carrière d'avocate de notre amie lui laisse peu de temps libre. Et c'est déjà énorme qu'elle ait réussi à bloquer tout son week-end pour nous, car je sais que généralement, elle passe plutôt ses fins de semaine à potasser ses dossiers.

– EH ! LES GIRLS !

C'est Angie qui arrive à la rejoindre en premier. Facile, elle ne se trimballe pas deux trolls dans le ventre, elle ! Quand j'arrive enfin à leur hauteur, leurs cris hystériques n'ont pas encore réussi à faire fuir toute la foule de passagers, mais presque.

– OH ! PUTAIN ! JUJU…

Sarah m'enlace tandis qu'Angie continue de babiller.

– Je sais, je suis énorme, je souffle quand elle me lâche.

– Pas tant que ça, me rassure-t-elle, les yeux brillants, en posant doucement une main sur mon ventre. Tu es magnifique ! Vraiment ! Et trop sexy ! Je n'imaginais pas que les femmes enceintes pouvaient l'être autant.

– Pour un peu, tu tomberais en cloque pour être aussi sexy que moi, je la raille.

– Je n'irais pas jusqu'à ce sacrifice, pouffe-t-elle. Puis, en posant ses mains sur mon ventre : Et comment vont mes têtards adorés ?

– Les têtards sont en super forme et s'entraînent pour les championnats mondiaux de natation ! Il faudrait juste leur expliquer que mon ventre n'est pas une piscine olympique.

– Et leur père… toujours aussi crétin ?

– Pendant un moment, j'ai eu peur que le Canada ne t'ait changée, je lui lance, amusée. Mais non, toujours la même !

– Yes ! C'est comme ça que vous m'aimez, non ?

– Oui, c'est comme ça qu'on t'aime, lui répondons-nous en chœur, Angie et moi.

– Allez, en route pour la *baby shower* du siècle ! Ça va décoiffer, poursuit Angie, j'ai préparé une surprise qui devrait beaucoup vous plaire !

CHAPITRE 41

LUKE

Je crispe mes doigts sur le volant en regrettant pour la centième fois de ne pas avoir écouté mon père qui voulait prendre un taxi. Depuis qu'ils sont montés dans la voiture, ma mère n'arrête pas de me bassiner avec Justine.

– Mais pourquoi n'est-elle pas venue avec toi ?

Je réprime un grognement avant de répondre.

– Elle est partie récupérer une amie à l'aéroport avec Angie.

– Une amie qui arrive de France ?

– Non, de Toronto.

Et j'aurais préféré qu'elle y reste !

– Et cette amie, tu la connais ? Justine et elle doivent être très proches pour qu'elle fasse le déplacement juste pour une *baby shower*.

Si je la connais ? Pour mon plus grand malheur, oui !

– Luke ! Tu m'écoutes ?

– Felicia, arrête de l'ennuyer avec tes questions ! Tu vas finir par le distraire, et ce n'est vraiment pas le moment, avec ce déluge.

Je capte le regard de mon père dans le rétroviseur et le remercie d'un sourire. Mes parents ne sont pas au courant pour le contrat, pas plus que de la dispute entre Justine et moi. Mais mon père a senti que je suis sur les nerfs. Il a toujours eu le nez pour deviner ces moments où je me trouve sur le fil du rasoir. Et depuis que j'ai lu ce maudit contrat, on peut dire que j'étais d'une humeur de chien enragé. Humeur qui s'est nettement améliorée – deux jours plus tôt – en découvrant mon puzzle accroché à sa place habituelle. Je me souviens de la crainte de Justine en attente de mon verdict. De son envie manifeste et touchante de vouloir me faire plaisir. Tout autant que de son bonheur débordant et contagieux lorsque j'ai reconnu que l'encadrement mettait divinement en valeur le puzzle. Mais surtout, je me souviens de sa tristesse à l'idée d'avoir gâché quelque chose entre nous à cause de ce foutu contrat. Une tristesse palpable et sincère qui m'a ébranlé. Mais moins que la peur qui l'avait poussée à agir ainsi. Celle d'être séparée de ses enfants. Une peur que je comprends parfaitement puisque je la partage également.

Je trouve une place pour me garer juste à quelques pas de la *townhouse* de Geoffrey. Un peu plus, et j'en viendrais presque à le regretter tellement je suis peu pressé de me rendre à cette stupide fête, et surtout, de me retrouver face à face avec Sarah. Tandis que je me charge des nombreux paquets – *bordel ! ces enfants ne sont même pas nés et ma mère a déjà dévalisé un magasin entier !* –, mon père ouvre un parapluie afin de la protéger. Je les suis en courant sous des trombes d'eau jusqu'à la porte. Georges nous ouvre et s'empresse de me tendre une serviette.

– Tu fais une sale tronche, me balance Geoffrey dans un rire après avoir salué mes parents.

Je m'apprête à lui répondre d'un : « Ne me fais pas chier ! » bien senti, mais ma mère me devance.

– Tu as remarqué, toi aussi. Il est d'une humeur massacrante depuis qu'il est passé nous prendre. On pourrait presque penser que c'est lui qui porte ces enfants…

Mon père se marre doucement, tandis que Geoffrey me gratifie d'une accolade amicale sur l'épaule, avant de me glisser plus bas :

– Imagine un peu si c'était nous, ma poule.

Pendant une seconde, j'ai la vision effrayante de mon corps déformé par un ventre rond.

– Oh bordel ! Je ne me suis jamais senti aussi chanceux d'être un homme…

Il explose de rire, et je ne peux m'empêcher de faire de même.

Une demi-heure plus tard, accoudé au bar, et un peu à l'écart, j'observe Justine en train d'ouvrir les cadeaux. J'ai un sourire involontaire devant la joie qu'elle dégage en déchirant avec une impatience digne d'une enfant le papier qui enveloppe chaque présent. Mes parents la connaissent à peine, et pourtant, ils sont déjà conquis. Pas vraiment étonnant. Justine est un petit soleil. Elle déborde de lumière et de joie de vivre. Elle irradie de confiance spontanée et désarmante. Angie m'a dit une fois que Justine avait cette faculté prodigieuse de ne voir que les belles choses de la vie…

Alors que moi, je suis sa face contraire. J'avais peur que notre agression ne la marque à jamais et n'éteigne cette flamme, mais non, pas du tout. Au contraire, cette expérience l'a rendue plus forte et lui a donné envie de prendre des cours d'autodéfense…

– Je n'avais pas encore eu le temps de te féliciter personnellement, Luke, chantonne joyeusement Barbara en venant m'enlacer tendrement. Je ne pensais pas que ce serait toi qui ouvrirais la route. Tu as réussi à devancer mon frère qui est pourtant marié.

– Tu sais bien que je le devance toujours… pour certaines choses.

Elle a un léger sourire. Certainement dû aux souvenirs de notre adolescence, alors que nous étions toujours en compétition, tous les trois. Quand leur mère s'est suicidée, elle a été plus qu'une grande sœur pour Geoffrey. Elle a mis sa vie professionnelle et sentimentale entre parenthèses pour lui. Peu de personnes sont prêtes à un tel sacrifice.

– Dis-moi pourquoi une femme aussi belle que toi ne s'est jamais mariée.

Elle m'observe attentivement, puis jette un regard en direction de Justine.

– Pourquoi cette question, Luke ?

Je ne peux m'empêcher de rire. Barbara a toujours eu le chic pour répondre à une question par une autre, tout en pointant vers le nœud du problème. Ce qui avait le don d'exaspérer Geoffrey à l'adolescence, et même encore aujourd'hui. Mais comme elle semble vouloir m'apporter son aide cette fois, elle finit par me répondre :

– J'ai eu des propositions, c'est vrai. Mais la plupart sont arrivées trop tôt et auraient nécessité que je m'éloigne de Geoffrey.

Ses yeux se posent avec affection sur son frère.

– Or, il n'était pas question que je déménage et le laisse seul avec notre père. Puis le temps a passé et… je suis devenue une femme indépendante, ambitieuse et qui gagne très très bien sa vie. Inutile de te dire que peu d'hommes sont capables d'accepter *réellement* cela. Mais pour répondre véritablement à ta question cachée…

De nouveau, ses yeux se posent sur Justine. Longuement. Tout comme les miens. Néanmoins, sans doute ne la voyons-nous pas avec le même regard. Dans le mien se mélangent désir, passion, envie…

– Une femme célibataire a déjà beaucoup de mal à trouver un compagnon avec qui partager sa vie, alors une mère avec deux enfants…

Elle attrape mes mains et les serre dans les siennes tout en me scrutant avec tendresse.

– Es-tu heureux, Luke ?

Je devine ce que dissimulent ses quelques mots. Est-ce que tout ce que j'ai fait jusqu'à présent n'était dû qu'à un puissant sens des responsabilités… ou y a-t-il quelque chose de plus ? En toute honnêteté, je l'ignore totalement. Suis-je heureux ? Justine me rend-elle heureux ?

– Certains jours, oui, je me sens… heureux…

Elle me scrute intensément sans me demander de précision pour les autres jours. Aïdan vient nous rejoindre et la conversation dérive sur un sujet plus léger.

Lorsque Justine a enfin fini de déballer tous les cadeaux, je pense que nous en avons terminé. Mais Georges – annoncé en grande pompe par Angie – débarque dans le salon, les bras chargés d'un *Baby diapers cake* ! Les trois chipies se mettent à pousser des hurlements de folie.

– Je ne pensais pas qu'un simple gâteau pouvait provoquer un tel effet, s'étonne Aïdan avec un sourire malicieux. Je me demande si…

– Stop ! lui ordonne Barbara en lui assenant une claque derrière la tête. Personne n'a envie de connaître l'idée tordue qui vient de traverser ton cerveau de gamin. Allons plutôt prendre une part de ce délice.

Nous la suivons en riant pour nous joindre aux autres. Aïdan ne peut toutefois s'empêcher – comme d'habitude – de la taquiner. Justine me signale de la main de venir prendre place à ses côtés. En m'asseyant, je suis percuté de plein fouet par les visages rayonnants de mes parents… ça faisait longtemps que je ne les avais pas vus aussi détendus… radieux. C'est un cadeau qu'elle fait à ma famille. À moi. Un trop-plein de bonheur que je n'arrive pas à gérer. La gorge soudain serrée, avec comme un poing qui comprime ma poitrine, je suis pris d'une brusque envie de me lever. De partir.

– Si on partageait cette part de gâteau tous les deux ? Je me suis déjà jetée sur toutes les délicieuses sucreries que Georges a préparées, et j'avoue que je suis au bord de l'overdose.

La voix de Justine parvient jusqu'à moi et me ramène à la réalité. Sa main se pose avec délicatesse sur la mienne. Je plonge dans l'océan de ses yeux, et j'ai soudain l'impression qu'elle a perçu mon malaise. Qu'elle l'a ressenti.

– Je te fais goûter, insiste-t-elle en me présentant une cuillerée que j'avale aussitôt. C'est bon… ?

Oh putain, oui !

Surtout quand tu me regardes comme ça, avec ce sourire… ce sourire…

J'ignore quel est mon putain de problème avec elle, mais je sais qu'il va falloir que je le règle très vite.

Je n'ai juste pas encore trouvé comment.

CHAPITRE 42

Baby shower party… *et compagnie*

Sa bouche retient la cuillère un peu trop longtemps. Je lui en présente une seconde. Il hésite. S'approche dangereusement de moi, le visage à quelques centimètres du mien, et souffle :

– Tu sais quoi, chaton ? Je préférerais avec ton doigt.

Je lâche un petit rire gêné et murmure à mon tour :

– Nous ne sommes pas seuls…

– Je sais. Il y a même mes parents assis un peu plus loin… mais vu la raison pour laquelle ils sont ici aujourd'hui, j'imagine que ton doigt dans ma bouche est un spectacle qu'ils pourront supporter sans crier au scandale.

Un sourire coquin éclaire son visage. Les conversations autour de moi me semblent soudain confuses. Il inspire brusquement. Attrape la cuillère dans ma main et la dépose sur la table, puis il plonge son index dans le gâteau et le présente à ma bouche, recouvert de nappage. Dans son regard, je lis une lueur de défi. Alors, j'entrouvre mes lèvres et laisse son doigt se glisser à l'intérieur.

– C'est bon ? me demande-t-il d'une voix rauque tandis que je hoche la tête. Si nous étions seuls, ce n'est pas seulement avec mon doigt que je viendrais envahir ta bouche…

En songeant à toutes les choses que j'adorerais que sa bouche me fasse, je soupire :

– C'est de la folie…

– C'est logique, tu me rends fou !

Les battements de mon cœur s'emballent. Sa mâchoire se crispe. Il se pince l'arête du nez puis, dans un effort que je perçois, s'enfonce dans le canapé afin de créer un peu d'espace entre nos deux corps. En silence, j'appelle les pompiers à mon secours pour éteindre le feu qu'il vient de déclencher.

Voilà pourquoi les mecs ne sont jamais invités à une *baby shower*, ma grande ! Trop de risques d'incendie !

Quand je suis à nouveau de retour dans la réalité, je m'aperçois que j'ai certainement loupé une bonne partie de la conversation animée qui se déroule autour de moi. Luke, qui s'est rendu compte de mon *absence*, me glisse malicieusement à l'oreille :

– D'abord, on a eu droit à l'activité *Game on*, où ils ont tous parié sur le sexe des bébés. Et là, ça fait bien vingt minutes qu'ils sont tous en train de proposer des prénoms. Angie les note sur le livre d'or qu'elle nous remettra à la fin, mais le *best off* de cette *baby shower* n'a, paraît-il, pas encore commencé… tu as une petite idée ?

– Aucune, Angie s'est chargée de tout organiser. Elle m'a seulement promis que je m'en souviendrais.

Je ne lui précise pas qu'elle m'a assuré que Luke s'en souviendrait aussi. Je vois alors Georges ouvrir le passage à un homme.

– Mais on ne devrait plus tarder à découvrir en quoi ça consiste… J'imagine que c'est ça, le *best off*…

– Luke, à toi l'honneur !

Comme il ne se bouge pas assez vite, Angie l'attrape par la main pour l'éjecter hors du canapé. Je lui adresse un sourire encourageant. L'homme installe au milieu du salon une table similaire à celle des masseurs. Il fait signe à Luke et lui demande de venir s'allonger sur le dos. On devine tout de suite que Luke n'est pas franchement emballé par l'idée, à son air suspicieux et au grognement qui lui échappe.

– Si c'est pour un massage, ma poule, je suis prêt à prendre ta place, s'exclame Aïdan, assis à ses côtés.

– Non, non, riposte Angie en le repoussant. C'est le privilège du papa d'être le premier.

– Aurais-tu peur ? se moque Sarah à qui Luke lance un regard furax.

Devant l'insistance de l'assemblée tout entière, Luke finit par céder. Angie pousse une chaise à la droite de la table, sur laquelle je suis priée de m'asseoir. Les autres convives se sont positionnés autour de nous et attendent désormais avec une même impatience la surprise qu'Angie nous a concoctée. L'homme a prié Luke de soulever son tee-shirt et appose une sorte d'électrode sur son abdomen en lui demandant de se détendre. Geoffrey commence à pouffer, tandis que ma meilleure amie reprend la parole :

– Tu ferais tout pour tes enfants, Luke, n'est-ce pas ? Mais serais-tu *vraiment* capable de tout pour eux ?

– Tu n'as pas idée, Angie, bougonne-t-il. Seulement, je ne vois pas en quoi ce truc sur moi…

Un sourire rayonnant sur son visage angélique, elle lui assène une petite tape sur l'épaule en le coupant :

– Une petite minute ! Je sais que tu vas être un père prêt à tout, absolument tout, accomplir pour ses enfants… mais qu'il est triste que tu ne puisses partager avec Justine les joies de la grossesse, n'est-ce pas ? Malheureusement, c'est ainsi, les hommes n'ont pas cette chance… Cependant, aujourd'hui, tu vas avoir le bonheur de découvrir les joies de l'accouchement, grâce à ce simulateur de contractions…

Des rires, féminins pour la plupart, et des gémissements plaintifs masculins se télescopent dans un joyeux vacarme, tandis que Luke rugit :

– Quoi ?

Compatissante, je prends sa main dans la mienne alors que Sarah – sa fan absolue – se penche au-dessus de lui en ricanant :

– Tu peux aussi déclarer forfait si…

– Non ! la coupe-t-il d'un air de défi. C'est bon, allez-y !

Je me rapproche un peu plus. Tous les regards sont braqués sur lui, Luke prend une grande inspiration. J'entends Felicia dire à son mari combien elle regrette que ce simulateur n'ait pas existé à leur époque. J'ai du mal à saisir la réponse de William, mais je suis certaine qu'il est enchanté de ne pas être à la place de son fils. Angie, télécommande en main, vérifie que Luke est prêt. Mon colocataire hoche la tête.

– Tu n'étais vraiment pas au courant, chaton ?

– Je ne savais rien du tout, j'affirme en toute bonne foi.

Je ne précise pas cependant que, même dans le cas contraire, j'aurais gardé cette activité au programme. Mais vu son petit sourire, je suis certaine qu'il le sait. La pression soudaine de sa main dans la mienne m'informe qu'Angie a mis le simulateur en action. Il serre les lèvres. Je comprends qu'il tente de garder le contrôle. De se maîtriser.

– C'est juste le début, annonce Angie, alors qu'un profond silence règne dans le salon. Évidemment, comme un accouchement peut durer des heures, je vais sauter quelques étapes et aller droit au moment qui nous intéresse le plus…

– OOOH !!!

Là, ce n'est plus une simple pression de sa main. Si je ne retire pas très vite mes doigts, il va me les broyer. Ses phalanges se crispent à présent sur la table de massage. Un de ses genoux remonte brusquement vers son abdomen. Angie continue pourtant d'augmenter l'intensité de la machine.

– BORDEL… OOOH…

Des gouttes de sueur perlent sur son front. Il se mord la lèvre inférieure en gémissant. Puis pousse à nouveau un hurlement.

– Respire… respire… comme on m'a appris aux cours d'accouchement, tu te souviens…

Il me lance un regard noir.

– Petite pause avant la prochaine contraction, lui annonce Angie, toute guillerette. Écoute Justine, il faut que tu fasses le petit chien…

Geoffrey réprime un rire. Sarah se bidonne carrément.

– J'ai… ess…ayé… de res… bafouille Luke, le souffle court, de… respirer…

Il manque tomber de la table quand Angie reprend la séance. Autant dire que, maintenant, il a totalement perdu le contrôle. Ça doit le mettre en rage. En fureur.

– PUTAIN DE… BOR… DEL… DE MERDE !

Les mots qui sortent à présent de sa bouche n'ont plus aucun sens. Il contracte tous ses muscles. Se tord dans tous les sens.

– Merde, les filles ! Il est vachement rouge, là, quand même, marmonne Aïdan qui, lui, est – vachement – blanc. Tu es certaine que la puissance n'est pas excessive ?

– Angie n'est même pas encore au maximum de ce qu'une femme endure vraiment, se moque Sarah. Tu veux toujours passer en second ?

Aïdan ne répond rien. Sarah explose de rire. Je réalise soudain que l'homme prend des photos du papa en train d'accoucher, et de nous tous d'ailleurs. J'imagine ensuite qu'Angie passe soudain un cran au-dessus.

– OOOOOOH… COU… COUPE… COUPE… BORDEL… ANGIIIIIIE… Arrête ça… oh, putain…

Il s'est arraché les électrodes. D'un bond, il descend de la table. Penche son buste en avant, la tête entre les genoux, et tente de reprendre son souffle. Son père pose une main compatissante sur son dos. Sa mère arbore un grand sourire. Geoffrey s'approche, un verre d'alcool à la main.

– Je crois que tu en as bien besoin…

Luke se redresse, contourne la table de massage pour me rejoindre. Je me lève lentement de la chaise. Et il me plaque contre lui. Ses doigts caressent machinalement ma nuque. Je me noie dans ses yeux sombres, vibrants de chaleur. Puis, d'une voix rauque et hachée, il lâche dans un souffle :

– Tu as le droit de me traiter de crétin décérébré… et de tout ce que tu veux d'autre, après les conneries que j'ai pu te dire l'autre jour…

Ne comprenant pas où il veut en venir, je hausse les sourcils. Alors, avec un pauvre sourire, il précise :

– Tu n'es pas lâche et tu es loin de manquer de courage, chaton. Pas en sachant ce qui t'attend…

J'éclate de rire tandis qu'Angie l'informe que son accouchement n'a duré que cinq minutes.

– Seulement cinq minutes ? Oh… bordel…

CHAPITRE 43
En mai, fais ce qu'il te plaît

J'aime New York au printemps. Je l'ai aussi apprécié en automne et en hiver. J'aime la Big Apple parce qu'elle est cosmopolite. C'est une ville pleine de villes, et même de pays dans la ville… Chinatown, Little Italy, Koreatown, Soho, Harlem, Little Paris – comment la Parisienne que je suis pourrait-elle ne pas adorer Little Paris ? –, Greenwich…

Et puis, Brooklyn, le quartier qui m'a encore plus fait chavirer pour New York, car une promenade le long de l'East River, tout en admirant la *skyline* de Manhattan… et soudain, on a l'impression de se retrouver dans un film ! Et si, en plus, cette promenade se fait en compagnie de Luke – main dans la main, doigts enlacés –, ça devient carrément le film le plus romantique du box-office. Mais aurai-je pour autant envie de résider à New York toute l'année ? Sarah et Angie ne demanderaient que ça. Geoffrey aussi, évidemment ! S'il pouvait décrocher la lune à sa Barbie, il le ferait. Aïdan, en qualité de futur tonton des trolls, me pousse lui aussi fortement en ce sens. Felicia et William, quant à eux, n'espèrent que ça… Pas certaine du tout que mes parents, en revanche, soient enchantés.

Luke, de son côté, m'a exposé tous les arguments me prouvant que cette solution serait la meilleure pour les enfants, pour lui… et même pour moi. Allant jusqu'à m'assurer que, dès que je souhaiterai travailler, je croulerai sous les demandes… de ses contacts ! Que New York est même l'endroit idéal pour lancer ma carrière de décoratrice. Le connaissant, je n'ai aucun doute à ce sujet ! Il serait capable de payer lui-même des gens pour qu'ils deviennent mes clients, juste histoire d'obtenir ce qu'il veut.

– Si je le pouvais, j'irais m'installer en France demain, mais c'est loin d'être évident avec mon job, a-t-il avancé il y a quelques jours. Je n'ai aucune envie de te combattre… et d'ailleurs, tu sais aussi bien que moi que, peu importe qui gagnerait la bataille, nous perdrions cette guerre. Tous les deux…

Bien entendu que je le sais !

– Ils sont ma famille, mon sang, mon cœur, m'a-t-il aussi murmuré hier, les mains tendrement appliquées sur mon ventre, avant de me souhaiter une bonne nuit puis de regagner sa chambre.

Comment ne pas avoir envie de céder quand il me souffle des paroles aussi bouleversantes ? En attendant, nous sommes déterminés à nous faire confiance, et nous avons fait une croix sur le contrat.

Sarah a totalement désapprouvé. Normal.

Angie a validé. Normal.

2 juin

– Alors, vous avez finalement choisi les prénoms de mes neveux ?

Aïdan me pose cette question pour la millième fois en levant les yeux au ciel. Geoffrey esquisse le sourire de celui qui sait combien le sujet des prénoms est sensible… Luke et moi n'arrivant pas à nous mettre d'accord sur celui des filles. Ce qui ne pose pas vraiment de problème en soi au futur père, vu qu'il est persuadé que ce seront des garçons. Seulement j'ignore pourquoi, mais depuis un mois, je suis certaine, moi, que nous allons avoir des filles.

– On a encore le temps, lui répond Luke en extirpant une bière fraîche de la glacière tandis que je fais un sort aux dernières fraises. J'ai bon espoir de convaincre Justine avant l'accouchement.

J'entre dans le dernier mois de ma grossesse, et que dire à part : « Je n'en peux plus ! » ? J'ai la démarche d'un canard ; impossible de m'extraire d'un canapé sans une main secourable ; j'ai envie d'aller aux toilettes deux cents fois dans la journée, sans parler des nuits ; je ne vois plus du tout – même en me penchant, et à mes risques et périls si je tente la manœuvre –, mais plus du tout, mes pieds…

– Vous pourriez en choisir un chacun, propose Aïdan.

– Ah non ! nous nous exclamons simultanément, Luke et moi, ce qui nous fait rire.

– Je suis d'accord avec vous, approuve Angie. Ça me rendrait dingue de n'avoir qu'un prénom sur deux qui me plaît. Je ne m'étais pas rendu compte que c'était aussi compliqué de trouver le nom parfait.

– Imagine le casse-tête quand c'est multiplié par deux, et surtout quand la mère est aussi têtue que ta copine.

J'attrape la bombe de chantilly et lui balance une petite giclée sur le nez.

– Au moins, quand tu auras accouché, nous saurons quelle liste de prénoms aurait été inutile, se réjouit Angie. J'ai hâte de savoir si ce sont des filles ou des garçons.

Luke approche son visage et me souffle à l'oreille :

– Moi aussi, j'ai hâte ! Et pas seulement pour faire connaissance avec mes deux p'tits mecs. N'oublie pas qu'ensuite, je pourrai tout te demander.

De mon index, je retire la crème fouettée de son nez avant de l'avaler et de répondre, amusée :

– Je pensais que tu avais oublié…

– Aucun risque que ça se produise, chaton.

Il me fait un clin d'œil avant de se lever pour rejoindre Geoffrey et Aïdan qui entament une partie de ballon. Angie range les restes de notre repas – un véritable délice concocté par Georges – dans le panier d'osier. Nos MIB, installés un peu plus loin, finissent par rejoindre les trois BBS.

– C'est fou, quand même… Qui aurait imaginé qu'on se retrouverait un jour, toi, moi et ces trois BBS, à pique-niquer dans Central Park ?

Angie s'allonge à côté de moi sur la couverture.

– Qui aurait imaginé que tu tomberais follement amoureuse de ton mari et que je me retrouverais enceinte ? j'ajoute en cueillant un brin d'herbe. Aucune de nous deux n'aurait pu prévoir tout ce qui nous est arrivé.

– Parfois, je me dis que si je n'avais pas eu la malheureuse idée de squatter le bureau de Geoffrey, tu serais plus heureuse.

– Alors là, je t'arrête tout de suite ! Et pas seulement parce que je suis ravie pour Geoffrey et toi, non non ! Surtout…

Je prends sa main et la pose sur mon ventre.

– Surtout pour les deux mini-miss qui sont là. Même si je le pouvais, je ne changerais rien, tu m'entends ?! Je ne regrette rien !

– Tu es sûre ?

– À mille pour cent, Angie ! Alors, surtout, ne me redis jamais une connerie pareille !

– Même sur le fait d'avoir des jumelles…

– Double dose de bonheur ! Qui refuserait une double dose de bonheur, dis-moi ?!

Elle pouffe, avant de lâcher dans un soupir :

– Alors, je suis heureuse…

– Moi aussi.

Nous continuons de papoter ainsi un long moment. Les cris et les rires des BBS, mêlés à ceux des MIB, résonnent non loin de nous. Même à l'ombre du parasol que Luke a installé pour moi, je sens l'agréable caresse du soleil. Une petite brise estivale vient me tirer un soupir de ravissement.

– J'ai une folle envie de faire une sieste, je murmure dans un bâillement.

– Dors, ma Juju. Je vais en profiter pour lire un peu sur ma tablette.

Il me faut moins d'une minute pour sombrer et m'abandonner dans les bras de Morphée…

Une violente crampe à l'estomac me réveille brusquement. Dans un gémissement, j'essaie de me relever. Bien sûr, je n'y arrive pas. Je ne peux m'empêcher de crier quand la douleur augmente brutalement d'un cran. Angie, affolée, apparaît dans mon champ de vision et me demande ce qui ne va pas.

– Aide-moi à me mettre debout, je halète, le souffle court. Je n'y arrive pas.

Ses mains dans les miennes, elle tire de toutes ses forces pour me faire retrouver la position verticale. Je ne la garde que quelques secondes, avant de sentir un liquide chaud s'écouler entre mes jambes, et qu'une autre crampe ne me scie en deux. Je me retrouve à genoux dans l'herbe. Haletante. Et gémissante.

– LUUUUUKE ! GEOFFREY !

Les hurlements d'Angie font arriver la cavalerie en un rien de temps. Ils sont à présent tous dans la même position que moi. À hurler et crier à n'en plus finir.

– BORDEL ! rugit Luke. Qu'est-ce qui t'arrive, chaton ? Dis-moi ce qui ne va pas…

Ses mains attrapent mon visage. Je peux voir qu'il est totalement paniqué. Les autres aussi, d'ailleurs. Aucun n'a encore compris ce qui est en train de se passer. Geoffrey et Aïdan hurlent à la cantonade, réclamant un médecin. La foule commence à s'agglutiner.

– C'est le moment…

– Le moment de quoi ?!

Si je n'avais pas aussi mal, j'aurais envie de rire.

– On va enfin savoir si ce sont des filles ou des garçons, Luke…

– Mais… mais… le docteur a dit que c'était pour… le 19 juin.

Angie, qui a enfin compris et est soudain plus rassurée, pousse un profond soupir et prend les choses en main.

– Il faut la conduire à la clinique, ordonne-t-elle en saisissant son portable pour prévenir mon médecin. Ce serait bien que l'un de vous aille à l'appartement de Luke pour récupérer sa valise…

– Putain ! Pourquoi sa valise ?! Je… je…

– La valise des bébés, juste la valise des bébés, lui explique Angie. Je crois aussi qu'il vaudrait mieux que ce ne soit pas toi qui conduises…

Dans les bras de Luke, et escortée des MIB et de mes amis, je traverse Central Park pour rejoindre les véhicules. À chaque plainte de ma part, Luke se liquéfie un peu plus. Je ne suis pas certaine qu'il tiendra jusqu'à la clinique. Alors, pour ce qui est de l'accouchement…

– Mes parents, je marmonne entre mes dents serrées.

– Dès que nous serons arrivés, je m'en occupe, m'assure Angie. Je préviendrai aussi les tiens, Luke…

C'est clair qu'ils ne risquent pas d'être au courant si on compte sur lui ; les pauvres ! Je ne peux m'empêcher de pleurer en songeant que ma mère ne sera pas avec moi. Mes parents ne doivent arriver que dans une semaine. Ils pensaient être dans les temps. Ils vont le regretter le reste de leur vie.

– Merde ! Qu'est-ce qu'il y a, chaton ? Tu as mal ?

– J'y crois pas, Luke ! s'exclame Angie. À ton avis ? J'ai peur que tout ça ne te rende encore plus crétin…

– C'est… impossible, je lâche avec un sourire. Il est déjà au maximum.

Angie éclate de rire tandis que nous montons enfin dans la voiture. Geoffrey se met au volant. Heureusement ! Tout le temps du trajet, Luke ne cesse de le houspiller et de le traiter de tous les noms d'oiseau en lui disant qu'un pousse-pousse serait dix fois plus rapide. Aïdan s'est vu confier la mission d'aller récupérer la valise des bébés.

Je crois que Geoffrey le regrette amèrement. Je ne peux m'empêcher de crier lorsqu'une nouvelle crampe survient.

– BORDEL ! TU VAS ACCÉLÉRER, GEOFFREY !

– On y est, Luke, répond son ami avec un calme imperturbable en se garant devant la clinique.

– Chaton… ça va… ?

Je le dévisage avec tendresse tandis que les portières de la voiture s'ouvrent à la volée. Ses yeux sont voilés. Il a du mal à respirer. Alors, dans un souffle, je lui demande sans pouvoir m'empêcher de sourire :

– Tu crois que tu vas tenir ?

CHAPITRE 44

LUKE

J'ai eu plusieurs mois pour me faire à l'idée de devenir papa. Mais en réalité, même plusieurs années n'auraient pas été suffisantes pour que j'intègre le concept. J'avais analysé toutes les options, prévu toutes les réactions au fil des jours, des semaines… en essayant d'anticiper ce moment. J'avais tout envisagé. Sauf ça. Ce n'est pas seulement de l'amour, du bonheur… non ! C'est… c'est… il n'existe pas de mot pouvant décrire avec précision ce que je ressens. Là. Maintenant.

Putain de bordel de merde !

– Ils sont magnifiques, murmure Justine d'une voix éraillée.

Jamais je ne l'ai trouvée aussi belle qu'en cet instant. Allongée sur son lit médicalisé, ses cheveux noirs éparpillés sur l'oreiller, le visage fatigué mais rayonnant d'une inimaginable allégresse et un amour infini pour nos enfants dans les yeux. Cette image restera gravée dans mon cœur et dans ma mémoire jusqu'à ma mort. Je sais exactement quel jour et à quelle heure mon monde a totalement dévié de son axe…

Le 3 juin, à 2 h 23 du matin !

– Oui, ils sont magnifiques, j'acquiesce d'un ton rauque en entrelaçant ses doigts aux miens. Comme toi…

Elle irradie d'un bonheur pur qui déclenche en moi une bouffée de puissance comme je n'en ai jamais éprouvé. Aussitôt suivi d'un sentiment de panique extrême à l'idée qu'elle décide de retourner en France. Une solution totalement inenvisageable à mes yeux.

– Tu viens de m'offrir quelque chose que j'avais perdu depuis des années et que j'étais persuadé de ne plus jamais ressentir à nouveau…

Elle passe sa main sur ma joue avec douceur. Je pose un baiser au creux de sa paume. Nos gestes sont tendres, empreints d'une émotion neuve et profonde que nous découvrons tous les deux simultanément. Un sentiment incroyable que nous sommes les seuls à partager et qui ne cessera qu'à notre dernier souffle. Un lien indestructible entre nous. Et je sais déjà que rien ni personne n'aura la force de le rompre.

– Je ne croyais plus à l'amour, mais grâce à eux… au moment de leur premier cri, quand je les ai tenus dans mes bras… c'était tellement intense. J'ai tant d'amour pour eux que… que…

– Que tu ne croyais pas qu'un amour pareil pouvait exister, conclut-elle à ma place. C'est exactement ce que je ressens…

Elle réprime un bâillement. Je m'apostrophe en silence en songeant qu'elle doit être épuisée.

– Tu as besoin de repos, chaton.

– C'est vrai que j'ai envie de dormir… ça a duré longtemps…

Oh oui, bordel ! Plus de dix heures ! Dix heures d'angoisse à me ronger les sangs, complètement frustré de ne rien pouvoir faire pour la soulager, pour l'aider. À part rester à ses côtés et lui tenir la main. Tu parles d'une aide ! Je ne remercierai jamais assez l'inventeur de la péridurale… un putain de génie ! Sans elle, je crois que je n'aurais pas tenu. En revanche, à la vue de la taille de l'instrument pour la mettre en place, Angie est tombée dans les pommes…

– Nous n'avons toujours pas décidé des prénoms, continue-t-elle en m'extirpant de mes pensées. Et je veux être bien certaine que nous sommes tous les deux d'accord…

Elle a un petit rire malicieux qui me fait littéralement fondre. Mon regard émerveillé se pose sur les deux petits berceaux, installés de l'autre côté du lit de Justine. Un sourire ravi aux lèvres, je lâche d'une voix pleine d'émotion :

– « Le choix du roi », c'est l'expression qu'a utilisée ma mère.

Elle pouffe encore, puis ajoute :

– Un garçon et une fille ! Nous avons fait plaisir à tout le monde… personne n'a perdu son pari.

Mon fils ! Ma fille ! Bordel, je suis l'homme le plus heureux du monde !

– Et donc, comment allons-nous les appeler ?

Pour notre fils, je réponds sans hésitation :

– Ethan ? Cela évoque la force et le courage, et notre fils en aura.

– Oui, j'aime beaucoup, confirme-t-elle. Vraiment. Et pour notre fille…

J'étais tellement persuadé – tout comme mon père – que ce seraient des garçons que j'avoue ne pas y avoir autant réfléchi… pour ne pas dire pas du tout ! Et chaque fois que Justine me suggérait un prénom féminin, je le déclinais. En outre, je croyais que nous avions encore un peu de temps devant nous. Soudain, une idée traverse mon esprit.

– Et qu'est-ce que tu penserais de… Lily-Tess ? je l'interroge, le souffle court.

Elle a un petit sursaut tandis que ses yeux deviennent brusquement plus brillants.

– Je n'avais pas pensé à créer un prénom composé de celui de ta sœur – Emily – et de celui de celle d'Angie – Tess – qui est aussi comme une sœur pour moi… un prénom unique.

– Parce que notre petite princesse est unique au monde.

***

Deux jours plus tard

L'appartement est de nouveau parfaitement en ordre – comme il l'était avant que Justine n'y emménage. Il est aussi beaucoup plus calme. Ça fait plus de quinze ans que je vis seul. Et j'ai toujours adoré ça. Libre de faire ce que je veux, quand je veux. Sans avoir le moindre compte à rendre à quiconque. Une indépendance et une liberté absolues.

Je devrais donc être ravi d'avoir enfin récupéré mon espace de vie… sauf que ce n'est pas le cas. Ses chaussures, ses fringues, ses produits de maquillage, ses bouquins… éparpillés au petit bonheur la chance aux quatre coins des pièces ! Tout son joyeux désordre me manque. Tout comme nos discussions le soir, le matin… ces moments privilégiés que nous partagions autour d'un repas ou lors d'une promenade… ses petites piques… sa joie de vivre…

Et elle n'est à la clinique que depuis quelques jours à peine.

Bordel ! Qu'est-ce qui cloche chez moi ?

***

Cinq jours plus tard

J'ai été d'une humeur de chien toute la semaine au bureau. Sept jours qui m'ont paru interminables, et ce n'est pas l'arrivée des parents de Justine qui a amélioré mon état. Non, les seuls moments où j'ai le sourire, où mon humeur est au beau fixe, sont ceux que je passe à la clinique avec Justine et nos enfants. Et de préférence seuls. *Nous seuls.* Car, si j'apprécie d'y retrouver mes parents de temps en temps, je ne raffole pas d'y croiser les siens. De toute évidence, son père n'a pas pris la carte d'adhésion à mon fan-club. Ses premiers mots, lancés sur un ton des plus froid, lorsque je suis allé les chercher à l'aéroport, avant même de m'avoir salué, ont été :

– Quelles sont exactement vos intentions envers ma fille ?

Évidemment, je suis resté comme un con – ma main tendue dans le vide –, sans savoir quoi répondre. Pour éviter de voir la situation se dégrader encore, sa femme – aussi souriante que gênée – m'a brièvement serré dans ses bras avant de m'adresser ses félicitations et de m'informer de leur joie, à tous les deux – m'a-t-elle précisé en jetant un regard d'avertissement à son mari –, d'être devenus grands-parents.

Un sourire éclaire soudain mon visage en songeant que mon calvaire prend fin aujourd'hui. Ce soir, Justine et nos enfants seront à la maison. Ma mère et Angie ont tout préparé afin que leur retour soit parfait. Elles ont même organisé un roulement entre les grands-parents et amies afin de venir prêter main-forte à la nouvelle maman dans la journée lorsque je serai au bureau. Inutile de dire que, lorsque ce sera le tour des parents de Justine ou celui de Sarah – qui doit arriver d'ici quelques jours –, je leur laisserai le champ libre. Son père ne m'a pas posé encore la fameuse question. Je présume que sa femme n'est pas étrangère à son mutisme. En revanche, elle ne peut rien faire contre les regards courroucés et menaçants qu'il me lance dès qu'elle n'y prête pas attention. J'ai passé un contrat avec moi-même : rester impassible. Même lorsqu'il me balance des petites piques concernant mon ignorance et ma maladresse face à deux nourrissons. Dans ces moments-là, je m'efforce de respirer calmement… et de ne rien dire.

OK, sauf l'autre jour, où je n'ai pas pu m'empêcher de riposter :

– Il est évident que vous saviez changer avec brio la couche de votre fille à peine trois jours après sa naissance !

Sa femme s'est mise à rire de bon cœur, avant de préciser d'un air enchanté :

– Vous n'y pensez pas ! Ça ne lui est jamais arrivé… pas une seule fois !

Son mari lui a lancé un regard offensé tandis que Justine pouffait en lâchant que ça ne l'étonnait pas du tout. De mon côté, je n'ai pu retenir un grand sourire victorieux… qui s'est effacé lorsque, moins d'une heure plus tard, je l'entendais dire à sa fille qu'elle devait songer à prendre ses dispositions en prévision de son retour en France. J'ai failli péter un câble. Heureusement, l'arrivée fort opportune de Geoffrey et Angie dans la chambre à ce moment précis m'a permis de sortir boire un café avec mon ami le temps de me calmer… Pas certain qu'envoyer un uppercut au grand-père – fort bien conservé de surcroît – soit la meilleure façon de gagner ses faveurs. Entre lui et moi, c'est une aversion polie. Il ne souhaite qu'une chose : que sa fille et ses petits-enfants rentrent en France. Sa femme est plus mitigée. Même si, pour des raisons évidentes, la solution de son époux ne lui déplaît pas totalement, elle rêve d'autre chose pour sa fille. Un rêve partagé par ma mère et mon père…

Un rêve pour lequel je ne suis pas prêt. Et j'ignore si je le serai un jour.

Pourtant, je suis tout autant incapable de les laisser partir. Alors, hier, quand il ne restait plus que nous dans la chambre, et juste avant de la quitter :

– Je ne veux pas que tu retournes en France en m'éloignant de mon fils et de ma fille, lui ai-je annoncé d'une voix basse. Mais je ne peux pas non plus te donner ce que tu attends…

– Qu'est-ce que j'attends d'après toi ?

Elle a souri tristement et je m'en suis voulu aussitôt.Je ne veux pas la faire souffrir. Jamais. Mais je ne souhaite pas lui mentir pour autant.

– Le mariage. Une vie de couple et de famille comme celle de tes parents ou des miens… n'est-ce pas ce que tu attends ?

J'ai poussé un soupir de défaite. Je sais que mon honnêteté n'est pas la meilleure façon de la convaincre de rester à New York.

– J'ai toujours aimé ce trait de caractère chez toi, Luke. Tu ne mens pas… même si c'est douloureux pour l'autre et si ta sincérité risque de te nuire…

Elle m'a fait signe de m'allonger avec elle. Nos doigts se sont enlacés. Et c'était naturel. J'avais juste une putain d'envie que tout reste ainsi. Que rien ne bouge. Parce que l'instant était parfait. Mais la perfection est éphémère. Comme la vie. Je me suis rappelé qu'elle m'a dit un jour combien il est important de ne pas laisser filer les bonnes choses. Alors, j'ai profité de ces minutes où j'étais pleinement heureux.

– J'ignore ce que j'attends *réellement* de toi. Les gens se rencontrent, font l'amour, se découvrent… parfois tombent amoureux et ont envie de fonder une famille. Nous, nous avons tout fait à l'envers. Parfois, je me demande comment aurait évolué notre relation si je n'étais pas tombée enceinte… cette attraction physique serait-elle toujours aussi forte ?

– Je n'avais jamais eu autant envie d'une femme avant toi, et… aujourd'hui encore, ça n'a pas changé…

– Moi aussi, Luke… mais…

Elle est restée silencieuse un long moment. J'ignorais à quoi elle pensait. Mais je m'en foutais tant que cela permettait à cet instant de s'éterniser.

Il n'y a rien de plus simple que le bonheur. Il n'y a rien de plus éphémère aussi.

– Je vais rester encore un mois, a-t-elle finalement trop vite murmuré à mon oreille, et ensuite… ensuite… on avisera, d'accord ?

J'ai dit oui. Un mois de plus…

Mais ensuite ?

CHAPITRE 45

Ceux qui ne croient pas à l'amour ne le trouveront jamais

– C'est normal qu'ils dorment autant ?

– Oui, Sarah, je la rassure en déposant Lily-Tess dans son couffin après sa tétée, repue et déjà endormie comme son frère. Ils n'ont que quinze jours…

– Donc, à part bouffer, chier, dormir et pleurer, me coupe-t-elle en s'affalant dans le canapé, ils ne font rien !

Angie, qui est en train de nettoyer les biberons dans la cuisine avant de les passer au stérilisateur, s'insurge en riant :

– Qu'est-ce que tu croyais, Sarah ?

– Je n'en sais rien, à vrai dire. Je n'ai encore jamais eu l'occasion de fréquenter des mini-humains de deux semaines. Mais quand ils montrent des pubs à la télé, il y a toujours des bébés tout sourire, j'espérais au moins y avoir droit avant mon retour à Toronto.

Notre amie se lève brusquement, se penche au-dessus des couffins et prend toute une série de photos avec son téléphone. Depuis son arrivée, deux jours auparavant, elle ne fait pratiquement que ça.

– Tu ne peux vraiment pas rester un peu plus longtemps ?

– Si mes deux têtards adorés n'en avaient pas fait qu'à leur tête en se pointant en avance, j'aurais pu, bougonne-t-elle. Mais là, c'est déjà un miracle qu'ils m'aient accordé trois jours… À ma prochaine visite, je te promets de rester une semaine.

Nous nous installons toutes les trois dans le canapé. Angie nous sert une citronnade bien fraîche. Je soupire en passant une main dans mes cheveux.

– Tu n'es pas trop crevée ? m'interroge-t-elle avec un petit froncement de sourcils.

– Je suis un peu fatiguée, mais franchement, je n'ai pas à me plaindre. Entre mes parents, ceux de Luke et toi, je suis super bien épaulée… et la nuit, Luke n'hésite pas à se lever pour leur donner le biberon et les changer.

– Vraiment ? Il change leur couche ? pouffe Sarah sans pouvoir y croire.

– Geoffrey et Aïdan s'y sont mis également, lui confirme Angie avec un clin d'œil. Qui l'aurait cru, hein ? Mais les tontons veulent être au taquet !

– Et mon père n'est pas en reste, j'ajoute. On dirait même que c'est une compétition entre ces messieurs, à celui qui s'en chargera le mieux et le plus vite.

– Donc… j'imagine que si je me retrouve dans les starting-blocks avec eux, mon résultat risque d'être…

Angie et moi éclatons de rire.

– Oh, c'est bon, marmonne Sarah en se pinçant l'arête du nez. Ce n'est tout de même pas ma faute si j'ai failli vomir mes tripes… En plus, je venais de me taper une journée de boulot atroce et un vol plein de turbulences. Et, juste entre nous, comment ça peut être aussi infect, alors que leur seule nourriture, c'est du lait ?

Une fois notre fou rire passé, nous continuons à papoter de tout et de rien. Comme avant. Notre insouciance retrouvée me fait tellement de bien.

– Tu as pris une décision ? me lance subitement Sarah. Tu restes ici ou tu retournes en France ?

Je reconnais bien là Sarah. Comment casser l'ambiance en dix leçons.

– Les jours passent, et j'espère pour toi que tu ne vas pas attendre le dernier pour y réfléchir et prendre une décision.

– C'est si difficile. Je sais précisément la souffrance que je lui causerai si je décide de partir… parce que si j'étais à sa place et qu'on me privait de mes enfants…

Mon cœur se serre douloureusement à cette simple idée.

– Comment pourrais-je lui infliger une blessure pareille ?

– Tu vas donc rester, tranche-t-elle.

– Je n'en sais rien, Sarah. Si je reste… j'ai peur de finir par…

J'attrape mon verre pour avaler une gorgée de limonade. En dehors du désir violent que je ressens toujours pour Luke, je me suis énormément attachée à lui. La raison me souffle que le mieux serait de partir. De me tenir éloignée de lui. Alors que mon cœur n'aspire qu'à se rapprocher davantage.

– Tu crains de tomber amoureuse de lui, conclut Angie. Pourtant, c'est toi qui m'affirmais que tu tenterais tout pour lui donner envie de signer un bail à vie avec toi. Qu'est-ce qui a changé ?

Je lui désigne de l'index les couffins où dorment mes trésors.

– Voilà ce qui a changé. Si j'étais seule, je n'hésiterais pas une seconde, et peu importe que je souffre si Luke est incapable de m'aimer. Mais je ne le suis plus… et je ne veux pas être une mère triste et sinistre qui cache sa douleur derrière de faux sourires. Je ne veux pas consacrer mes forces à essayer de rester debout. Je veux être heureuse pour eux et ne leur offrir que mon bonheur, ma joie…

Nous restons songeuses, chacune perdue dans ses pensées. Comment puis-je faire un choix quand ma raison et mon cœur prennent des directions diamétralement opposées ? Dois-je privilégier le bien-être de mes enfants, même s'il est cause de souffrance pour moi ? Et comment savoir si mon choix sera le bon pour eux et pour moi ? Je croyais que la décision de garder mes enfants avait été la plus difficile que j'aie jamais eu à prendre. Je réalise soudain que celle-ci est pire encore. Et qu'elle n'est sans doute que la première d'une longue liste…

– Est-ce que c'est ça, être mère ? je lâche d'une voix blanche. Avancer à l'aveuglette, avec sans cesse la peur au ventre par crainte de se tromper ?

Sarah hausse les épaules en poussant un juron.

– Je crois que tous les parents font des erreurs, et c'est normal, tente de me rassurer Angie. Mon père en a fait, mais il a toujours été là pour Tess et pour moi… j'ai toujours été convaincue de l'amour qu'il me porte. C'est ça le plus important.

– Il y aurait bien une solution ! s'exclame Sarah en se levant brusquement. Une solution qui t'éviterait de souffrir, toi par la suite, si tu restes ici, et Luke, maintenant, si tu pars avec eux…

Elle hésite et nous observe un long moment. Ce qui ne me rassure pas. Sarah n'est pas du genre à prendre des gants. Angie s'impatiente.

– Vous allez dire que… c'est tordu… mais quand on se laisse le temps d'y penser…

– Sarah ! Accouche ! je lui lance avec un sourire.

– OK… vous n'avez qu'à en garder un chacun, répond-elle avec tout le pragmatisme qui la caractérise. C'est tordu, pourtant c'est la seule façon de satisfaire les deux parties…

Putain, j'hallucine !

– Non, mais t'es malade ou quoi ? rugit Angie alors que je reste sans voix. Non, ne réponds surtout pas, ce n'était pas une question, Sarah !

– Je propose juste une solution qui soit un bon compromis pour eux, et sans que cela déclenche une procédure si Justine retourne en France. Parce que même s'il t'assure qu'il n'en fera rien… j'ai un gros doute, vu son comportement avec eux. Il est complètement gaga de ses enfants.

– Je n'ose pas imaginer ce que tu m'aurais proposé si je n'avais pas eu des jumeaux…

Elle se laisse choir dans le canapé en lâchant :

– On aurait été vraiment dans la merde !

– Putain, Sarah ! Si tu savais comme je t'aime !

Je l'enlace.

– Mais on va oublier le un pour lui et un pour moi, ma belle.

Et j'éclate de rire.

CHAPITRE 46

Baby blouses… Enfants pas sages, mais bien sapés

Nous avons fêté le 4 juillet avec nos trésors, mes parents et ceux de Luke, et entre amis ; avec Aïdan et Barbara, chez Geoffrey et Angie. Georges nous avait préparé un fantastique repas, clôturé d'un gâteau aux couleurs du drapeau américain. Le soir, Felicia et William ont joué les baby-sitters tandis que nous allions, Luke et moi, admirer le feu d'artifice grandiose organisé par Macy's. Il est maintenant plus de minuit, et Luke tente de convaincre son fils, qui a englouti son biberon il y a bien trente minutes, qu'il doit dormir… Malheureusement, Ethan ne semble pas du tout d'accord.

– Il va finir par réveiller Lily-Tess.

– Tu as une idée de génie à me proposer, chaton ?

Ethan dans ses bras, il continue de marcher de long en large dans le salon, tout en le berçant. Normalement, ça marche à chaque fois.

– Ça fonctionnera peut-être mieux avec ton truc…

– Mon truc ?

– Ta poussette voiture de sport…

Aussitôt dit, aussitôt fait. Luke dépose Ethan dans le dernier modèle – acheté par ses soins – de ce qui est une coque de transport, genre maxi-cosy, mais double, et qui pour moi est surtout un ovni nécessitant un mode d'emploi spécial pour l'utiliser sans risque. Puis il balade Ethan dans tout le salon, passant entre les fauteuils, la table basse, le canapé, et en imitant le vrombissement d'une voiture de course…

– Non, mais sérieux ? je chuchote pour ne pas réveiller Lily-Tess.

– Il adore ça. Regarde !

Et là, le miracle se produit. Ethan ne pleure plus.

– C'est bien mon fils, il a déjà la passion des sportives. C'est bon, il s'est endormi… on va pouvoir le mettre dans son couffin.

Problème. Ethan se réveille dès que son père tente de le déposer dans son lit. Pendant plus d'une heure, nous nous relayons pour tenir ce qui commence à prendre des airs de 24 heures du Mans. Enfin, Luke parvient, sans réveiller notre trésor – qui, j'avoue, l'est un peu moins en cet instant –, à remettre Ethan dans son couffin. Je pousse un soupir de délivrance.

– Ça va ?

– J'ai cru qu'on n'y arriverait jamais, je réponds en me laissant choir dans le canapé.

– Non, je gère totalem…

La voix de sa petite princesse résonne alors brusquement dans le salon. Nous nous précipitons vers son couffin en priant pour qu'elle ne réveille pas son frère…

– Et merde ! bougonne Luke alors qu'Ethan pousse à son tour un cri sonore. C'est pas vrai…

Le circuit 24 heures du Mans autour du salon reprend, avec cette fois le frère et la sœur dans le double maxi-cosy. Puis vient le moment du biberon suivant… des couches à changer…

– Ils de…vraient dooor… mir… maintenant, je bafouille de sommeil, Lily-Tess lovée dans mes bras.

Ethan est dans les bras de son père qui lui fait des risettes. Je n'ai pour ma part qu'une envie : aller retrouver mon lit. Luke dépose Ethan dans sa poussette de compétition – qui, je l'espère, sera très vite soporifique –, puis il me prend Lily-Tess et fait de même avec notre princesse, après lui avoir offert une multitude de bisous.

– Va te coucher, chaton.

J'hésite. Luke travaille demain. Pas moi. Ce serait donc plutôt à moi de lui proposer de regagner sa chambre, non ? Il insiste.

– Tu es certain ? Vraiment ?

Idiote, imagine s'il change d'avis !

– File, je te dis !

Merci, mon Dieu !

Je dépose un baiser sur sa joue et file sans demander mon reste, avant de m'écrouler comme une masse sur mon lit.

***

Avec ma mère et Felicia, nous profitons de cette douce fin d'après-midi du mois de juillet pour faire une promenade avec les jumeaux. Bien sûr, en compagnie de mon MIB. Mais pas avec le double maxi-cosy Formule 1. Les grands-mères ont chacune son landau : ma mère, celui d'Ethan, Felicia, celui de Lily-Tess. Pendant qu'elles bavardent entre elles, je les suis quelques pas en arrière, et laisse vagabonder mon regard sur les vitrines. Mes parents rentrent en France début août. Même si mon père n'a plus abordé le sujet, je sais qu'il souhaite mon retour avec eux. Les jumeaux vont bientôt avoir trois mois. Il est temps que je prenne une décision. J'ai donc engagé un chasseur d'appartements pour me dénicher le lieu de mes rêves… ou du moins ce qui s'en approchera le plus. Je croule sous les photos et vidéos de visite virtuelle qu'il m'envoie chaque jour. Et hier, j'ai vraiment eu un coup de cœur. Je lui ai aussitôt téléphoné, et depuis ce matin, j'attends son rappel avec impatience pour savoir si mon dossier a été accepté. J'espère que la liste des candidats n'est pas trop longue. Toutefois, plus les heures passent et plus je pense que je vais être obligée de reprendre les recherches.

– Nous devrions rentrer, lance ma mère par-dessus son épaule. Ils ne vont pas tarder à avoir faim, et ensuite, ce sera l'heure de leur bain. Felicia et moi, nous nous chargerons des jumeaux si tu veux, tu pourras te détendre un peu.

Felicia hoche vivement la tête. J'ai un sourire en songeant que, décidément, toutes les excuses sont bonnes pour s'occuper de Lily-Tess et d'Ethan.

– Oui, rentrons. Et j'en profiterai pour me détendre, encore, comme je l'ai fait depuis ce matin… et hier… et sûrement demain, non ?

Les deux grands-mères se dévisagent et pouffent tandis que nous rebroussons chemin. La sonnerie de mon portable retentit. Je fais glisser mon doigt sur l'écran afin de décrocher.

– Oui ?

– Matthew Wells, votre agent immobilier. Comment allez-vous ?

Tout en échangeant les formules de politesse d'usage, je ralentis le pas pour éviter que Felicia et ma mère ne surprennent ma conversation.

– J'ai une bonne nouvelle. Le propriétaire a accepté votre dossier, et si l'appartement vous intéresse toujours, il ne vous reste qu'à signer le bail.

Je ne peux m'empêcher de laisser échapper un cri de joie. Ma mère se retourne aussitôt. Felicia aussi. Je leur fais signe de continuer tandis que je m'arrête.

– C'est magnifique ! Je suppose que nous pouvons tout régler par mail ?

– Sans aucun problème. Vous n'aurez qu'à m'envoyer un virement bancaire pour la caution, le loyer et ma commission.

– Quand pourrai-je m'y installer ?

Je reprends la route, toute frétillante de joie à l'idée d'avoir trouvé l'appartement de mes rêves, idéal pour y installer ma petite famille.

– Eh bien, une fois les formalités bouclées, l'appartement étant vacant, cela ne dépend que de vous…

Tout en marchant, je réfléchis à tout ce que je vais devoir acheter pour meubler un minimum mon nouveau chez-moi. La cuisine est parfaitement équipée. Donc, aucun investissement à prévoir de ce côté-là, à part la vaisselle et les ustensiles, bien sûr. Depuis le début de mes recherches, j'ai repéré des boutiques de meubles… le minimum vital pour le début, et j'aviserai par la suite.

– Dans quinze jours, ce serait parfait pour moi.

– Très bien. Je vais donc rédiger le bail dans ce sens, et je vous fais parvenir les documents dès demain.

Nous nous saluons avant de raccrocher. Ravie, je rejoins ma mère et Felicia, la tête déjà pleine d'idées de décoration.

– On dirait que tu as reçu une très bonne nouvelle, ma chérie ?

Ma mère m'observe, un drôle d'air sur le visage. Tout comme Felicia. Je devine aussitôt ce à quoi elles pensent toutes les deux. Les grands-mères de mes jumeaux s'entendent très bien, et elles ont un but commun – outre celui de partager le plus de temps possible avec leurs petits-enfants –, celui de nous voir passer devant Monsieur le maire. Et le fait que j'habite toujours chez Luke ne fait que les conforter en ce sens. Elles sont certainement en train de penser que c'est Luke qui vient de me téléphoner. Comme cela lui arrive souvent. Et j'avoue, chaque fois qu'il le fait, j'ai toujours cet air ravi sur le visage.

– C'était juste Angie, pour m'annoncer sa visite demain. Son neveu et sa nièce lui manquent…

Le petit regard entendu qu'elles échangent m'informe qu'elles n'y croient pas du tout. Pourtant, ce n'est pas encore le moment de leur faire part de mes projets ni de mettre fin à leurs espoirs. Elles l'apprendront bien assez tôt de toute façon.

La vie n'est pas un conte de fées...

CHAPITRE 47

Home sweet... *homme*

Lily-Tess dort contre moi, la tête appuyée sur mon épaule. Elle m'inspire des sentiments si forts que j'en ai la gorge nouée. Tout comme son frère. Depuis qu'ils sont nés, tout mon univers ne tourne plus qu'autour d'eux. Ils sont mon monde et sont présents dans chaque décision que je prends. Je me lève et l'installe confortablement dans son petit lit, juste à côté d'Ethan. Je branche le babyphone dans leur chambre puis file rejoindre mes parents dans la cuisine.

– Nous avons tout déballé ici, chaque chose est rangée à sa place, m'annonce fièrement mon père, seul dans la pièce. Ils se sont endormis, ça y est ?

– Oui, après avoir mangé et sans faire d'histoires, cette fois.

Nous rejoignons ma mère au salon où elle finit de déballer les derniers cartons. Mon père se charge de retirer la housse de protection du sofa blanc qu'on vient juste de me livrer. Je jette un regard d'ensemble sur la grande pièce... immaculée, du sol au plafond, même le parquet dont les lattes ont été blanchies. Une table basse en métal brossé trône sur l'épais tapis aux motifs abstraits et colorés. Une multitude de coussins, éparpillés au sol… des photos de Lily-Tess et Ethan, encadrées, mais qui n'ont pas encore été accrochées au mur… quelques magazines çà et là, une pile de livres… des bougies…

– C'est toujours un peu vide, mais…

Une boule dans la gorge m'empêche de poursuivre, car le retour de mes parents en France est proche. Ils vont me manquer, c'est certain, mais il est temps que je prenne mon envol, que je devienne indépendante. Après des jours de réflexion, des heures de discussion, avoir pesé le pour et le contre pour nos trésors, pour Luke, et pour moi, nous avons finalement trouvé la solution parfaite. Et surtout, celle qui nous convient à tous les deux, même si nos parents respectifs l'apprécient beaucoup moins.

– Ça va prendre tournure, m'assure ma mère avec un sourire. Petit à petit…

Oui, c'est ça. Petit à petit. Jour après jour.

– Vous serez bien ici, continue-t-elle alors que mon père grogne. L'appartement est lumineux et, telle que je te connais, tu vas en faire un petit bijou…

Mon père marmonne à nouveau dans sa barbe. Je m'approche de lui.

– Maman a raison, dis-je en l'enlaçant. Tu ne pensais quand même pas que j'allais revenir m'installer à la maison !

Je réalise que je dis encore « à la maison » en parlant du domicile de mes parents. Mais c'est ici, ma maison, maintenant.

– Ça ne nous aurait pas dérangés, bougonne-t-il encore.

– Je sais bien, seulement ta petite fille a grandi… elle est devenue une femme, une maman, et doit construire sa vie.

Les yeux humides, il prend mon visage entre ses mains.

– Tu sais que nous serons toujours là pour toi et les petits, ta mère et moi…

Mon père n'est pas un habitué des grandes démonstrations sentimentales. Alors, après s'être raclé la gorge, il s'éloigne et tente de retrouver une attitude moins émotive… plus virile. Ma mère s'essuie les yeux discrètement. Pour éviter de me mettre à pleurer, je file à la cuisine préparer une citronnade.

***

Épuisée après cette longue journée d'installation, je me confectionne une salade César. J'émince le blanc de poulet puis ajoute les croûtons et les copeaux de parmesan tout en écoutant un air de musique sur mes nouvelles enceintes. Enfin, je me sers un verre de bordeaux – cadeau de mes parents – avant de déposer mon plateau-repas sur la table basse du salon. J'hésite entre attaquer ma salade tout de suite et prendre d'abord un bain moussant. Finalement, mes muscles courbaturés me poussent vers la salle de bains. J'envoie une prière silencieuse à la déesse des mamans célibataires pour que mes petits trésors continuent de dormir comme des anges. Normalement, je devrais être tranquille pendant quelques heures encore…

Ayez pitié de votre maman, les loulous !

Après avoir déposé le babyphone sur le rebord de la baignoire, je me déshabille en vitesse puis me glisse dans l'eau délicieusement chaude. L'onde clapote doucement contre la paroi de la baignoire. Durant quelques minutes, je me contente d'apprécier cet agréable moment de calme en me laissant flotter, de la mousse jusqu'au cou. Je ferme les yeux et profite du silence des lieux, si rare. Quand je suis totalement détendue, et avant de succomber au sommeil que je sens poindre sous mes paupières alourdies de fatigue, je me lève pour me laver vigoureusement et, après m'être rincée et séchée, j'enfile mon peignoir de soie. J'attrape ensuite le babyphone, jette un regard *via* son système vidéo sur les jumeaux – toujours profondément endormis – et regagne le salon où je me laisse choir sur le sofa. La musique joue en sourdine. Je ne suis pas encore habituée à mon nouvel environnement, et j'imagine que c'est pour cette raison que je ressens une étrange sensation… de manque. Je dois juste me laisser du temps. Luke ne pourra jamais répondre à chacun de mes besoins, de mes désirs ou de mes rêves. Aucun homme – même fou amoureux – ne le pourrait, d'ailleurs. C'est à moi seule de m'assurer de mon bonheur. Si d'autres veulent y ajouter leur grain de sel, tant mieux ! Mais remplir la salière ne dépend plus que de moi. J'ai besoin de construire ma propre vie avant même de songer à devenir la femme de quelqu'un. Parfois, il faut savoir lâcher prise et ne pas avoir peur d'avancer, même si l'avenir nous semble plein de risques… Oui, nous avons pris la bonne décision !

Alors, arrête de te prendre la tête, ma grande !

J'ai conscience que mon portable sonne au loin, à intervalles réguliers. Toutefois, j'ai trop la flemme pour partir à sa recherche.

Mais comment font les mères célibataires qui sont obligées de bosser ?

Puis la sonnerie de l'entrée retentit. Plusieurs fois. Si persistante qu'elle me force à émerger de mon brouillard et à me lever. L'esprit confus, je me dirige à toute allure vers le hall en maudissant l'imbécile qui risque de réveiller les jumeaux. De mauvaise humeur, j'ouvre la porte à la volée :

– C'est bon ! Pas besoin de s'énerv…

La fin de ma phrase reste coincée dans ma gorge, comprimée par la stupeur. Le temps que je reprenne mes esprits, mon visiteur surprise en profite pour se glisser à l'intérieur.

– Bordel ! Ça fait plus d'une heure que j'essaie de te joindre…

– Mais qu'est-ce que tu fais là ?

Je referme le battant tout en serrant la ceinture de mon peignoir.

Et merde ! En plus, je suis complètement à poil là-dessous.

– Fais comme chez toi…

– J'étais inquiet, marmonne Luke en passant une main dans ses cheveux. J'ai eu peur que tu… qu'il ne vous soit arrivé… Bordel ! J'ai flippé comme un malade !

Ma colère disparaît aussitôt en constatant son angoisse flagrante.

– J'ai bien entendu mon portable tout à l'heure, mais j'étais trop crevée pour le chercher. Il doit être quelque part dans l'appart'…

Un soupir s'échappe de sa bouche tandis qu'il compose un numéro. Le mien visiblement, car la sonnerie se met très vite à résonner, bien que fortement atténuée. Je le suis jusque dans la cuisine où le timbre se fait un peu plus net.

– Je ne voulais pas t'inquiéter, je m'excuse alors qu'il ouvre la porte du réfrigérateur, puis j'ajoute d'un ton agacé : OK, je suis peut-être un peu bordélique mais quand même…

– Tu disais ? se moque-t-il gentiment en extirpant mon portable du bac à légumes, ce qui me fait songer que j'ai dû l'y déposer en prenant la laitue de ma salade César. Dès demain, je t'envoie quelqu'un pour installer une ligne fixe…

Je lève les yeux au ciel et préfère changer de sujet en lui proposant un verre de vin, qu'il accepte avec un sourire. J'en profite pour m'en resservir un.

– Je ne m'attendais pas à ta visite, je lui lance tandis que nous regagnons le salon. Enfin, pas avant au moins un ou deux jours…

Il a dû retourner chez lui pour se changer en rentrant du boulot. Il se tient désormais devant moi, vêtu d'un jean sombre et d'un tee-shirt blanc à manches courtes dévoilant ses bras musclés… impossible de rester de marbre. J'avale une gorgée de vin.

– C'est ce que j'avais prévu, en effet. Je voulais te laisser le temps de t'installer…

Il jette un rapide coup d'œil autour de lui, puis poursuit avec un sourire :

– J'aime beaucoup. Je vois que tu as pris le contre-pied de chez moi…

J'ai un petit rire en songeant que, si les couleurs sombres prédominent chez Luke, chez moi, ce sont effectivement les teintes claires.

– Nous sommes un peu comme le Ying et le Yang, totalement opposés, je lui fais remarquer. Jusque dans la déco…

Il dépose son verre sur la table basse et coule sur moi un regard qui m'ébranle. Son assurance – de celle des hommes qui ont l'habitude de tout obtenir –, sa façon de marcher, de respirer, de s'exprimer, de voir le monde, de protéger envers et contre tout ceux qu'il aime, de faire l'amour… tout, chez lui, me fait craquer. C'est pour toutes ces raisons que j'ai préférédéménager. Néanmoins, il m'a semblé bien trop cruel de l'éloigner de Lily-Tess et d'Ethan en retournant en France.

– Tu n'as même pas tenu une journée, je lâche d'une voix rauque. Mais j'imagine qu'à ta place, je n'aurais pas fait mieux.

Je retiens mon souffle lorsqu'il avance sa main dans ma direction. Je ne suis pas certaine de pouvoir la repousser. Ni même d'en avoir envie. Elle atterrit sur ma cuisse, et sa chaleur transperce la fine soie de mon peignoir.

– J'ai déjà eu du mal à supporter ces quelques heures… alors, ne me demande pas de rester à distance pendant des jours. J'en serai incapable.

Son aveu me conforte dans mon choix de rester à New York. Toutefois, le désir intense et les sentiments que j'éprouve pour lui sont autant de raisons qui auraient dû me convaincre de fuir aussi loin que possible.

– Avoir le bonheur de pouvoir les voir chaque jour… Tu ne pouvais me rendre plus heureux, chaton…

De sa main libre, il saisit mon verre avant de le déposer sur la table. Il m'attrape par la taille et m'installe sur ses genoux. Ma respiration s'accélère. Mon cœur s'emballe brusquement.

– Et je préfère te prévenir tout de suite que tu risques de m'avoir chez toi tous les jours…

Un gémissement rauque s'échappe de ma bouche.

Sauf lorsque tu viendras me rendre visite avec eux… et si tu as besoin de décompresser, d'une heure, d'une soirée de liberté, d'un week-end entre filles ou je ne sais quoi d'autre, je serai toujours là pour prendre le relais. Qu'est-ce que tu en dis ?

Comment réfléchir quand ses yeux me dévorent ? Quand l'une de ses mains glisse sur ma cuisse avec sensualité ? Et que l'autre caresse mon dos ? D'une voix éraillée et dans un murmure, je parviens à lâcher :

– Tes mains me perturbent…

– Seulement mes mains ? s'informe-t-il dans un souffle en me positionnant de façon à me permettre de bien sentir son érection. Le problème avec toi, c'est que j'ai toujours envie de te faire l'amour… Tu es la seule femme dont j'ai envie à en crever.

Du bout des doigts, il écarte l'échancrure de mon peignoir, dévoilant ainsi mon épaule. Ses lèvres effleurent ma peau et y laissent une trace brûlante. Je frissonne.

– Il est clair que c'est un gros problème…

– Je ne te le fais pas dire, chaton. Tu as une idée pour y remédier ?

Sa respiration erratique vient se mêler à la mienne.

– Je peux être un choix, une priorité, une raison, Luke, mais je ne serai jamais une option.

Je sens ses muscles se crisper. Il bascule sur le flanc et m'entraîne avec lui. Nous nous retrouvons allongés sur le sofa. Son corps, plaqué contre le mien, me domine.

– Oh, chaton, tu n'es pas, et tu ne seras jamais une option pour moi !

– Donc, ça veut dire que…

J'hésite un instant, pas vraiment certaine de comprendre.

– Tu ne feras l'amour qu'avec moi ? Aucune autre femme ?

– Oui, grogne-t-il d'une voix super sexy, et j'attends de toi la même chose en retour !

– Je te préviens, je garde mon appartement, je gémis, cédant à une vague de plaisir alors qu'il me mordille l'épaule.

– Et moi, le mien.

Ses mains bloquent mon visage. Ses yeux plongent dans les miens. Sa bouche est à un souffle de mes lèvres. Je suis tenaillée par le désir de le toucher. De le sentir en moi.

– Ensemble sans vivre ensemble. Nous restons libres de nos mouvements, tout en étant chacun l'un à l'autre… Tu es d'accord ?

Et soudain, un intense sentiment de bonheur me submerge quand je comprends la raison de cette inquiétude qui transparaît dans sa voix, et de cette angoisse que je lis dans son regard.

Il tient à moi ! Réellement ! Et il est terrifié à l'idée de ne plus avoir le contrôle absolu de ses sentiments.

– Oui, Luke, je suis d'accord…

Il ne me laisse pas le temps d'ajouter autre chose. Ses lèvres se posent brutalement sur ma bouche, et ma dernière pensée est que nous avons désormais toute la nuit pour nous parler…

Pas avec des mots… juste avec des gestes, juste avec nos corps.

ÉPILOGUE

Un an plus tard…

– Mesdames et messieurs, nous invitons les passagers de première classe et de la classe affaires du vol à destination de New York à se présenter porte douze. Préparez vos cartes d'embarquement et vos passeports pour vérification. Merci.

D'un même mouvement, Angie et moi nous levons et nous dirigeons vers l'hôtesse. Quelques formalités et minutes plus tard, nous sommes confortablement installées dans nos sièges, une coupe de champagne à la main. L'avion de Sarah est parti une heure plus tôt en direction de Toronto. Jusqu'à la dernière minute, nous avons profité de ces quelques jours juste entre filles. Comme avant.

– C'était un week-end de pure folie !

Un sourire rayonnant éclaire mon visage quand je repense à ce bref séjour avec mes meilleures amies.

– Complètement dément, j'ajoute en retirant mes talons. Je n'ai jamais vu une foule pareille…

– Mon Dieu ! Et les files d'attente… je n'en reviens pas. Il faut vraiment qu'on soit accro pour s'être infligé ça, hein, ma Juju ?

– Heureusement pour nous que ton mari et Luke sont restés à New York. Ils auraient rendu les armes dès la journée d'ouverture… et je ne te parle même pas de la soirée de gala !

– Ils nous auraient pris pour des folles…

Nous pouffons en chœur comme des gamines.

– Quand je pense que nous avons réussi l'exploit d'entraîner Sarah avec nous…

J'éclate de rire. Angie est obligée de s'interrompre, elle aussi prise de fou rire. Notre Sarah adorée, au festival New Romance ! Quand on sait ce que pense la demoiselle des histoires d'amour…

– Je crois qu'elle n'a toujours pas compris ce qui peut nous motiver à attendre des heures pour une dédicace, une photo ou un moment à partager avec nos auteures favorites.

– Et encore moins que nous soyons aussi nombreuses à aimer la New Romance…

– N'empêche, elle a quand même acheté la saga *Le Contrat*, sous prétexte qu'elle a le même prénom que l'une des héroïnes…

Nous rions de plus belle à ce souvenir. Nous faisions la queue pour faire dédicacer nos livres, Angie et moi. Et bien évidemment, Sarah rouspétait à nos côtés. Pour la faire taire, je lui ai mis le tome un dans les mains. Elle a levé les yeux au ciel, mais comme elle n'avait rien d'autre à faire, elle a commencé à lire.

– Voilà une nana comme je les aime, a-t-elle déclaré au bout d'un moment. En plus, cette fille s'appelle comme moi…

Comment aurait-elle pu ne pas apprécier une femme aussi ambitieuse et hermétique à l'amour qu'elle-même ? Du coup, elle a acheté la saga complète. Lorsque notre tour est arrivé, elle a même fait dédicacer ses livres par l'autrice : Tara Jones. Angie et moi étions scotchées. Bon, elle n'est quand même pas allée jusqu'à faire un selfie.

– Faut pas abuser, non plus, a-t-elle ronchonné. Ce n'est pas parce que j'ai acheté des bouquins que je vais devenir aussi accro que vous, les filles…

De notre côté, nous avons essayé d'obtenir des informations sur un éventuel spin-off avec ladite Sarah. Tara nous a répondu avec un drôle de petit sourire :

– Vous croyez vraiment qu'elle a envie d'une histoire d'amour avec un happy end ?!

– Elle, peut-être pas, mais nous, oui ! avons-nous répondu simultanément, Angie et moi, dans un éclat de rire.

Oh oui, j'ai passé un week-end magique dans une ambiance de folie ! Notre carte bleue a plus que chauffé quand nous avons acheté les dernières nouveautés et tout un tas de livres en avant-première. Nous avons rencontré des festivalières adorables et aussi addicts que nous… On a dansé… chanté…

bu, un peu trop sans doute… Mais qu'est-ce que c'était bien !

Toutefois, maintenant que c'est terminé, je n'éprouve aucune nostalgie de ma vie passée. Au contraire, une vague de bonheur me submerge à l'idée que, dans quelques heures à peine, je serrerai à nouveau mes deux trésors contre moi. Je trépigne d'impatience.

***

Un sourire rayonnant sur les lèvres, j'introduis ma clé dans la serrure. J'ai à peine le temps de lâcher ma valise et mes sacs dans l'entrée, de retirer mes chaussures, que deux petites tornades déboulent et percutent mes jambes en hurlant :

– *Mom... mom... mommy* !

– Vous m'avez tellement manqué, je lâche d'une voix éraillée en me retrouvant au sol, mes deux trésors dans les bras. Tellement… tellement…

Pendant un temps infini et merveilleux, je succombe à leurs baisers mouillés. Je plonge mon nez dans leurs cous pour retrouver cette odeur si enivrante de bébés. Je grogne que je vais les manger, les dévorer tout crus tant ils sentent bon. Ils rient aux éclats. Je pleure de joie en redécouvrant ce son qui me bouleverse chaque fois. Leurs petites mains potelées essuient mes larmes de bonheur. Jamais je n'ai été aussi pleinement heureuse qu'en cet instant. Jamais je n'ai ressenti autant d'amour. Un amour pur et démesuré. Le plus beau au monde. Celui de mes enfants.

– Tu leur as manqué aussi…

Luke s'allonge par terre avec nous. D'un doigt, il efface toute trace de larmes sur mon visage. Lily-Tess grimpe sur son torse en riant. Ses petits bras enlacent le cou de son père qui sourit aux anges. Dans les yeux de Luke se reflète le même amour pour nos jumeaux que celui qui vibre dans les miens. Puis il s'amuse à chatouiller sa fille, son fils, tout en les empêchant de lui rendre la pareille. Je me mêle très vite à leur petit jeu, et nous finissons à bout de souffle tous les quatre. Ethan, un sourire coquin aux lèvres et les joues rouges, s'approche doucement et murmure à mon oreille qu'il m'aime.

– Je t'aime aussi, mon chéri. Très fort…

– Fort comment ?

– Jusqu'aux étoiles…

Lily-Tess bâille bruyamment. Dehors, il fait déjà nuit.

– Ils ont mangé ? j'interroge Luke qui hoche la tête. Alors il serait peut-être temps de les mettre au lit…

– Chez moi ou chez toi ?

Il est tard. Je suis fatiguée. Même si mon appartement n'est qu'à deux rues d'ici, je n'ai pas la force – et encore moins l'envie, avouons-le – d'y aller ce soir.

– Ça t'ennuie si on reste ici cette nuit ?

Un sourire – trop craquant – se dessine sur ses lèvres.

– Ça ne m'ennuie jamais quand tu restes ici avec les enfants, répond-il d'une voix éraillée chargée de promesses. Tu m'as manqué à moi aussi, chaton.

Je ne lui avoue pas combien il m'a manqué aussi, parce que je suis certaine qu'il le sait. Chacun avec un enfant dans les bras, nous gagnons leur chambre à l'étage puis les déposons délicatement dans leur lit. J'allume la veilleuse. Lily-Tess est déjà à moitié endormie. Ethan ne va pas tarder à la suivre au pays des rêves. Nous restons un instant côte à côte, en silence, à les admirer. C'est un moment d'une simplicité troublante, mais j'ai conscience également qu'il est un petit morceau de tous les autres dont je me souviendrai plus tard avec une douce nostalgie.

– Tu as pu voir tes parents ?

Il chuchote pour éviter de perturber leur endormissement. Je le prends par la main et quitte la pièce avant de lui répondre :

– Nous avons dîné ensemble la veille de mon départ…

Je me laisse tomber dans le canapé et repousse les cheveux de mon visage.

– Ils auraient aimé que je reste plus longtemps, mais ils ont surtout regretté que les jumeaux ne soient pas avec moi.

Je réprime un soupir au souvenir de la conversation – toujours la même – que j'ai eue avec eux à cette occasion.

– Laisse-moi deviner. Ils ont remis ça sur le tapis…

Je hausse les épaules.

– Pour mon père, tu es le seul fautif. Quant à ma mère, elle considère que c'est tout le contraire… bref, aucun des deux ne veut comprendre que c'est notre décision commune, et que nous sommes très heureux ainsi.

– Au moins, tu as l'un de tes parents qui prend ta défense, se moque-t-il gentiment. Les miens sont persuadés que je suis l'unique responsable de cette *terrible* situation.

Je me blottis dans ses bras avec un soupir de plaisir. Il est vrai que notre situation pour le moins non conventionnelle a de quoi sembler étrange à nos proches. Deux appartements où nous nous retrouvons selon nos désirs. Dans lesquels nous avons tout en double pour éviter d'avoir à trimballer les affaires ou les jouets des jumeaux. Leur chambre est identique, ici et chez moi. Parfois, je passe plusieurs jours chez Luke avec les enfants. D'autres fois, c'est lui qui vient s'installer chez moi. Pour certains, notre famille n'en est pas une. Mais qui sont ces gens pour nous juger ? Pour savoir ce qui est bien pour nous ? En quoi notre façon de vivre serait-elle moins satisfaisante que la leur ? Nous partageons plus de choses que certains couples qui vivent pourtant sous le même toit.

– Ils finiront par comprendre, et s'ils n'y arrivent pas, il faudra bien qu'ils fassent avec.

– Nous avons trouvé *notre* modèle de famille. Elle n'est peut-être pas conforme à la norme, mais c'est la nôtre, chaton.

– Oui, et c'est celle dans laquelle je me sens totalement comblée… et surtout celle où nos enfants s'épanouissent avec amour.

J'aime ce regard rempli d'un désir sauvage qu'il pose sur moi en cet instant. Le même que celui de notre première rencontre. J'aime que nos corps soient toujours aussi impatients et voraces. Que notre plaisir soit toujours aussi intense. Mais ce que j'aime par-dessus tout, c'est la femme libre, fière et heureuse que je deviens et qui s'épanouit de jour en jour à ses côtés. Celle à qui il se confie, et avec qui il a partagé son plus lourd secret. Signe indéfectible qu'il m'accorde une confiance absolue.

– Tu ne regrettes rien ? souffle-t-il d'une voix rauque à mon oreille. Je ne suis toujours pas un putain de prince charmant…

Je n'ai pas besoin d'un prince charmant. La vie n'est pas un conte de fées. Ma vie non plus.

– Je ne suis pas non plus une putain de princesse, Luke. Et ni toi ni moi ne connaissons la fin de notre histoire… mais une chose est sûre, je ne regrette rien.

Je n'échangerais ma place contre aucune autre. Même si j'ignore ce que nous réserve l'avenir, je profite de chaque minute de bonheur que m'offre cette existence avec lui, Ethan et Lily-Tess.

– Moi non plus, je n'ai aucun regret… Aucun ! Toi et les enfants, vous êtes ma réserve inépuisable de bonheur.

Parce qu'il me dit toujours la vérité, Luke ne m'a fait aucune promesse d'amour éternel. Il ne m'a jamais dit je t'aime, et peut-être ces mots ne sortiront-ils jamais de sa bouche.

Si tu veux connaître un homme, n'écoute pas ce qu'il dit, mais regarde ce qu'il fait ! me souffle mon cœur.

Depuis notre première rencontre, Luke m'a démontré que ses actes valent plus qu'un passage devant Monsieur le maire ou qu'un « je t'aime ». Chaque geste, chaque action de sa part est une manifestation inconditionnelle de son attachement. Une preuve de son amour absolu.

Et s'il y a une seule chose dont je suis certaine, c'est que le lien qui nous unit est plus fort que des mots, et qu'il est désormais indestructible.

La vie n'est pas un conte de fées…

Je ne suis pas une princesse…

Mais je vis une putain d'histoire d'amour !

FIN

IL ÉTAIT UNE FOIS...

Fyctia, un concours et des petites fées. C'est ainsi que mon aventure a débuté avec Barbie et Lancaster dans la saga *Le Contrat.* Quand j'ai commencé à écrire cette histoire, je n'avais aucune idée de l'engouement qui allait suivre et encore moins que cet enthousiasme allait me conduire jusqu'à une publication. J'ignorais encore plus que Barbie et Lancaster trouveraient une place de choix dans votre cœur et que vous seriez si nombreuses à me demander une suite avec Justine et Luke. Une suite qui s'est fait attendre, car après trois tomes, j'avais envie de voyager dans d'autres univers. Mais mon petit couple adoré : Barbie et Lancaster, ainsi que leurs amis, Justine, Luke, Sarah et Aïdan, étaient toujours avec moi. Ils n'attendaient que le bon moment pour pointer le bout de leur nez. Pour toutes celles qui espéraient avec impatience ce spin-off avec Justine et Luke, j'espère juste que l'attente n'aura pas été trop longue et que vous prendrez autant de plaisir que moi à les retrouver. Pour toutes celles qui me découvrent, j'espère que Justine et Luke trouveront le chemin de votre cœur.

Mille mercis…

À chaque lectrice, lecteur, qui me fait l'honneur de passer quelques heures avec moi.

À toutes les chroniqueuses qui prennent le temps de lire et faire partager leur avis à leur communauté.

À toute l'équipe Hugo Roman & Fyctia qui fait de mon rêve une réalité.

Tara

Composition et mise en pages
Nord Compo à Villeneuve-d'Ascq